De stille zonde

Lieneke Dijkzeul

De stille zonde

Anthos|Amsterdam

ISBN 90 414 1077 5 / 978 90 414 1077 1

Omslagontwerp Roald Triebels, Amsterdam
Omslagillustratie The Image Bank
Foto auteur Marcel van den Bergh

Verspreiding voor België:
Veen Bosch & Keuning uitgevers n.v., Wommelgem

I

Het lichaam was volmaakt ontspannen, alsof het sliep. Het lag min of meer op de rechterzij, het linkerbeen half opgetrokken, steunend op de knie, het rechter gestrekt. Het hoofd rustte op de lichtgebogen rechterarm, de linkerarm op de heup, de hand raakte de vloer vlak voor de buik.

Het was de ideale slaaphouding voor een hoogzwangere vrouw. Maar hier betrof het het lichaam van een man.

Het maakte een verzorgde indruk; de haren, iets te lang in de nek, waren dik, licht golvend, zilvergrijs en pas gewassen, de nagels kort geknipt en gepolijst, de zegelring aan de linker ringvinger was van zware kwaliteit.

Het was geen jong lichaam, zelfs bijna te oud om nog middelbaar te worden genoemd, maar het was goed geconserveerd en modieus gekleed in een antracietgrijs pak met een fijn krijtstreepje, een lichtblauw overhemd en een das met zilveren stipjes die de kleur van de haren accentueerden.

De schoenen waren verkeerd: bruin, te grof en met sportief stiksel. Een wandelschoen. De sokken klopten weer wel. Niet zwart – buschauffeurs dragen zwarte sokken – maar effen donkergrijs. De linker broekspijp was omhoog geschoven, zodat boven de sok een deel van de kuit zichtbaar was, bleek en bedekt met donkere haren.

Het blote been bedierf de kracht en autoriteit die het lichaam uitstraalde. Het gaf het iets kwetsbaars, bijna obsceens, en als de eigenaar ervan zichzelf had kunnen zien, had hij ongetwijfeld de pijp naar beneden getrokken. Hij zou zijn opgestaan, de broek hebben afgeklopt, zijn das hebben rechtgetrokken en zijn handen gewassen. Hij zou een controlerende blik in de spiegel hebben geworpen en een kam door zijn haren hebben gehaald. Al zou hij met de kam niet de deuk in de rechterslaap hebben kunnen verbergen, noch de kapotte huid.

Het zou hem geërgerd hebben dat hij zo onhandig in de weg had gelegen, vlak voor de deur, zodat niemand naar binnen kon.

Maar het hinderde niet. Zoals de zaken er nu voor stonden, deed het er niet toe. En er was niemand die naar binnen wilde. Er was ook nog niemand die hem miste.

2

Eva zag Irene staan zodra ze het perron op liep. Ze herkende haar onmiddellijk; handen in de zakken, de riem van een uitpuilende tas over haar schouder. Haar haren waren opgestoken in een losse knot en de voorpanden van haar jas hingen ongelijk, alsof hij scheef was dichtgeknoopt.

Instinctief deed Eva een stap naar achteren. Moest het nu al? Hoe is het met jou en wat doe je tegenwoordig? En daarna de ongemakkelijke stilte en het zoeken naar een onderwerp. Ze had toch met de auto moeten gaan. Raampjes dicht, radio aan, de gordel om die haar stevig op haar plaats hield. Toen vermande ze zich. Ze had dit zelf gewild, ze had zich hierop voorbereid. Ze tikte Irene op de schouder.

'Irene Daalhuyzen, *I presume*?'

Heel even was er de verwarring, maar direct daarna werden er twee handen op haar schouders gelegd. 'Eva!'

Ze werd driemaal gekust. 'Je bent niets veranderd!'

'Jij ook niet.' Eva maakte de bovenste knoop van Irenes jas los en duwde hem door het goede knoopsgat.

Het was het juiste gebaar. Irenes lach schalde over het perron. Gehoorzaam corrigeerde ze de andere knopen.

'Ik zag je opeens het schoolplein af fietsen, met je tas al half naast de bagagedrager,' zei Eva verontschuldigend.

'En knijpers aan mijn broekspijpen.' Met iets van spijt bekeek Irene de overslanke gestalte tegenover haar, het donkere haar dat glad op de schouders lag, de goed zittende broek, het vleugje lipgloss, het gezicht dat geen verdere make-up nodig had. 'Toen ik van huis ging, was ik ervan overtuigd dat ik er goed uitzag.'

'Dat doe je ook.'

Irene streek over haar heupen. 'De wetten van de zwaartekracht hebben zich inmiddels bewezen. Na drie kinderen lubber ik definitief.'

'Drie!'

'En een hond. Maar die is gekocht. En een man, natuurlijk.'

'Ook gekocht?' Eva glimlachte.

'In feite wel,' zei Irene schaamteloos. 'Zoals alle mannen. Wat heerlijk je te zien! Daar komt de metro.'

'Je ziet er blij uit.' Eva bestudeerde Irene, die tegenover haar zat. 'Tevreden.'

'Gezapig, bedoel je.' Irene trok de klem uit haar haren, haalde achtereenvolgens een Duplo-poppetje, een half afgekloven appel, een doos tissues en een gestreepte kindersok uit haar tas voor ze de kam vond die ze zocht. 'Deze tas is als de doos van Pandora, hij zou gesloten moeten blijven. En wat deed en doe jij?'

'Psychologie gestudeerd, maar om de verkeerde redenen, dus afgehaakt. Nu heb ik een baan en een kind.'

'Maar niet de bijbehorende man?'

'Nee. Dat werkte niet.'

Irenes blik werd behoedzaam. Dit was glad ijs. Ze stopte de kam terug en ritste de tas dicht. 'Ik begrijp ook niet dat het bij ons wel werkt. Je weet hoe ik ben. Volgens de wetten der logica had Joost allang met de noorderzon vertrokken moeten zijn, samen met een blonde stoot die alles heeft wat ik niet heb.'

'De wetten zitten er bij jou nog goed in.'

'Een voorwerp, geheel of gedeeltelijk ondergedompeld in een vloeistof...'

Ze lachten.

Eva bewoog haar schouders. Iets van de spanning vloeide weg. Dit was een goede oefening voor straks. En het ging beter dan ze had durven hopen. Al was Irene altijd gemakkelijk in de omgang geweest. Een ongecompliceerde, nuchtere meid.

'Heb jij een baan?'

'Twee, vier en vijf,' zei Irene. 'Dus nee. Al zou het kunnen als ik per se zou willen. Maar gek genoeg wil ik niet. En luiheid is het niet, ik heb m'n handen vol aan die drie ettertjes. Blijkbaar heb ik er op dit moment geen behoefte aan mijn neus buiten de deur te steken, al durf ik dat op verjaardagen en personeelsfeestjes van het bedrijf van Joost niet te bekennen. Daar leg ik uit dat ik me aan het verdiepen ben in de creativiteit die ik in me voel bruisen.'

'En dan?'

'Dan knikt iedereen en denkt er het zijne van. Wist je dat Lantingh dood is?'

Achter dat frivole masker school fijngevoeligheid.

'Nee,' zei Eva dankbaar. 'Dat wist ik niet. Ik had hem graag verteld dat het enige dat ik me nog herinner...'

'De Slag bij Nieuwpoort is,' vulde Irene aan. 'Hartaanval, een paar maanden geleden. Bob vertelde het. Hij was nog maar pas met pensioen. Kasje gebouwd in zijn tuin, hij wilde fuchsia's gaan kweken. Misschien zijn die hem fataal geworden.'

Dit was de toon die Eva herkende. 'Hoe gaat het met Bob? Zie je die regelmatig?'

'Hij is fotograaf geworden, zoals hij van plan was. Ik liep hem een paar weken geleden puur toevallig tegen het lijf. Hij heeft nog steeds lang haar.'

'En kistjes?'

'En kistjes. Hij is helemaal de fotograaf die het gaat maken zodra hij de juiste opdracht krijgt. Hij vroeg nog naar je.'

'Ik doe hem straks de groeten wel zelf.'

Irene lachte en stond op. 'Als je er echt naartoe wilt, moet je nu uitstappen.'

Er zat een vlek op de rug van haar jas, precies tussen de schouders, en de zoom hing op twee plaatsen los. Wat was ze vertrouwd, dacht Eva. In stem, in gebaren, de scherpgetekende cupidoboog van haar bovenlip, de manier waarop ze wegkeek als ze nadacht. Alsof er geen dertien jaar verstreken waren. Misschien waren de anderen ook zo herkenbaar, zo zichzelf gebleven. Misschien was zij de enige die veranderd was, of in ieder geval had willen veranderen.

■

'Ik begrijp niet waarom ik niet mee mag,' zei Mariëlle. 'En dan ook nog op zaterdag! We hadden naar de kroeg kunnen gaan, of winkelen. Of eerst winkelen en dan naar de kroeg.'

Ze bekeek haar nagels. Op de rechter wijsvinger bladderde de lak. Die nieuwe topcoat was niet zo goed als je voor die prijs mocht verwachten. Ze liet haar duim langs de nagel glijden. Een scheurtje ook nog. *So much* voor de manicure.

'Begin nou niet weer,' zei David verveeld. 'Wat zou je daar moeten doen? Je kent er niemand. Ik zou ook niet met jou mee gewild hebben. Naar een reünie ga je alleen.'

'En daarna hadden we ergens kunnen gaan eten,' zei Mariëlle. 'Hoewel, als jij daar niet al te lang blijft rondhangen, kan dat misschien alsnog. We zouden naar die nieuwe thai kunnen gaan. Volgens Cis is hij oké.' Ze boog haar hoofd tussen haar knieën om onder de bank te kunnen kijken, pakte een tas en rommelde erin, op zoek naar een vijl.

David dronk zijn glas leeg en zette het met een scherpe tik op de tafel. 'Ik weet niet hoe lang ik daar blijf rondhangen. Dat hangt ervan af wie er allemaal zijn en hoe gezellig het is.'

Ze prikte de vijl in zijn richting. 'Nooit gedacht dat ik jou nog eens het woord gezellig zou horen gebruiken. Jij haat gezelligheid.'

'Ga met Cis naar de thai.' Hij stond op. 'En haal dan meteen eindelijk dat pak op bij de stomerij. Het hangt er al een week.'

Einde gesprek. Einde weekend. Mariëlle gooide de vijl in de tas en schoof die met haar voet terug onder de bank. 'Ik denk dat ik met Cis ga winkelen én kroegen én eten.'

'Ga vooral je gang.' Hij stond al in de hal.

Een reünie. Wie ging er in godsnaam naar een reünie? Mannen van het type witte-sokken-met-sandalen, en die ontmoetten daar dan de klasgenotes die nog steeds het voorgeschreven studentenstaartje hadden, al waren ze daar intussen te oud voor.

Ze weifelde tussen de lage strakke spijkerbroek en de nieuwe witlinnen zomerbroek, comfortabel wijd en met diepe zakken, zodat je je sleutels niet verloor en ze ook nog kon terugvinden als je aangeschoten voor je deur stond.

Ze hees zich in de spijkerbroek en keek in de spiegel. Hij ging er alleen naartoe omdat het iets was wat hij nog nooit had gedaan. Hij zou terugkomen met sarcastische verhalen over de burgerlijkheid van zijn oud-klasgenoten. Aan zijn observatievermogen mankeerde niets. Toen ze hem pas kende, had ze hem bewonderd om zijn vileine imitaties.

Ze draaide zich opzij en trok haar buik in. Kon die broek nog? Natuurlijk kon hij nog. Ze zou er zelfs het zwarte naveltruitje boven kunnen dragen. Maar het voelde niet prettig.

Ze stroopte de broek af, gooide hem op het bed en schoot in de witte. Hier kon het zwarte truitje ook bij. Misschien stond het zelfs nog beter. Ze trok haar shirt uit, duwde een schouderbandje opzij en bekeek de striem die het had achtergelaten. Vreemd dat beha's het eerst gingen knellen. Ze haakte de beha los en wreef hard over haar jeukende tepels. Zo'n kind zat in je buik, daar hadden je borsten toch nog niets mee te maken? Hoewel, kind; een klompje cellen, ondefinieerbaar, nog niets menselijks aan. Maar wel verdomd snel groeiend. Nu al was het klompje een aantal malen groter dan een paar weken geleden.

Uit de la koos ze een nieuwe beha. Ooit een miskoop, want te groot gekocht. Nu paste hij precies. Ze zou het David moeten vertellen, ze had het hem allang moeten vertellen.

Ze ging op de spijkerbroek zitten, peuterde aan de gerafelde nagel en vroeg zich af waarom ze tientallen euro's uitgaf aan nagels die nooit zouden worden zoals ze het graag zou willen. Ze zou haar geld beter kunnen besteden, baby's waren duur.

In een opwelling liep ze naar de badkamer om het schaartje te halen. Weg met die roofdierklauwen. Ze knipte de nagels zo kort dat haar vingertoppen vreemd bloot aanvoelden. Tevreden bekeek ze haar handen. Verpleegstershanden. Praktische handen.

In de kamer rinkelde de telefoon. David zou het niet zijn. David maakte nooit ruzies goed, dat liet hij aan haar over. Ze luisterde tot het geluid ophield. Toen stond ze op, trok het zwarte truitje aan en pakte haar tas en sleutels.

■

'Ga je je omkleden, Robert? Het is tijd.'

Robert Declèr keek naar zijn zandkleurige broek en ruitjeshemd. 'Eigenlijk zie ik niet in waarom ik niet zo zou gaan. Het is een informele gelegenheid.'

Zijn vrouw glimlachte. 'Maar formeel ben jij nog steeds rector. En er zit een grasvlek op je knie.'

'Die pioen kwakkelt,' zei hij bezorgd. 'Misschien heb ik hem toch te diep gezet. Hij had allang knop moeten hebben.'

'Ik dacht dat je zei dat hij tijd nodig heeft om op zijn nieuwe plek te settelen.'

'Ja, maar geen drie jaar.' Hij beantwoordde haar glimlach, blij met haar belangstelling omdat hij wist dat ze niet van tuinieren hield. 'Pioenen zijn oppervlakkige creaturen, geen behoefte aan diepe gronden.'

'Dat hebben ze dan met veel mensen gemeen.' Ze raakte zijn schouder aan. 'Het grijze pak, dacht ik. Ik heb een das klaargelegd.'

Gehoorzaam stond hij op. 'En jij? Moet ik jou nog helpen? Met een sexy rits misschien?'

'Als je niet eens ziet dat ik al ben omgekleed, had ik het net zo goed kunnen laten.' Ze duwde hem de kamer uit. 'Alleen met de parels. Ik krijg het slotje niet dicht.'

Hij liep voor haar uit de trap op en de badkamer binnen. In het begin had hij op haar gewacht, tot hij besefte dat ze daar een hekel aan had, zich gedwongen voelde te proberen zijn tempo bij te houden.

Terwijl hij zijn handen waste, hoorde hij haar langzame stap op de overloop.

'Ik had die parels voor je kunnen meenemen.'

'Ja.' Ze ging de slaapkamer in. De schuifdeur van de kastenwand ratelde onregelmatig toen ze hem openschoof. De dag na zijn pensionering zou hij met een schroevendraaier en een bus kruipolie het huis rondgaan. Alle klemmende laden soepel laten lopen, piepende scharnieren smeren, eindelijk die fauteuil repareren, zodat ze de rugleuning weer kon verstellen.

Hij droogde zijn handen af en keek in de spiegel naar de zakken onder zijn ogen. Zijn vrouw ging dood, maar voor het zover was, koos ze zijn pakken voor hem uit en legde zijn dassen voor hem klaar.

En wat zou hij doen voor het zover was? Hij zou de borders wieden, de graskanten afsteken en het terras ophogen. Maar eerst zou hij de paden verbreden, zodat ze er met een rolstoel gemakkelijk zou kunnen manoeuvreren. Al die dingen zou hij doen omdat zij wist dat hij ervan hield ze te doen, en het niet zou lijken alsof hij ze voor haar deed. Maar het huis... Het huis zou zo lang mogelijk blijven zoals het was. Zonder comfort, maar comfortabel omdat het was zoals zij het wensten; een huis met de grandeur van het begin van de twintigste eeuw. Ruime kamers met hoge plafonds, een hal met eiken lambrisering en een versleten marmeren vloer, glas-in-lood boven de brede voordeur, een elegante trap met een koperen leuning boven de gedraaide spijlen, een grote tuin rondom. Janna was er geboren en had het geërfd toen haar ouders stierven. Ze zei dat het huis Sonnewende zou moeten heten, en alle voorstellen die hij in de loop der jaren had gedaan om het te moderniseren, wees ze af. Als ze 's avonds uitgingen, liet ze overal de lampen branden, opdat ze als ze thuiskwamen kon zeggen: 'Kijk, het glimlacht naar ons.'

Hij plensde koud water in zijn gezicht en greep opnieuw de handdoek. Zijn wangen voelden alweer rasperig aan, en besluiteloos keek hij naar de tube scheerzeep. Steeds vaker betrapte hij zich erop dat al die dagelijks terugkerende handelingen hem tegenstonden.

'Robert.'

'Ik kom.'

Hij knipte het parelsnoer dicht, klikte het palletje van het veiligheidskettinkje om. 'Dus geen rits?'

'Oude bok.'

Zijn lippen gleden over haar hals. 'Groen blaadje.'

Ze gaf hem de das en hij hing hem om zijn nek als een veroordeelde die zelf de strop mag hanteren. 'Je bent bruin geworden deze week, Janna.'

'Alleen mijn armen.' Ze pakte haar tas. 'Vanmiddag bedacht ik, terwijl jij je uitsloofde op je pioenen, dat ik me vroeger al rond deze tijd zorgen begon te maken of ik wel gelijkmatig bruin werd. Overal, bedoel ik.'

'Is dat zo?' vroeg hij verbaasd.

'Na de kinderen stond ik nog net niet in een brug op het gras.' Ze lachte om zijn gezicht. 'Vrouwen willen geen bruin-wit gestreepte buik.'

'In een brug.' Hij strikte zijn das met het gevoel alsof hij een cadeautje had gekregen. 'Dat heb je me nooit verteld.'

'Omdat ik toen dacht dat het belangrijk was.' Ze trok de das recht. 'Laat even zien of hij goed onder je boord zit.'

'Wil je lopen of met de auto?' vroeg hij toen hij haar in haar jasje hielp.

'Nu zou ik graag lopen. Maar terug wil ik met de auto.' Ze lachte. 'Hoe lossen we dat op?'

'We nemen een taxi terug. Dan kan ik een glas wijn drinken. De feestcommissie heeft beloofd dat er deze keer iets fatsoenlijks geschonken zou worden.' Hij klopte op zijn zakken.

'Je sleutels liggen op tafel. En had je de tuindeuren op slot gedaan?' Met twee handen trok ze de voordeur open.

Hij knipte hier en daar een lamp aan, haastte zich terug de hal in, sloot de voordeur en liep het pad af, waar ze een vroege roos bewonderde, zodat het logisch leek dat hij de stroeve pal van het tuinhek terug zou schuiven.

■

'Heb je het hem al verteld?' Cis reikte naar haar wodka-lime en drukte tegelijkertijd haar sigaret uit in de volle asbak. 'Ik rook te veel.'

Mariëlle nam haar kritisch op. 'Je drinkt ook te veel. Dit is je derde. En bij het eten wil je wijn. Ik dacht dat je ging lijnen. Je krijgt wallen van drank, wist je dat?'

'En grove poriën en gesprongen adertjes en levercirrose.' Cis zoog genietend op een schijfje limoen. 'We gaan zo eten, *promise*. Het is trouwens pas halfzeven. Dus je hebt het nog niet verteld?'

'Wie zegt dat?'

'Jij, door geen antwoord te geven op mijn vraag. Wil je het eigenlijk zelf wel?'

Mariëlle keek de kroeg rond, vol met het typische zaterdagmiddagpubliek; de vrouwen allemaal gekleed in de voorgeschreven linnen broek met kort topje, het kekke jasje nonchalant over hun stoelleuning, de mannen in poloshirt en vrijetijdsbroek. De barman ving haar blik en wees vragend naar hun glazen. Ze schudde haar hoofd.

'Niet?' zei Cis verbaasd. 'Waarom ben je dan in godsnaam zwanger?'

'Dat bedoelde ik niet. En ja, ik wil het wel.'

Ze was ermee opgehouden zichzelf wijs te maken dat ze nog geen beslissing had genomen. Die vergeten anticonceptiepillen waren een freudiaanse vergissing.

'En als David moeilijk gaat doen?'

'Dan is het einde David.' Ze hield haar hand boven haar glas, omdat de barman toch een serveerster naar hun tafeltje had gestuurd. Ze wilde dit niet opnieuw met Cis bespreken. Die was alleen op sensatie uit. Genoot van liefdesperikelen, vooral als die iemand anders betroffen.

Cis keek sceptisch. 'Ik kan me jou niet voorstellen achter een kinderwagen. En David al helemaal niet.'

Mariëlle schoof de stinkende asbak opzij. David had geen hekel aan kinderen; hij stond er volkomen onverschillig tegenover. Ooit hadden ze op een terras gezeten waar een paar peuters rond hun tafeltje dolden. Zonder zelfs het gesprek te onderbreken had hij ze met een kort gebaar verjaagd, alsof het vliegen waren. Ze had hem er later op aangesproken en hij had zijn wenkbrauwen opgetrokken. 'Ze waren hinderlijk.' Wat haar was opgevallen, was de instinctieve reactie van de kinderen. Ze bleven rondhollen, maar hadden hun tafeltje zorgvuldig gemeden. Scherp herinnerde ze zich haar eigen gedachte: hoe zou het zijn om daar zelf met zo'n kleintje te zitten? Het was voor het eerst dat ze zich dat had afgevraagd, en het had een onrust teweeggebracht die niet meer was verdwenen. Eenendertig, de beroemde biologische klok begon te tikken. Nog niet nadrukkelijk, maar hij liep. Kort geleden had haar vader gekscherend gezegd dat hij binnenkort tijd kreeg om op een kleinkind te passen, waarop haar moeder fijntjes opmerkte: 'Daar is David nog niet aan toe.' Haar moeder mocht David niet, hoewel hij al zijn charme en jongensachtigheid had aangewend om daar verandering in te brengen.

'Hoever is het nu?' Cis goot het laatste slokje naar binnen en zette haar glas iets te hard neer.

Die moet ik straks naar huis rijden, dacht Mariëlle. 'Bijna twee maanden.'

Het zou een winterkind worden. Een sinterkerstcadeautje. Iets van de blijdschap kwam terug, verdreef de nerveuze onzekerheid. Ze droeg iets met zich mee, letterlijk en figuurlijk, waarover alleen zij kon beslissen. Waarover alleen zij had beslist, een van de weinige zelfstandig genomen besluiten van het laatste jaar.

Een stoel werd krachtig tegen de hare geschoven en ze keek om.

Een lange vent die zijn vroegtijdige kaalheid trachtte te maskeren door zijn scheiding vlak boven zijn oor te trekken, grijnsde sorry en legde een grote warme hand op haar schouder. Niet op haar truitje, maar op haar huid.

Opeens wilde ze weg, stond de kroeg haar tegen – de harde muziek, de stemmen die erbovenuit probeerden te komen, de rook, de warmte. Ze schudde de hand af en stond op.

'Gaan we eten?' vroeg Cis teleurgesteld. Ze pakte haar glas weer op, draaide zich half om naar de serveerster, taxeerde intussen de lange man die op weg was naar de deur. Op haar kruin schemerde de witte huid door het kortgeknipte haar, waarvan de laatste verfbeurt te rood was uitgevallen.

Ze gebruikt van alles te veel, dacht Mariëlle wrevelig. Te veel make-up, te veel nicotine, te veel alcohol, te veel mannen.

'Nee, ik ga naar huis.' Ze schoot in haar jasje.

'Jij hebt last van zwangerschapshormonen.' Cis bleef zitten, met beginnende dronkenmanskoppigheid.

'Ongetwijfeld. En hoofdpijn heb ik ook. Sorry, Cis.' Ze kuste Cis vluchtig op de wang. 'Neem een taxi.'

Er dreven windveren in de paarse hemel en boven de gracht hingen nevelsluiers. De bomen flirtten met hun spiegelbeeld in het rimpelloze water.

Mariëlle huiverde in de koele avondlucht. Naar huis, het oude fluwelen huispak aan dat David verafschuwde. Niet nadenken, niet calculeren, maar met een diepvriespizza en de zaterdagkrant op de bank. Ze haalde haar autosleutels uit haar broekzak. Even gleed haar hand over haar platte buik. Twee glazen wijn. Niets om je schuldig over te voelen.

3

De school zag er nog net zo uit als dertien jaar geleden, maar de esdoorns rondom het gebouw waren uitgegroeid tot enorme bomen. De dubbele deuren van de hoofdingang stonden uitnodigend open. Eva keek naar het fietsenhok. Irene volgde haar blik en lachte.

'Daar heb ik mijn eerste joint gerookt. In de ochtendpauze, nota bene.'

'Hoe oud was je?'

'Veertien. Ik werd er kotsmisselijk van, want ik had niet ontbeten. En van de rest van die dag herinner ik me niets.'

Ze liepen door de vertrouwde hal, langs het conciërgehok, langs de administratie, linksaf de hoge gang in en snoven de typische schoollucht op: natte jassen, krijt en zweet. Van de lokalen waar ze langskwamen, waren de deuren dicht, en toen Eva er een probeerde, bleek hij op slot te zitten.

'Dat is op de kleuterschool van mijn zoon al zo,' zei Irene laconiek. 'Er wordt ongelooflijk gejat op scholen. Wat ziet alles er aftands uit, hè?'

Door de gangramen keken ze naar de stoelen die omgekeerd op de tafels stonden, naar de dweilstrepen op het versleten linoleum. Het bord was stoffig, de wisser lag op de grond, voor een van de ramen was de luxaflex scheef naar beneden gezakt. Het enige moderne in het lokaal was het rijtje computers dat tegen de achterwand stond opgesteld.

'Ik word er een beetje triest van,' zei Irene. 'Als dit een voorbeeld is van de gevolgen van de bezuinigingen op het onderwijs, kan ik me voorstellen dat er geklaagd wordt. Zou jij voor de klas willen staan?'

'Voor geen goud.'

'Ik ook niet.' Irene lachte. 'Nou ja, op een basisschool misschien. Die gezellige kneuterigheid spreekt me wel aan. Had jij een hekel aan school?'

'Niet aan de basisschool. En ook niet aan de middelbare. Tenminste, niet in het begin. In feite was ik toen liever op school dan thuis.'

Irene knikte, maar gaf geen commentaar.

Nu vraagt ze zich af waarom ik dat zei, dacht Eva. Zoals ze zich onderweg al afvroeg waarom ik niet wat openhartiger ben, terwijl zij haar ziel binnenstebuiten heeft gekeerd. Ik weet waar ze woont, wat haar man doet, welke problemen ze heeft met haar kinderen. Op haar seksleven na weet ik alles van haar. Dat is ook de enige reden waarom iedereen hiernaartoe gaat – pure nieuwsgierigheid. We willen weten wie er dik geworden is, of vroeg oud, of ongelukkig, we willen onze maatschappelijke status met elkaar vergelijken, en we hopen allemaal dat we meer hebben bereikt dan de anderen. Maar morgen zijn we elkaar vergeten, want werkelijke interesse hebben we niet meer voor elkaar. Het was een bevrijdende gedachte.

'Mijn ouders zijn in die tijd gescheiden, en mijn moeder had daar grote problemen mee. Nog steeds, trouwens.'

'Ik herinner me zoiets. Maar ik weet niet precies meer...'

'Ze hadden een slecht huwelijk, maar wat de doorslag gaf, was dat mijn vader gefraudeerd had. Mijn moeder kon het niet verdragen de vrouw te zijn van iemand die in de gevangenis zat.' Ze lachte. 'Dat werd ze ook niet, want nog voor hij veroordeeld werd, was ze al van hem gescheiden.'

'Je hoeft niet...' begon Irene. Ze legde haar hand op Eva's arm. 'Ik herinner het me nu, maar als jij het niet verteld had, zou ik het niet meer geweten hebben. Destijds was het een week het gesprek van de dag, daarna dacht geen hond er meer aan. Terwijl jij... Ik heb het altijd vreemd gevonden hoe jij je van ons hebt afgekeerd. Je lag goed in de klas, en niet alleen bij de jongens. Maar tegen de tijd dat we examen deden, was er maar een schimmetje van je over.' Ze keek scherp naar Eva's gezicht. 'Is dat waarom je zo nerveus bent?

Want dat ben je, ga me niet vertellen dat het niet zo is.'

Eva haalde haar schouders op. 'Er komt een hoop boven, dat is alles.'

'We gaan een borrel drinken,' zei Irene. Ze duwde Eva voor zich uit. 'Als die er is, tenminste. En anders smeren we 'm en gaan we naar de kroeg.'

Het was verrassend vol. Pratende en lachende mensen met een glas in de hand, enthousiaste kreten, een hoeraatje vanuit een hoek. De zware donkerrode gordijnen waren dichtgetrokken in een poging een intieme sfeer te creëren, er stonden schalen met waxinelichtjes, er hingen ballonnen en er speelde een band.

'Goed beschouwd blijft alles hetzelfde,' zei Irene cynisch. 'Nog altijd te grote wensen en een te klein budget.' Ze rekte haar hals. 'Cas drumt, zie je hem? Hij is niets veranderd.'

Eva knikte. Hoe vaak zou ze dat vanmiddag nog horen? Ze keek naar Cas, destijds de drummer van de schoolband. Hij zat nog even nonchalant achter zijn drumstel als vroeger, krullen op zijn voorhoofd geplakt, mouwen van zijn overhemd opgerold.

Irene wees naar de geïmproviseerde bar. 'Ik zie wijnflessen. Wacht, hier ben ik goed in.' Ze wrong zich door de dubbele rij wachtenden. 'Bart! Doe mij twee witte wijn.'

De kalende dertiger achter de bar keek op. 'Irene!' Theatraal spreidde hij zijn armen. 'Waar was je al die jaren? Ik heb op je gewacht.'

'Dan heb je te lang gewacht.' Ze liet hem de ring aan haar rechterhand zien, leunde over de bar en kuste hem op zijn transpirerende wangen. 'Hoe gaat het, Bart?'

Hij streek over zijn bollende T-shirt. 'Uitstekend.'

'Wat doe je?'

'Horeca.' Hij grijnsde. 'Ik ben gewoon aan het werk, vandaag.' Soepel tapte hij een paar biertjes en schonk twee glazen wijn in.

'Heb je de zaak van je vader overgenomen?'

Hij knikte. 'Altijd gezworen van niet, maar ik ben er toch ingestonken.'

'Je ziet er niet uit alsof je eronder lijdt.'

'Doe ik ook niet.' Hij nam een slok uit een glas cola. 'Maar ik ben wel gestopt met drinken.'

'Je meent het.'

'Ik meen het. Het ging te hard.' Intussen spoelde hij geroutineerd een stapel glazen, haalde een lap over de bar, droogde zijn handen aan een doek. 'Anders ging ik mijn vader achterna, God hebbe zijn ziel.'

'Is je vader... Nee toch?' Ze zette de glazen weer neer.

'Ja toch.' Zijn grijns kwam alweer terug.

'Bart!' Iemand zwaaide met een glas.

'Ik ben hier met Eva,' zei Irene. 'Ik spreek je straks nog.'

Hij knikte. 'Ik zag haar al staan. Nog steeds mager. Maar met hetzelfde mooie koppie.'

'Bart!'

Hij boog zich over de bar. 'Ronald, ouwe rukker, hoe gaat-ie?'

Eva stond te praten met een lange man die Irene pas herkende toen hij zijn gezicht naar haar toe keerde.

'Meneer Declèr!' Ze gaf Eva haar glas.

Hij had maar een seconde nodig. 'Irene.'

Ze schudde zijn hand, keek naar het vermoeide gezicht, de zware wallen onder de ogen. 'Hoe gaat het met u?'

'Uitstekend. En met jou?'

'Getrouwd, drie kinderen.' Ze hield haar hoofd schuin. 'Ik hoop niet dat u al te grote verwachtingen van me had?'

'Een mooiere carrière is niet denkbaar,' zei hij hoffelijk.

Ze lachte. 'Dat zal ik mijn hardwerkende vriendinnen vertellen.'

'Je hebt er geen baan naast?' Hij trok aan zijn das. 'Ik ben ouderwets genoeg om dat te waarderen. Al begrijp ik dat het soms niet anders kan,' zei hij met een blik in Eva's richting.

'En u?'

'Dit is mijn laatste schooljaar. Eind juni ga ik met pensioen.'

'Genieten van het goede leven.'

Er vloog iets onbenoembaars over zijn gezicht. 'Zo zou het moeten zijn.'

'Maar zo is het niet?'

Hij lachte hartelijk. 'Het verheugt me dat je nog altijd even recht op je doel af gaat als vroeger.' Zijn ogen zwierven over haar heen. 'Ah, daar is mijn vrouw.'

Irene draaide zich om. Ze herinnerde zich de vrouw van de rector als een knappe, gedistingeerde verschijning, met het aureool van zelfvertrouwen dat oud geld met zich meebrengt. De vrouw die hen naderde, liep met stijve schuifelende passen, alsof ze werd voortbewogen door een mechaniek. Ze droeg een zijden pakje waarvan het jasje slecht zat, omdat haar schouders naar voren werden getrokken.

Irene trachtte de deernis van haar gezicht te weren.

'Janna.' De rector legde even zijn arm om haar heen. 'Jij kunt je natuurlijk niet iedereen herinneren, maar Irene en Eva ken je vast nog wel.'

'Irene herinner ik me nog.' Ze had een charmant lachje. 'Maar haar achternaam niet.'

'Daalhuyzen.' Irene lachte met haar mee.

'Natuurlijk. En Eva is Eva Stotijn.' Het lachje kreeg iets triomfantelijks. 'Sommige namen blijven je bij.'

Eva's gezicht verstrakte, toen stak ze haar hand uit. 'Mevrouw Declèr.'

'Heb ik iets verkeerds gezegd, kind?' Mevrouw Declèr bleef haar hand vasthouden.

'Nee, nee.' Eva ontspande zich. 'Ik verbaasde me alleen over uw geheugen.'

'Stotijn was toch een bekende naam,' zei mevrouw Declèr peinzend. 'Ik weet alleen niet meer waarvan.'

Irene greep in. 'Ik hoor van uw man dat hij eind volgende maand afscheid neemt van school.'

'Dan kan hij zich aan zijn tuin wijden.' Mevrouw Declèr knipoogde. 'En aan mij.'

'Ik weet niet waar ik me het meest op verheug.' Hij keek rond. 'Wij moeten nog wat handen gaan schudden, Janna. Anders voelen de andere oud-leerlingen zich straks verwaarloosd.'

'Dat kunnen we niet laten gebeuren.' Ze knikte ten afscheid. 'We zien jullie ongetwijfeld nog.'

'Wat mankeert haar?' vroeg Irene.

Ze stonden tegen de muur geleund. De zaal was propvol mensen, de band had er nog een schepje bovenop gedaan, en de gesprekken werden schreeuwend gevoerd. Eva had een tijd staan praten met Bob terwijl Irene een paar docenten afwerkte. Mevrouw Declèr zat aan een tafeltje vlak bij hen en had zichtbaar moeite met haar glimlach.

'Ze heeft MS.' Eva tilde een plooi van het gordijn op en zette haar glas in de vensterbank. Ze had moeten lunchen. Twee glazen wijn en ze tolde al. 'In een heel progressieve vorm. Bob zei het.'

'Een wandelend roddelblad, die jongen. Dus daarom ziet Declèr er zo beroerd uit.'

'Zij, bedoel je.'

'Ja, zij ook, natuurlijk. Maar ik vond hem zo oud geworden. En hij heeft iets moedeloos. Nu begrijp ik waarom. Verdomd sneu.'

Eva knikte. 'Volgens Bob zit ze over een halfjaar in een rolstoel.'

Ze zwegen een poosje.

'Ik zag Lamboo,' zei Irene. 'Die is dik geworden, wanstaltig gewoon. En Etta Aalberg is compleet verlept, terwijl ik haar vroeger wel iets mysterieus vond hebben. Dat diepe van een Franse chansonnière. En Horsman is al opa. Daar ben ik nog een poosje verliefd op geweest, wist je dat? Hij leek op Clint Eastwood. Trouwens, over oude liefdes gesproken, David is er ook.'

'David?'

'David Bomer, hij zat een klas boven ons, weet je niet meer?'

Eva dacht na. 'Lang en donker?'

'Dat is hem.' Irene lachte. 'Wij zaten pas in de tweede en ik was eigenlijk nog helemaal niet zo op jongens. Ik vond dat gefoezel achter het fietsenhok maar niks.'

'Lydia heb ik gezien,' zei Eva. 'En Trudy en Martine. Maar er zijn ontzettend veel mensen, veel meer dan ik gedacht zou hebben. Van de leraren heb ik nog niemand gesproken. Ja, toch, mevrouw Landman. Die is al met pensioen. Ze draagt nog steeds zwierige zomerjurken.'

'Ter Beek moet je overslaan.' Irene schudde haar hoofd. 'Wat een zuurpruim is dat geworden, zeg. Er kon geen lachje af. Hij geeft geen les meer.'

'Wat doet hij dan?'

'Hij coördineert dingen,' zei Irene vaag. 'Misschien maar beter ook. Hij kon vroeger al geen orde houden, en zoals hij nu is, zouden ze hem binnen een maand de ziektewet in treiteren. Zeg, weet je dat Lisa heeft vastgezeten voor drugssmokkel? Ze is er niet, maar ik hoorde het van Eddy. Ik zou het nooit achter haar gezocht hebben, maar ze is een wilde meid geworden, volgens hem. En Eddy...' Ze schoot in de lach. 'Hij zwaaide nadrukkelijk met de sleutels van een dikke BMW die hij heeft overgehouden aan een escortclub. Kun je het je voorstellen? Ik wil nog een glaasje wijn, en zullen we dan nog een rondje doen?'

'Ga jij alvast maar.' Eva pakte haar tas. 'Ik heb hoofdpijn, ik denk dat ik even naar buiten ga. En ik heb zin in een sigaret.'

'Daar gaat je hoofdpijn niet van over.' Irene stak haar hand op naar alweer een nieuwe bekende. 'Je ziet wit. Heb je zelf aspirine bij je?'

'Ja. Tot zo.'

'Ik heb een cola voor je genomen.'

Iedereen stond rond het podium. De band speelde het schoollied en er werd luidkeels meegezongen. Naast Irene stond Bart, zijn arm om haar schouders geslagen.

Eva nam het glas aan. 'Dankjewel.'

'Ik dacht dat je dat liever zou hebben dan nog meer wijn. Gaat het weer een beetje?' Irene had moeite om zich verstaanbaar te maken.

'Nee, niet echt.' Eva gebaarde naar het podiumpje. 'Ik ga naar huis, ik heb het wel gezien.'

'Ik blijf nog even.' Irene was een beetje aangeschoten. Haar haren waren deels ontsnapt aan de klem, haar ogen straalden.

'Jullie zijn met de metro gekomen, hè?' vroeg Bart. Hij liet Irenes schouder los. 'Irene zei dat je je niet goed voelde. Zal ik je even naar het station brengen?'

Eva schudde haar hoofd. 'Ik heb dit wel vaker. Een vorm van migraine. Een beetje frisse lucht lijkt me prettig, het is hier zo benauwd. En jij moet weer achter de bar.'

Irene gaf haar een zoen. 'Laten we een keer samen lunchen. Ik bel je.'

De band gaf een daverend slotakkoord, en applaus barstte los. In de betrekkelijke stilte die daarop volgde, klonk rumoer. In de deuropening van de aula stonden twee mannen met een jonge vrouw tussen zich in die hysterisch huilde.

'Jezus,' zei Bart. 'Wat is daar aan de hand?'

De vrouw deed een paar wankele stappen de zaal in. 'Hij is dood! Ik zag dat hij dood is! Waarom doet niemand iets?'

4

Paul Vegter lag in bad en luisterde naar een pianoconcert. Mozart, KV 467. Hij had de cd-speler op *repeat* gezet en liet zich voor de tweede maal inkapselen door de weemoed van het andante. Hij huiverde, ondanks het warme water. Hij zou beter moeten weten; dit soort masochisme kon hij zich nog niet veroorloven. Maar hij bleef liggen en keek naar zijn borstharen, die als een grijzig vogelnestje op het water dreven.

Johan kwam binnen, rook aan zijn slippers en ging erbovenop liggen. Vegter stak zijn hand uit naar het flesje op de badrand en nam een slok van zijn Mexicaanse biertje. Hij had geslapen, en het bier was lauw en dood. Het werd tijd zich te bekommeren om de kamerlinde, die opnieuw een geel blad had.

Hij ging rechtop zitten en trok de stop eruit. Afwezig keek hij naar het draaikolkje bij zijn voeten, tot zijn tenen, roze en gerimpeld, boven water kwamen. Dat blad ging afvallen, zoveel was duidelijk. Dit was het vijfde in een paar weken tijd, en de plant begon eruit te zien als een opengeklapte paraplu. Er moest een verklaring voor zijn. Hij greep een handdoek van het rek en begon zich af te drogen – borst, buik, billen. Er was beduidend meer Vegter dan een jaar geleden. Misschien moest hij leren koken. Een dieet van diepvriesmaaltijden en gebakken eieren met bacon zou door Stef als eenzijdig zijn betiteld. In ieder geval zou hij minder moeten drinken.

Hij haalde een kam door zijn haren, die omgekeerd evenredig afnamen ten opzichte van zijn gewicht, gooide de handdoek in de wasmand, duwde Johan van zijn slippers en trok de zware katoenen kamerjas aan. Stefs plantenboek moest ergens in de boekenkast staan.

Hij nam een vers biertje mee naar de kamer. Johan zat voor de vensterbank op hulp te wachten, en hij tilde hem op. De kat hing zwaar tegen hem aan. Hij is even lusteloos als ik, dacht Vegter. We zijn een jaar verder en nog hebben we onze draai niet gevonden. Hij zette Johan in de vensterbank en bekeek de boekenplanken, van boven naar beneden en van links naar rechts, zich verbazend over wat hij allemaal had meegenomen. Vestdijk, Blaman, Kerouac, die hij destijds een arrogante vlegel had gevonden, maar van wie Stef onder de indruk was geweest. Ze had hem zijn burgerlijkheid verweten, zoals hij haar haar pedanterie. Dat was toen ze nog dachten dat ze elkaar konden veranderen. Zijn blik gleed langs de mosgroene ruggen van de complete Couperus. Kosinski, Koolhaas, Multatuli. Een rij detectives waarin alle hoofdpersonen te veel dronken en een slechte relatie hadden. Stefs poëzie. En alles stond door elkaar.

Halverwege het tweede biertje begon hij moedeloos te worden. Hoe zag dat verdomde boek eruit? Voor Stef was het de plantenbijbel geweest, hij moest het honderden keren gezien hebben. Vaag herinnerde hij zich een kleurig omslag – blauw, of oranje. Hij besloot de methodiek te laten varen en liet zijn ogen willekeurig over de planken dwalen. En toen stond het er opeens, een zwart met oranje rug. Triomfantelijk ging hij ermee op de bank zitten.

Johan sprong onmiddellijk van de vensterbank, hees zich op aan zijn kamerjas, traverseerde naar zijn schouder en installeerde zich.

Vegter sloeg het boek open. Er vielen papieren uit, kaartjes met namen van planten, *Dieffenbachia*, *Rhaphidophora*, en een paar handgeschreven notities van Stef. Nu niet naar kijken. Misschien later. Hij stopte alles terug en bekeek het omslag. G. Kromdijk, *Het nieuwe kamerplantenboek*. Een jonge vrouw begoot glimlachend een stel schitterende planten. Het boek dateerde van 1967. Stef moest het ooit op een rommelmarkt hebben gekocht.

Vegter bladerde tot hij hem tegenkwam. *Sparmannia africana*. Hij bewonderde de afgebeelde kamerlinde, van bovenaf gefotografeerd zodat het grote blad goed tot zijn recht kwam, en begon te lezen.

Voor een kamerlinde moet men wel een beetje de ruimte hebben, want ze kan tot een enorme struik uitgroeien.

Dus Kromdijk was van mening dat een kamerlinde vrouwelijk was. Zou hij tot die conclusie zijn gekomen vanwege de donzige beharing? Hij keek naar de zijne, die tot halverwege de boekenkast reikte. Alle andere planten had hij weggegooid, maar dit was de laatste die Stef gekocht had. De plant beviel hem omdat hij geen pretenties had; eenvoudig, heldergroen blad dat aan een duidelijke stam ontsproot, een naam die deed denken aan serres, en butlers in gestreepte jasjes. Toen ze hem kocht, was het een schriel plantje geweest in een te kleine pot. 'Ik ga hem opkweken,' had ze vol vertrouwen gezegd. Dat zou ze ook gedaan hebben, als niet een vrachtwagen tussenbeide was gekomen.

Als ze echter te groot wordt...

De telefoon ging. Johan verplaatste zich gehoorzaam naar de rugleuning van de bank. De telefoon rinkelde opnieuw, schril en dwingend, en Vegter wist dat dit het einde van zijn vrije weekend betekende. Het was navrant te bedenken dat het eerder een opluchting dan een teleurstelling was.

Hij nam op en luisterde. 'Waarschuw iedereen. Ik kom eraan.'

Terwijl hij neerlegde, wierp hij een blik op zijn horloge en daarna naar buiten, waar de zon net achter het tegenoverliggende flatgebouw was verdwenen. Op zijn kleine balkon bekeek een oudere man zijn geraniums, die bescheiden kleur bekenden. Vegter herinnerde zich de wrange geur van het blad en dacht aan hun tuin, waar in elk seizoen iets stond te bloeien waarvan hij de naam niet geweten had, het terras dat vol stond met potten.

Nu zat hij af en toe op zijn kale balkon dat net groot genoeg was voor een stoel en een kratje bier om je voeten op te leggen. Maar hij zou het niet verdragen hebben alleen in die tuin te moeten zitten. Nog los van het feit dat hij die zou hebben laten verworden tot een oncontroleerbare wildernis.

In de keuken zat Johan al naast zijn etensbakje. Vegter schudde wat brokjes uit het pak en de kat hurkte en begon haastig te eten, zijn heupbeenderen uitstekend naast zijn lijf als de wielkasten van een auto.

Wat doe ik verkeerd? dacht Vegter terwijl hij zich aankleedde. Een kat en een plant, het zou niet moeilijk moeten zijn die in leven te houden. De kat was oud, maar was altijd gezond geweest, en hij kwam nu amper nog buiten. Hij zou dikker moeten worden in plaats van magerder.

Hij pakte zijn autosleutels en nam zijn jack van de kapstok. Misschien moest hij eens een afspraak maken met de dierenarts.

Hij zag tientallen nieuwsgierige gezichten achter de ramen toen hij op het schoolplein parkeerde. Tussen de politieauto's herkende hij de stationcar van de fotograaf en de kleine blauwe Peugeot van Renée. Hij had haar onderweg gebeld en was verbaasd dat ze er al was, tot hij zich herinnerde dat ze hier ergens in de buurt woonde.

Bij de ingang stond een agent. Vegter gaf hem een knikje en liep de grote hal in, waar Renée wachtte naast een lange gebogen man in een grijs pak dat te ruim zat, alsof hij onlangs gewicht had verloren. Ze droeg een spijkerjasje en een laag uitgesneden zwart hemdje met een wijde zwarte broek. Het koperrode haar lag in een zware vlecht op haar rug. Haar neus en de huid boven het hemdje waren roodverbrand. Ongetwijfeld had ze liggen zonnen en inderhaast wat kleren aangeschoten toen Vegter haar belde.

'Inspecteur, dit is de rector, meneer Declèr.'

De rector raakte zijn hand nauwelijks aan. 'Ik zal het u wijzen.'

Vegter hield hem tegen. 'Eerst zou ik graag willen weten wat er precies is gebeurd.'

De rector keek naar Renée. 'Dat heb ik net aan mevrouw Pettersen verteld.' Hij trok aan zijn das, die al scheef zat en nu nog schever kwam te zitten. 'Enfin. Er is op mijn school een reünie gaande, waarbij uiteraard alle betreffende docenten, of bijna alle, aanwezig zijn. Een van hen, Eric Janson, is door een van de oud-leerlingen gevonden in de toiletruimte. Hij lag op de grond, en de leerling dacht aanvankelijk dat hij onwel was geworden. Hij is de gang in gerend om hulp te halen en kwam twee andere leerlingen tegen. Met z'n drieën hebben ze geprobeerd Janson bij te brengen, tot het meisje...' Hij glimlachte verontschuldigend. 'De jonge vrouw moet ik zeggen, in paniek raakte en naar de aula rende. Ze heeft daar nogal wat consternatie veroorzaakt, ben ik bang. Ik ben eerst zelf bij Janson gaan kijken, terwijl intussen een van mijn docenten een arts en een ambulance waarschuwde. De arts is hier nu nog.' Hij gebaarde in de richting van de gang. 'Hij constateerde dat Janson… overleden was en heeft daarom de ambulance weggestuurd. Hij vroeg mij de politie te bellen.' Hij zweeg even. 'Dat is alles,' zei hij toen onhandig.

'Dank u wel.' Vegter begon te lopen, en de rector beende voor hem uit.

'Zijn er intussen mensen vertrokken?' vroeg Vegter terloops.

De rector draaide zich half om, maar bleef lopen, zodat hij zich als een kreeft door de gang bewoog. 'U bedoelt sinds…? Zover ik weet niet. Maar het was natuurlijk een hectische toestand, al hebben we zoveel mogelijk geprobeerd de mensen in de aula te houden. Iedereen is daar nu, ook de andere docenten.'

In het voorbijgaan wierp Vegter een blik in de lokalen, die er doods uitzagen. Hij probeerde te bedenken hoe lang het geleden was dat hij een school vanbinnen had gezien. Ingrid was nu achtentwintig, dus dat moest minstens tien jaar zijn. Met een vaag gevoel van schuld herinnerde hij zich dat het meestal Stef was geweest die de oudergesprekjes had gevoerd. Zelf had hij altijd een hekel aan school gehad; de autoriteit van de leraren, de vakken waarin hij niet geïnteresseerd was geweest maar die hij toch had moeten volgen, de discipline. Al was de discipline bij de politie nog van een heel andere orde, bedacht hij geamuseerd.

De rector bleef abrupt staan. 'Hier is het.'

Vegter keek naar het vermoeide gezicht. 'U hoeft niet meer mee naar binnen te gaan. Misschien kan iemand een kop koffie voor u regelen.'

Declèr lachte onverwacht. 'Een borrel zou me meer goed doen.'

De deur stond op een kier, en Vegter duwde hem met zijn schouder open.

Het lichaam lag onhandig dicht bij de deur, en hij moest eroverheen stappen. Het bood geen prettige aanblik, maar hij had erger gezien. Hij knikte naar de anderen, die op een kluitje in een hoek stonden om de fotograaf niet te hinderen in de betrekkelijk kleine ruimte.

De fotograaf keek op en grijnsde. 'Heb ik het toch een keer van u gewonnen.' Hij begon zijn spullen in te pakken.

'Je bent er snel bij.'

'Ik was toevallig in de buurt.' Hij gebaarde naar het lichaam. 'Ze hebben een beetje aan hem gezeten, dus ik weet niet wat de foto's waard zijn.'

'Morgen?'

De fotograaf zuchtte. 'Ik had een afspraak, vanavond.'

'Werk gaat voor het meisje.' Vegter liep naar de enige man in het groepje die hij niet kende en stak zijn hand uit. 'Vegter.'

'Korenaar.' De hand was koel en droog. 'Ik ben huisarts en heb dienst vanavond.'

Het was een nog jonge man, al ietwat gezet en met zachte bruine ogen achter een metalen brilletje. Vegter zag verbaasd dat hij een tweedjasje droeg met suède elleboogstukken. Bestonden die dingen nog?

'U hebt...?'

'Hij was al dood toen ik hier kwam.' De arts wees naar het hoofd. 'Ik heb geen verder onderzoek gedaan, maar op het eerste gezicht zou ik zeggen dat hij gevallen is, of...' Zijn blik gleed naar de kruk die tussen twee wasbakken schuin tegen de muur stond.

'Was hij slecht ter been?' vroeg Vegter aan Renée.

'Daar zal ik naar informeren.'

Hij draaide zich om naar de fotograaf. 'Het is waarschijnlijk een overbodige vraag?'

'Hij staat erop.' De fotograaf stak zijn hand op en trok met zijn voet de deur open. 'Goeienavond allemaal.'

Vegter knielde neer. 'Zorg dat deze gang wordt afgezet,' zei hij tegen Renée. 'En ik wil niet dat ze straks door de zijingang vertrekken. Werd die trouwens gebruikt, vanmiddag?'

'Volgens de rector wel. Vooral ook omdat hij uitkomt op het parkeerterrein.'

Vegter dacht na. 'Corné, ga jij eerst daar rondkijken.'

Brink knikte en hield galant met zijn voet de deur open voor Renée.

Het lichaam lag op de rug, de rechterarm zijwaarts gestrekt. De linkerhand rustte op de buik. Had hij op zijn zij gelegen?

Zonder het aan te raken bekeek hij het hoofd. In de rechterslaap zat een deuk. De huid was geschaafd als de knie van een kind. Bloed was er nauwelijks. De ogen waren bijna gesloten, de mond stond halfopen, en hij ving een glimp op van kronen en goud. De wangen waren gladgeschoren. Volle lippen, een vlezige neus, zware kaken, een onderkin. Een heerszuchtig gezicht. Ik ben benieuwd hoe populair hij was bij zijn collega's, dacht Vegter.

De handen waren gaaf, de nagels leken schoon. Aan de linker ringvinger zat een zegelring die iets te groot was naar Vegters smaak. In het zwart van de steen was een monogram gegraveerd. Het krijtstreeppak was onbeschadigd en er ontbraken geen knopen, het overhemd zat keurig in de broek gestopt, de zijden das was opzij gegleden en raakte met de punt de grond, maar was smetteloos.

Renée kwam weer binnen en hurkte naast hem neer. Ze gebaarde naar de grove bruine wandelschoenen. 'Volgens de rector had hij een gescheurde enkelband opgelopen tijdens het skiën. Vandaar die kruk.'

'Skiën? Het is mei!'

Ze lachte. 'Begin mei. In veel gebieden kun je tot eind maart skien. Soms nog wel langer. Hij heeft een paar weken thuisgezeten met die enkel en was pas deze week weer min of meer aan het werk gegaan. Overigens werkte hij niet meer fulltime. Hij is achtenvijftig en had dus al recht op minder uren.'

De dokter kuchte. 'Hebt u mij nog nodig?'

Vegter schudde zijn hoofd. 'Nee. En dank u wel voor uw komst.'

De arts pakte zijn tas en ging op weg naar de deur.

'Een vraag nog,' zei Vegter. 'De politiearts zal nog naar hem kijken, maar ik wil het ook alvast van u weten. Wat is er waar van het verhaal van dunne schedels?'

Korenaar lachte. 'Veel.'

Vegter keek sceptisch naar het forse lichaam.

'Ik zou de röntgenfoto's moeten zien,' zei Korenaar. 'Maar de dikte van de schedel heeft niets te maken met het lichaamsgewicht.'

Vegter knikte en de arts, in navolging van de fotograaf, haakte de deur open met zijn voet en verdween.

Vegter stond op en klopte zijn knieën af.

'Mogen we?' vroeg de man van de dactyloscopische dienst.

'Ga je gang.' Vegter keek naar de agenten, die als stoute jongens nog steeds in de hoek stonden. 'Regel een paar kamers, zodat we kunnen beginnen. En waarschuw me als Heutink er is. Waar blijft-ie trouwens?'

'Hij had nog een akkefietje,' zei een van de agenten. 'Een steekpartij.'

De rector stond nog steeds op de gang.

'We komen zo bij u,' zei Vegter en hij liep met Renée tot buiten gehoorsafstand. Voor de deur van de damestoiletten bleven ze staan.

'Wat denkt u?' vroeg Renée.

'Wat denk jij?'

Ze haalde haar schouders op. 'Voor hetzelfde geld is hij gevallen. Uitgegleden en met zijn hoofd tegen de grond geslagen. Of tegen een van de wasbakken. Hij liep niet voor niks met een kruk. En de vloer is nat. Er zitten een paar honderd mensen in die aula, de wc's zullen druk bezocht zijn.'

'Rubberzolen,' zei Vegter. 'Met profiel. Daar glij je niet makkelijk op uit.'

'Nee. Maar hij heeft niet gevochten. En als hij die kruk tegen de muur heeft gezet omdat hij zijn handen wilde wassen, dan stond hij zonder steun. Misschien heeft hij een verkeerde beweging gemaakt.' Ze fronste. 'Als hij zijn handen wilde wassen, of had gewassen, dan was hij dus al naar de wc geweest. Het zijn kleine hokjes, hij zal die kruk daar niet mee naar binnen hebben genomen. Dus hij moest een paar stappen zonder kruk lopen om weer bij de wasbakken te komen.'

Vegter knikte. 'Ik had willen zien hoe hij oorspronkelijk lag. Enfin, dat horen we straks.'

Renée keek op haar horloge. 'Ik heb het nagevraagd, er waren ruim vierhonderd mensen. Er zullen er al wat weggegaan zijn, want het feest is om vier uur begonnen, en de melding kwam even na zessen binnen. Maar er blijven er nog verdomd veel over. Wilt u die allemaal vanavond nog zien, terwijl we niet zeker weten...' Ze liet de rest van de zin in de lucht hangen.

'Die deuk bevalt me niet,' zei Vegter. 'Al weet ik niet wat Heutink ervan zal vinden. Maar hij ligt meer dan een meter van de wasbakken. Als hij met zijn hoofd daartegenaan is geslagen, zou hij er zowat onder moeten liggen.'

'Ze hebben aan hem gezeten.'

'Ja, maar toch niet met hem gesleept, lijkt me. Zijn jasje zit goed, en het is droog. De vloer is alleen bij de wasbakken nat. En het is een zware vent.'

Ze gaf het op. 'U zult wel gelijk hebben.'

Hij grijnsde. 'Laten we de rector gaan redden.'

5

De band had zijn instrumenten ingepakt, de waxinelichtjes waren gedoofd. Iemand had de gordijnen opengetrokken, zodat de laagstaande zon naar binnen kon schijnen.

Mensen stonden in groepjes bijeen en spraken fluisterend. Het docentenkorps had zich verschanst achter een paar tegen elkaar geschoven tafels.

Men wachtte, al wist men niet precies waarop.

'Hoe lang zou dit gaan duren?' Irene keek naar het glas dat ze nog steeds in haar hand had. 'Zouden we mogen bellen?'

'Ik zou niet weten waarom niet,' zei Bart.

'Mijn kinderen, en Joost...' Ze dronk het glas leeg en trok een gezicht. 'Eigenlijk is dit smerige wijn.' Met nerveuze vingers grabbelde ze naar haar mobieltje.

Bart was gepikeerd. 'Binnen het budget was het de beste die er te krijgen was.'

Ze zaten aan een tafeltje voor een van de ramen: Eva, Irene, Bart, en Eddy en David, die zich bij hen hadden gevoegd. Politieauto's waren als jeu-de-boulesballen over het schoolplein verspreid, bij de hoofdingang stond een agent geposteerd, handen op de rug. Iemand had gezegd dat bij de zijingang ook politie stond, maar dat was vanuit de aula niet te zien.

'Daar komt de lijkwagen,' zei Eddy.

Anderen zagen het ook. Gesprekken stokten, de leraren rezen overeind alsof ze een eresaluut moesten brengen. In diepe stilte keken ze toe hoe de achterportieren werden geopend en een stretcher naar binnen werd gebracht.

Het duurde maar een paar minuten voor de mannen terugkeerden en geroutineerd de stretcher met nu daarop een grijze, vormloze bundel naar binnen schoven. De portieren werden gesloten, de mannen stapten in.

Een zucht ging door de zaal toen de lijkwagen bedaard het plein af reed en netjes richting aangaf voor hij zich in het verkeer mengde.

'*Elvis has left the building*,' zei Bart.

'Godverdomme.' Eddy streek over zijn schedel, waarop de haren niet langer waren dan een paar millimeter.

'Dus hij is echt dood.' Irene stopte haar mobieltje in haar tas zonder het gebruikt te hebben.

Eddy trok zijn wenkbrauwen op. 'Wat had jij dan gedacht? Die hele politiemacht komt hier echt niet omdat hij is flauwgevallen.' Hij rammelde met de autosleutels in zijn broekzak. 'Wat een lullige manier om aan je eind te komen. Ik vond het wel een geschikte vent.'

'Ik niet,' zei Irene.

'Jij niet?'

Ze schudde haar hoofd. 'Hij kon je ongelooflijk voor schut zetten.' Ze kleurde donkerrood, en leek opeens heel jong. 'Ik hoor dat nu natuurlijk niet te zeggen.'

'Van de doden niets dan goeds.' David lachte. 'En jij, Eva?'

Eva haalde haar schouders op.

'Jij, Bart?'

'Ik heb nooit problemen met hem gehad. Maar ik hield me nogal gedeisd, vroeger. Het enige dat ik wilde, was zo snel mogelijk van school af.'

'Weet een van jullie wat er nu precies gebeurd is?' Eddy keek op zijn horloge, massief goud en niet dikker dan een twee-euromunt. De leren band waaraan het was bevestigd zat niet achter, maar voor het polsgewricht. 'Ze hebben ons hier een uur geleden opgesloten, en intussen heb ik gehoord dat hij is neergestoken, neergeschoten en een hartaanval heeft gehad.'

Niemand zei iets.

'Kom op,' zei Eddy ongeduldig. 'Hij ligt niet voor niets in die lijkwagen. Wie was die hysterica die hem gevonden heeft?'

'Die heeft hem niet gevonden,' zei David. 'Hij lag in het herentoilet.'

'Hoe kon zij dan weten dat hij dood was?'

'Een van die twee knullen schijnt op de gang alarm te hebben geslagen. Toen zal ze wel zijn gaan kijken.'

'Ik wou dat we weg mochten,' zei Irene.

'Ze zullen eerst wat vragen willen stellen.'

'Maar wij weten toch niks! Iedereen was hier!' Ze keek met ronde ogen naar hem op.

'Iedereen op een na.' Eddy lachte.

'Ze zwierven door de hele school,' zei David. 'Je weet hoe dat gaat. Ik heb zelf daarstraks ook een rondje gemaakt.'

'Maar...' Irene keek de bomvolle aula rond. 'Straks zitten we hier om twaalf uur nog.' Ze stond op en ging met haar rug naar hen toe staan bellen.

'Heeft een van jullie hem eigenlijk gesproken?' vroeg Bart.

'Ik,' zei Eddy. 'Heel even.' Hij wees naar een hoek. 'Hij zat daar. Er was iets met zijn enkel. Gebroken, gekneusd, dat ben ik vergeten. In ieder geval zat hij met zijn voet op een stoel. En op zijn tafeltje lag een vel papier met in koeienletters "ski-ongeval" erop. Hij zei dat hij geen zin had een paar honderd keer te moeten uitleggen wat hem mankeerde.' Hij wreef met twee handen over zijn gezicht. 'Shit, ik wil een borrel. Je had zeker niet toevallig ergens een fles cognac verstopt, Bart?'

'Niks sterkers dan wijn.' Bart lachte. 'Ze hebben eerder een reünie gehouden, en toen schijnt het nogal uit de hand gelopen te zijn.'

'Kan ik voor jullie iets meenemen?'

Irene kwam terug en gaf hem haar glas. 'Eigenlijk zou ik niet meer moeten drinken, ik begin honger te krijgen. Maar dat buffet kunnen we natuurlijk wel vergeten. Ben ik nou ongevoelig?'

'Jij, Eva?'

'Nee, dank je.' Ze masseerde haar slapen. 'Ik wil alleen nog maar naar huis.'

'Joost komt me halen, als het laat wordt,' zei Irene. 'Dan regelt hij iets met de buurvrouw. Rij met ons mee.'

'Niet nodig,' zei David. 'Ik breng jullie wel naar huis.' Hij keek naar Eddy, die achter de bar in de weer was. 'Hij heeft zelf vervoer?'

Irene schoot in een nerveuze lach. 'Nou en of.'

'Bart?'

'Ik woon hier vlakbij.'

Eddy kwam terug met twee glazen wijn. Toen hij ze op tafel zette, gingen eindelijk de deuren open. De rector kwam binnen, met in zijn kielzog een forsgebouwde grijzende man in een ouderwets windjack en een jonge vrouw in een spijkerjasje en zwarte broek.

Het werd stil toen de rector het podium beklom en de microfoon greep.

'Dames en heren, ik zal het heel kort houden. Zoals u allemaal intussen gehoord zult hebben, is Eric Janson... om het leven gekomen.' De aarzeling was nauwelijks merkbaar. 'Hoe dat heeft kunnen gebeuren, is nog niet duidelijk. Daarom wil de politie u allemaal graag enkele vragen stellen.' Hij gebaarde naar de man in het windjack. 'Dit is inspecteur Vegter. Ik heb begrepen dat u daarna mag vertrekken. Dat is toch zo, inspecteur?'

De grijze man knikte.

'De inspecteur zal u te woord staan in mijn kamer. Ik ga ervan uit dat u allemaal nog weet waar die is.'

Hier en daar werd besmuikt gegrinnikt. Mevrouw Declèr glimlachte voluit.

De rector keek vragend naar de inspecteur. 'Wilt u hier nog iets aan toevoegen?'

Vegter keerde zich naar de zaal. 'U zult het liefst zo snel mogelijk naar huis willen, maar ik vraag uw begrip voor het feit dat dat nog even kan duren. Overigens zit in de docentenkamer een aantal collega's gereed om ons terzijde te staan, zodat het al met al misschien nog mee zal vallen. Intussen wil ik u vragen of u zich kunt herinneren iets te hebben opgemerkt wat u als ongewoon voorkomt en dat aan ons te melden.'

De aula leek een enorme wachtkamer, waarin de patiënten een voor een bij de dokter werden geroepen. Toch was de sfeer minder gespannen nu er eindelijk iets gebeurde. Bovendien werd de zaal verrassend snel leger.

'Het duurt gelukkig niet zo lang.' Irene wierp een blik naar buiten, waar de zon intussen was ondergegaan en de esdoorns als zwarte silhouetten stonden afgetekend tegen de avondhemel. Ze huiverde. 'Te bedenken dat ik me hierop had verheugd.'

'Hoe lang zou het geduurd hebben voor ze hem vonden?' vroeg Eddy.

'Kan nooit lang geweest zijn,' meende Bart. 'Hij lag in de toiletruimte, en iedereen zoop bier alsof het limonade was.'

'Heb jij eigenlijk iets gezien, Eva?' Irene keek naar Eva, die met haar rug naar hen toe voor het raam stond.

Eva draaide zich om. 'Nee, ik ben naar buiten gegaan om een sigaret te roken, en toen zag ik dat ik toch geen aspirine bij me had.'

'Had mij maar gevraagd.'

'Dat had geen zin.' Eva had diepe kringen onder haar ogen. 'Voor dit soort hoofdpijn helpt die niet. Ik heb een rondje om de school gemaakt en ben weer naar binnen gegaan. Ik heb jou buiten nog gesproken,' zei ze tegen Eddy.

Hij knikte. 'Dat is waar ook. We hebben samen in het fietsenhok staan roken. Net als in die goeie ouwe tijd. Ik zou trouwens een moord doen voor een sigaret.'

Bart lachte.

'Ach, jezus.' Eddy rammelde met zijn sleutels. 'Ik bedoel...'

'Hou maar op.' Irene bekeek hem vertederd. 'Je maakt het alleen maar erger.'

'Nou ja,' zei hij geïrriteerd. 'Die verrekte antirookmaffia. Zo'n feest als dit, vijf of tien jaar geleden zou het hier blauw hebben gestaan. Gewoon, gezellig, net als in de kroeg. Nou staat iedereen lekker steriel gezond te doen. Maar wel zuipen als een drielitermotor.' Hij schoof bruusk zijn stoel naar achteren. 'Ik wil hier weg, verdomme. En als het nog lang duurt, dan ga ik.'

David keek rond. 'Doen ze het eigenlijk op alfabet?'

'Dan was jij hier allang weg geweest,' zei Bart scherpzinnig.

De deuren gingen weer open en een vinger wees in hun richting. Eddy en Irene stonden tegelijkertijd op.

'Ga jij maar.' Irene ging weer zitten.

Eddy verdween zonder nog gedag te zeggen.

6

Ze reden zwijgend het bijna lege parkeerterrein af, Irene naast David, Eva achterin. Irene keek om naar het helverlichte schoolgebouw.

'Ik zet daar nooit meer een voet over de drempel.'

David zette de radio aan, zocht een muziekzender en draaide het volume terug. 'Het verpest alsnog je schoolherinneringen. Aan de andere kant: het was een geslaagde reünie, totdat.'

'Waarom ben jij gegaan?' vroeg ze nieuwsgierig. 'Je zat een klas boven ons en ik herinner me niet of jij wel of niet een hekel had aan school.'

Hij stopte voor een verkeerslicht en trommelde met zijn vingers op het stuur. 'Waarschijnlijk om dezelfde reden als waarom iedereen ging. Je wilt weten hoe het de anderen is vergaan.'

'Dat weten we nu,' zei ze nuchter.

'Je bedoelt dat je geen behoefte hebt aan verder contact.'

Het licht sprong op groen en hij trok op. Het was een kleine auto, en niet bepaald nieuw, maar David reed soepel als een taxichauffeur.

'Wel met Eva. Dat doet me eraan denken...' Ze draaide zich om. 'Ik heb je telefoonnummer nog niet. Heb je ook een vaste aansluiting, of alleen een mobiel?'

'Allebei. Maar ik bel jou wel.' Eva's gezicht was een bleek ovaal in het donker.

'Ik wil me niet opdringen...' begon Irene.

'Dat is het niet. Maar de komende weken heb ik erg weinig tijd.'

'Misschien moeten we ook eerst wat afstand nemen.' Irene trok haar jas dichter om zich heen. 'Anders praten we toch alleen maar hierover. Het liefst zou ik deze hele ellendige reünie vergeten. God, wat ben ik blij dat ik hem niet heb gevonden. Was hij eigenlijk opnieuw getrouwd? Ik meen dat hij gescheiden was.'

'Volgens Bart was hij voor de tweede keer gescheiden.'

'Hij had kinderen,' zei Irene nadenkend. 'Twee dochters?'

'Klopt.' David reed de ringweg op en voegde in. 'De oudste heeft nog een tijdje bij ons op school gezeten.'

Irene loodste hem door de nieuwbouwwijk en liet hem stoppen voor een rijtjeshuis met een voortuintje ter grootte van een postzegel.

'Dankjewel, David.' Ze kuste hem vluchtig en stapte uit.

Eva stapte ook uit om voorin te gaan zitten. Irene pakte haar bij de schouders. 'Bel je echt?'

Eva knikte.

Achter hen ging een deur open en Irene haastte zich het tuinpad op. Eva stapte in en de auto gleed weg van de stoeprand.

'Waar naartoe?'

Ze gaf hem het adres en zweeg tot ze voor het flatblok stilstonden. David draaide zich naar haar toe.

'Ik loop met je mee.'

Ze glimlachte. 'Deze buurt is veiliger dan 't lijkt.'

Hij stapte toch uit en sloot de auto af.

In de verveloze lift stonden ze zwijgend tegenover elkaar. Op de galerij haalde Eva haar sleutels uit haar tas. David keek naar de grimmige rij voordeuren.

'Ik weet dat je je niet goed voelt, maar we zouden ergens iets kunnen gaan drinken. Misschien is dat beter dan in je bed gaan liggen malen.'

Ze schudde haar hoofd en stak de sleutel in het slot. 'Ik ben te moe.'

'Het was een hele schok, hè? Hoewel ik moet bekennen dat ik altijd een hekel aan hem heb gehad.'

Ze draaide zich naar hem om. 'Waarom zeg je dat?'

'Omdat het zo is.' Hij lachte en streek met zijn lippen over haar haren. 'Ik bel je morgen, of je het nu wilt of niet.'

■

De taxi stopte voor het tuinhek. Ze keken naar het huis en zagen allebei dat het buitenlicht kapot was.

'Ik zet er morgen een nieuwe lamp in,' zei hij, voor ze haar mond had kunnen openen.

Ze stapte uit terwijl hij de chauffeur betaalde. Ze keken de taxi na die met flinke vaart de straat uit reed. Hij nam haar bij de arm en maakte het tuinhek open.

Ze huiverde. 'Het glimlacht niet, vanavond.'

'Het glimlacht altijd, Janna,' zei hij nadrukkelijk.

Ze antwoordde niet, maar liep voor hem uit het tuinpad op.

Binnen trok hij de zware gordijnen dicht en deed alle lampen aan, zodat de grote kamer helder verlicht was. 'Wil je nog iets drinken?'

'Ik wil een borrel,' zei ze. 'Een whisky. Zonder ijs.'

Hij trok zijn wenkbrauwen op, maar schonk zonder commentaar een bodempje whisky in een glas, aarzelde even en schonk een dubbele hoeveelheid voor zichzelf in.

Ze had haar schoenen uitgeschopt en probeerde op de bank een gemakkelijke houding te vinden.

Hij schoof een kussen achter haar rug. 'Dit kun je me vragen.'

'Dat ga ik ook doen. Maar nu nog niet.' Ze hief haar glas naar hem op.

'Waar wou je op klinken?' vroeg hij ironisch.

'Op het leven,' zei ze. 'Of op de dood. In feite komt het op hetzelfde neer.'

Hij liet zich zwaar in een stoel vallen en trok zijn das los. 'Dit is wel het laatste waaraan ik gedacht zou hebben.'

'Maar Robert,' zei ze bestraffend. 'Waar is je fantasie?'

'Dus jou verbaast het niet dat een van mijn docenten is vermoord?'

'Natuurlijk wel. Maar tegelijkertijd...' Ze nipte aan haar whisky.

'Tegelijkertijd?'

'Voel ik me alsof ik een bijrol heb in een Poirotfilm. Dit is te absurd om waar te zijn.'

'Ik kan je verzekeren dat hij zeer dood is.' Hij maakte ook het bovenste knoopje van zijn overhemd open en goot de whisky in één teug naar binnen. 'Het was verdomme geen verheffende aanblik.'

'Die politieman wilde het niet vertellen.' Ze draaide het glas rond tussen haar vingers. 'Wat is er nu precies gebeurd?'

Hij haalde zijn schouders op. 'Zijn hoofd... Er was geen bloed, of in ieder geval nauwelijks, maar er zat een deuk in zijn rechterslaap.'

'Een klap?'

'Het schijnt zo.'

'Kan het geen val geweest zijn? Dat hij is uitgegleden? Je weet hoe zo'n vloer rond wasbakken eruit kan zien. Mensen wassen hun handen, morsen water... En per slot van rekening liep hij moeilijk vanwege die enkel. Misschien is hij met zijn hoofd tegen de wasbak geslagen.'

Hij stond op om zijn glas bij te vullen. 'De politie denkt van niet.'

'Dus Eric had een vijand,' zei ze zachtjes. 'Dat verwondert me niet. Maar ik zou toch niet gedacht hebben dat iemand zo'n ernstige grief tegen hem had.'

'Vijanden,' monkelde hij. 'Grieven. Het kan een insluiper geweest zijn. Stel dat Janson hem betrapte?'

'In de toiletruimte? Wat heeft een insluiper daar te zoeken? Als het nu de garderobe was geweest.'

'Een insluiper kent de weg niet in de school. Ben je niet wat voorbarig met je conclusie? Eric had zijn eigenaardigheden, maar het was toch een geschikte vent.'

'Ik vond hem... meedogenloos.'

Hij schoot in de lach. 'Ik geloof niet dat ik je dat woord ooit eerder heb horen gebruiken.'

'Het is waar,' zei ze koppig.

'Overdrijf je nu niet een beetje? Ik heb hem nooit op incorrect gedrag kunnen betrappen.'

Ze keek zoals alleen getrouwde vrouwen kunnen kijken.

'Je moet niet doen alsof ik dom ben,' zei hij geïrriteerd.

'Vrouwen zien andere dingen dan mannen.' Haar stem was effen, maar ze keek nog steeds alsof haar geduld op de proef werd gesteld. 'Of ze zien de dingen anders. En dus trekken ze ook andere conclusies.'

'En die zijn per definitie juist?'

'Nu word je hatelijk,' zei ze. 'Nee, die zijn niet per definitie juist. Maar ook niet per definitie onjuist. Het verschil tussen mannen en vrouwen is...'

Hij zuchtte, en ze lachte.

'Het verschil tussen mannen en vrouwen is dat vrouwen conclusies trekken op hun gevoel. Mannen doen dat op rationele gronden.' Ze wreef over haar voorhoofd en sloot haar ogen. 'Ik ben te moe om me helder uit te drukken.'

Geruisloos stond hij op om de fles te pakken. Hij dronk te veel, de laatste maanden, maar, bedacht hij niet zonder zelfspot, er was reden toe. Even geruisloos ging hij weer zitten, hij nipte van de whisky en wachtte. Iedere dag kostte het hem meer moeite in dat witte, ingevallen gezicht het meisje te herkennen op wie hij verliefd was geworden. Daar lag een vrouw die een vreemde zou kunnen zijn, iemand met wie hij niets gemeen had, niets had gedeeld, wier gedachten hij niet kon lezen en wier lichaam hem niet langer vertrouwd was. Hij zag haar mond vertrekken en wist dat ze voelde dat hij naar haar keek.

'Meedogenloos,' zei hij beschaamd.

Ze deed haar ogen open en knikte. 'Een meedogenloos kind.'

'Onderweg naar huis heb ik erover nagedacht,' zei hij. 'Hij is vierentwintig jaar aan mijn school verbonden geweest. Een loyale collega. Arrogant, natuurlijk, maar dat zijn er meer.' Zijn nieuwsgierigheid kreeg de overhand. 'Waarom een meedogenloos kind?'

Ze glimlachte met iets van triomf. 'Een kind omdat hij geen minuut zonder aandacht kon. Een meedogenloos kind omdat hij die aandacht rücksichtslos opeiste. Een van die mensen die totaal voorbijgaan aan de gevoelens van anderen.' Ze verschoof het kussen in haar rug, verlegde haar benen.

'Waarom gaan we niet naar bed?'

'Omdat we toch niet kunnen slapen.' Ze stak haar glas naar hem uit. 'Ik wil nog een drupje whisky.'

'Je moet niet...'

‘Nee, dat moet ik inderdaad niet. Maar vanavond wel.’

Hij vulde haar glas bij, trok een tafeltje tot voor de bank, zette het glas erop. ‘Het was een competente vent, dat zul je toch met me eens zijn. Geen ordeproblemen, beheerste zijn lesstof, bereidde zijn zaakjes goed voor. En wat aandacht betreft: hij was nooit te beroerd om op schoolfeesten aan het docententoneel mee te doen en dan in een jurk volkomen voor joker te staan.’

‘Maar zelfs dan!’ zei ze ongeduldig. ‘Zie je het dan niet? Hij stónd niet voor joker. Omdat iedereen het leuk vond, en dapper, en omdat hij de lachers op zijn hand kreeg, en de meeste complimentjes kreeg na afloop. Het zou me niet verbazen als hij populair was bij de leerlingen. Was hij dat?’

‘Ja en nee,’ zei hij langzaam. ‘Hij kon vlijmend sarcastisch zijn, en dat maakt leerlingen onzeker. Maar toch... Op de sportdagen ging het goed. Dan sloofde hij zich enorm uit, deed overal aan mee. Hoewel dat wel minder werd, de laatste jaren. En dit jaar heeft hij er zelfs voor bedankt,’ zei hij verrast.

‘Leeftijd,’ zei ze nuchter. ‘Slechtere prestaties, dus minder succes.’

Hij zette zijn glas op tafel, keek naar de fles maar bedacht zich. ‘Deugde er dan in jouw ogen niets aan hem?’ Hij stond toch op om de fles te halen. ‘Het was een aantrekkelijke vent. Zelfs ik zag dat.’

‘Als je van het type houdt.’

‘Van welk type hou jij?’

Ze klopte op zijn hand. ‘Je flirt met me. Hij was het type van de sonore stem en de intense blik. Het type dat elke vrouw met een beetje gezond verstand onmiddellijk wegzet als onbetrouwbaar. De eeuwige jeune premier. Al was hij er erg handig in. Speelde het spel perfect. Maar vraag het je vrouwelijke docenten.’

‘Hij heeft natuurlijk wel iets gehad met Etta,’ zei hij nadenkend. ‘Of in ieder geval gingen er destijds geruchten.’

Ze opende haar mond en sloot hem weer.

‘Wat weet jij dat ik niet weet?’ vroeg hij alert.

Ze schudde haar hoofd. ‘Het doet er niet toe. Van die affaire met Etta was iedereen op de hoogte behalve jij. Vergeet niet dat jij rector bent. Dat schept afstand. En vrouwen praten onderling, ze worden gemakkelijker vertrouwelijk met elkaar dan mannen. Ook op de bridgeavondjes hier, als jij je zat op te winden over je slechte kaarten.'

'Heb jij ooit problemen met hem gehad?'

'Vroeger.' Ze lachte om de jaloezie in zijn stem. 'De laatste tijd natuurlijk niet meer. Hij hield van perfectie.' Ze keek naar zijn glas en stond op om de fles weg te zetten.

Hij gaf geen antwoord, en om het goed te maken zei ze: 'Waar je met hem over kon praten, maar dat weet jij ook, was literatuur. Dat heeft me altijd verbaasd, in de zin dat hij daarover altijd serieus was. Hij was zeer belezen, had een intelligente mening en kon oprecht genieten van prachtige taal.' Ze wierp een vluchtige blik op de boekenkast. 'We hebben daar lange gesprekken over gevoerd. Maar dat kon alleen als er geen andere vrouwen in de buurt waren.' Ze stond opnieuw op. 'En nu ga ik naar bed.'

'Moet ik dit aan de politie vertellen?'

Verrast draaide ze zich om. 'Waarom zou je dat in vredesnaam doen?'

Hij haalde als een kleine jongen zijn schouders op. 'Het heeft iets verontrustends. Maar misschien alleen omdat ik dit niet wist.'

'Dan moet je het niet doen. In Italië zou Eric waarschijnlijk als hoffelijk zijn betiteld.'

Ze verliet de kamer en hij stond op om de fles terug te halen. Met of zonder whisky, slapen zou hij toch niet.

■

'Heeft iemand iets bijzonders te melden?' vroeg Vegter. De lijst met namen lag voor hem. Vierhonderdachtentwintig oud-leerlingen hadden zich aangemeld voor de reünie, zeven waren niet komen opdagen. Van de overige vierhonderdeenentwintig hadden ze er vierhonderdtwaalf gesproken. Negen waren al weggegaan voor Janson gevonden was. Aan de lijst was een kortere geniet met de namen van de aanwezige docenten, eenendertig inclusief de rector en zijn vrouw. Vierhonderddrieënveertig mensen. Misschien kon je de vijf bandleden schrappen, en de vrouw van de rector. Hij zuchtte.

Het hele team zat in de docentenkamer aan een grote, ronde tafel. Het gebouw was leeg en stil, de lichten waren overal uit behalve in de gangen. Iedereen wilde naar huis.

'Nou?' Hij keek de tafel langs, waaraan de agenten en de leden van het rechercheteam twee aparte groepen vormden. Merkwaardig dat dat nooit mixte.

'Die zijingang,' zei Brink. 'Dat is een enkele deur, hout met glas, en met een gewone deurkruk. Op de verf zit een verse kras. Ik weet alleen niet hoe vers. En de deur gaat moeilijk open, je moet flink kracht zetten.'

'Is dat alles?'

'Yep.'

'Zijn er prints van gemaakt?' vroeg hij aan Renée.

Ze knikte.

'De jongen die hem gevonden heeft,' zei Vegter, 'was nog flink onder de indruk. Heeft hem op zijn rug gedraaid omdat hij dacht aan een hartaanval of iets dergelijks. Dat was nadat hij die twee anderen erbij had geroepen. De anderen wilden dat hij hem liet liggen, maar hij wilde mond-op-mondbeademing toepassen, want hij had het idee dat het fout zat. Maar toen zagen ze die deuk en heeft hij ervan afgezien. Ook al omdat het meisje op tilt sloeg.'

'Lag hij dus op zijn rechterzij?' vroeg Renée.

Vegter knikte goedkeurend.

Talsma had een shagje opgestoken en zocht naar een asbak die er niet was. 'Ik heb niks gehoord wat niet klopte,' zei hij met zijn trage Friese tongval. 'Een paar mensen die rond de tijd dat het gebeurde in de school rondzwierven, maar die hebben niets gehoord of gezien. Eentje die op de dames-wc zat en meende een schot gehoord te hebben. Kwam daar later op terug, omdat het ook een deur geweest kon zijn. Of misschien een auto die startte, of een van de feestballonnen die knalde. Meer varianten had ze nog niet bedacht. Beetje drukke juffrouw.'

Renée bladerde in haar notitieblok. 'Ik had een nerveus baasje. Ene Eddy Waterman. Beroep horeca-exploitant. Toen ik doorvroeg, bleek het een escortclub te zijn.'

Er werd gegrinnikt.

'Hoezo nerveus?'

'Gederfde inkomsten,' zei een van de agenten.

Ze haalde haar schouders op. 'Gewoon een indruk. Vloekte om de paar woorden en wou alleen maar weg. Hij was buiten rond die tijd. Rookte bij het fietsenhok. Deed dat samen met...' Ze bladerde weer. 'Eva Stotijn, die dat bevestigde. Eva Stotijn had hoofdpijn en wilde frisse lucht. Heeft een ommetje gemaakt rond de school en was net weer binnen en was van plan naar huis te gaan toen Janson werd gevonden.'

'Ik had ene Ter Beek.' Brink bladerde ook, de lange benen voor zich uitgestrekt, het leren jasje losjes rond de schouders. 'Een van de docenten. Geeft Engels. Gáf Engels, maar heeft nu andere taken. Een neuroot.'

'Het zal je baan ook wezen,' zei Talsma. 'Elke dag met zo'n twaalfhonderd van die etterbakken hier opgesloten zitten.'

'Een rancuneus mannetje. Gaf af op alles en iedereen,' zei Brink onverstoorbaar.

'Ook op Janson?'

'Nee. Maar dat leek me meer een kwestie van piëteit. Gaf wel een sneer aan het adres van oudere mannen die zichzelf nog zo nodig op ski's moesten bewijzen. En dat hij taken had moeten overnemen terwijl Janson op krukken rondstrompelde.'

Talsma drukte zijn peuk uit in een bloempot en geeuwde. 'Hier worden we niet wijzer van. Dit wordt een rotklus, dat voel ik aan m'n water. Niemand die heeft opgelet natuurlijk. Allemaal al flink aan de drank geweest. En misschien heeft hij toch gewoon een smak gemaakt.'

'Niet volgens Heutink,' zei Vegter. 'Maar goed, we wachten op het rapport van de patholoog.'

Buiten stond een eenzame persfotograaf.

'Je bent te laat, jongen,' zei Vegter vriendelijk.

'Ik sta hier al uren,' zei de fotograaf klaaglijk. 'Wat is het nut van een radio in je auto als u me niks wilt vertellen?'

'Ga naar huis,' zei Vegter. 'Neem een borrel. Het is weekend.'

■

Johan zat naast zijn etensbakje dat alweer leeg was. Vegter gooide er een handvol brokken in en de kat begon spinnend te eten.

Vegter trok zijn schoenen uit en deed de koelkast open. Hij keek naar het eenzame ei in het rek, naar het bakje aardappelsalade en verbaasde zich over de vislucht, tot hij het blikje zalm zag dat hij drie dagen geleden had opengemaakt. Hij gooide de zalm weg en besloot dat hij geen honger had. Hij pakte de fles jenever en draaide de dop eraf.

Met het kelkje in zijn hand liep hij naar de kamer en ging voor het raam staan. *Something is nagging at the back of my mind.* Was dat niet de titel van een liedje?

Aan de overkant waren de meeste ramen donker, maar in een van de flats was een feestje aan de gang. Mensen liepen heen en weer door de kamer, op het balkon leunden een man en een vrouw over de balustrade. De sigaret van de man gloeide op toen hij het peukje de duisternis in schoot. Hij draaide zich naar de vrouw en sloeg zijn armen om haar heen. Vegter hoorde muziek toen achter hen de deur openging.

Wie verkocht iemand een dreun met een kruk en zette daarna de kruk weer keurig tegen de muur? Of misschien was het de kruk niet geweest. Misschien had hij zelf iets meegenomen. Een fijne ouderwetse ploertendoder, een knuppel, een ijzeren staaf. Maar waarom naar een reünie gaan met een slagwapen? Volgens de rector woonde Janson alleen, dus waarom hem niet bij zijn huis opgewacht en hem daar een klap op zijn hoofd gegeven? Veel minder risico om betrapt te worden. Aan de andere kant: nu waren er meer dan vierhonderd verdachten. Maar waarom maar één klap? Je kon aan de buitenkant niet zien of iemand een dunne schedel had. Het kon een uit de hand gelopen ruzie zijn geweest. Maar er was niet gevochten. Op die deuk na zag Janson eruit alsof hij vrijwillig was gaan liggen.

Hij dronk zijn jenever op en liet de luxaflex zakken. Het wit glom steriel in het licht van de plafonnière. Ingrid had gelijk gehad, hij had gordijnen moeten nemen.

Hij probeerde de kamer met haar ogen te bekijken. De zwartleren bank waarvan hij spijt had omdat het leer kil aanvoelde, de kleine eettafel die hij tegen de wand had geschoven omdat er immers maar één persoon aan hoefde te zitten, de bekraste houten salontafel die hij in een opwelling op een rommelmarkt had gekocht, omdat hij dacht dat het hout de kamer wat warmte zou geven, de lege muren. Zijn boeken waren het enige dat de kamer wat kleur verleende.

Hoe deden vrouwen dat? Die zetten bloemen neer, en dingen die je niet nodig had. Hij had geen meubels willen meenemen uit het huis, bang dat die hem te veel aan Stef zouden herinneren. Voor het eerst bedacht hij dat het Ingrid misschien troost zou hebben geboden hier iets van de sfeer van haar ouderlijk huis terug te vinden.

Het plantenboek lag nog open op tafel en hij zette het terug in de kast. De *Sparmannia africana* moest het nog maar even zien vol te houden.

In bed kon hij niet slapen. Sinds een jaar was dat niet ongewoon, en na een halfuur vruchteloos woelen en draaien knipte hij het lampje aan en pakte zijn boek. Hemingway, *A Moveable Feast.*

Om vier uur werd hij wakker, het boek op zijn borst, het lampje nog aan. Met gesloten ogen tastte hij naar de schakelaar en stootte tegen het fotolijstje, dat kletterend omviel. Vegter vloekte en sloeg het boek weer open. Na twee regels wist hij wat hem wakker had gehouden.

Krukken.

Brink had gesproken over krukken. En er had er maar één naast de wasbak gestaan.

■

Mariëlle deed het bedlampje uit toen de voordeur in het slot klikte, legde het tijdschrift op het nachtkastje en draaide zich resoluut op haar zij. Het was verreweg het verstandigst om te doen alsof ze sliep. Het zou een woordenwisseling besparen, en soms was David de volgende dag opeens over zijn boosheid heen. Ze keek op de wekker. Over half twaalf. Hij moest na de reünie met een paar witbesokte klasgenoten nog iets zijn gaan drinken. Ze trok haar knieën op tot onder haar kin. In de kamer werd de televisie aan- en meteen weer uitgezet. Een keukenkastje ging open en dicht, ijsblokjes tinkelden in een glas. Uit de beheerste geluiden kon ze afleiden dat hij niet aangeschoten was. David was zelden aangeschoten; hij kon slecht tegen alcohol en hij hield er niet van de controle te verliezen. Ze hoorde hem rondlopen, en daarna de piep van de deur naar het balkon. Stoelpoten schraapten over het beton, waardoor ze zich herinnerde dat ze vergeten was het linnen stoeltje binnen te zetten. Wat deed hij in vredesnaam op het balkon? Het moest er kil zijn, de wind stond er pal op. Ze overwoog op te staan, maar wist geen gespreksonderwerp te bedenken, behalve één. Terwijl ze daarover piekerde, viel ze in slaap.

Ze werd wakker toen hij naast haar schoof, met lange, koude benen. Ze draaide zich naar hem om en zag dat hij op zijn rug lag, armen onder zijn hoofd.

'Hoe was het?'

'Verrassend.'

'In welk opzicht?'

'Meerdere.'

Haar hand kroop naar hem toe, maar hij scheen het te voelen. 'Zullen we het er morgen over hebben? Ik ben moe.'

Ze keerde zich onmiddellijk van hem af. 'Zoals je wilt.'

Maar nu was ze klaarwakker, en terwijl ze keek naar de verspringende cijfers van de wekker – 00.24, had hij zo lang buiten gezeten? – zei ze: 'Ik ben zwanger.'

Hij bewoog zich niet, en ze had niet de moed zich opnieuw naar hem om te draaien.

'Jezus,' zei hij zacht. 'Hoe haal je het in je hersens.'

Ze bleef naar de wekker kijken, 00.25, 00.26, 00.27, en toen de cijfers in elkaar overvloeiden, haalde ze adem door haar mond om te voorkomen dat hij zou horen dat haar neus volliep. 'Is dat alles wat je erover te zeggen hebt?'

‘Wat zou je willen dat ik zei?’ Hij sprak tegen het plafond. ‘Je weet hoe ik erover denk.’

‘David…’

‘Geen verwijten alsjeblieft, Mariëlle. En al helemaal geen tranen of andere hysterische toestanden.’ Hij sloeg het dekbed terug en stond op.

‘Wat ga je doen?’

Hij liep naar de kast, zijn silhouet scherp afgetekend tegen de lichte gordijnen. ‘Ik ga ergens anders slapen.’

‘De plaid ligt in…’

‘Niet hier. Ergens anders.’

En toen zei hij wat ze geweten had dat hij zou zeggen. ‘Morgen kom ik mijn spullen halen.’

Ze knipte het lampje aan en ging rechtop zitten. Haar borsten begonnen onmiddellijk te jeuken. Warm en zwaar hingen ze tegen haar lijf, de tepelhof groot en donker in het zachte schijnsel. Borsten als onbekende wezens die niet bij haar hoorden.

‘Dat kun je niet doen, David!’ Ze haatte de paniek in haar stem die hij ook moest horen, en die daarom vernederend was. ‘We moeten hierover praten.’

Hij koos een schoon overhemd uit de stapel, schudde het open en begon het aan te trekken. ‘We hoeven nergens over te praten. Als jij een kind wilt, prima. Maar wel zonder mij.’

Hij pakte zijn broek, trok hem aan, stopte het overhemd er zorgvuldig in.

‘Maar een kind is toch ook jouw verantwoordelijkheid!’

Hij lachte. Ze kon haar oren niet geloven.

‘Daar vergis je je in,’ zei hij bijna vriendelijk. ‘Jij was degene die de anticonceptie regelde. Ik dacht dat ik daarop kon vertrouwen. Maar als je een abortus overweegt, wil ik die met genoegen voor je betalen.’

Ze keek toe hoe hij sokken aantrok, en zijn schoenen, hoe hij de veters zorgvuldig strikte, alsof hij van plan was een flink eind te gaan lopen.

‘Je kunt niet zomaar weggaan.’ Kalm nu, kalm. Niets aan de hand, je bent alleen maar zwanger en je vriend gaat ervandoor zodra hij het weet, meer is het niet. 'En als ik een abortus zou willen? Die betaal ik trouwens zelf wel,' zei ze hatelijk. 'Ik verdien meer dan jij.'

Ze kon de opluchting in zijn ogen zien. Hij gaf niet graag geld uit aan dingen die geen direct nut voor hem hadden.

Hij stopte zijn portefeuille in zijn achterzak. 'In feite heb ik dit zien aankomen. Je wist vanaf het begin dat ik niet bereid ben om mijn vrijheid op te geven. Daar ben je mee akkoord gegaan, maar nu stel je me voor een voldongen feit. En je wilt geen abortus.'

'Wat weet jij daarvan?'

'Ik heb je zien kijken. Je staat te hunkeren bij elke kinderwagen.' Hij schoot in zijn jasje.

'En daarom loop jij nu weg.' Ze schreeuwde, ze kon er niets aan doen. 'Zoals je voor elk probleem wegloopt, en voor alles wat je niet bevalt.'

'Mariëlle, baby's zijn redeloze creaturen waar geen zinnig mens iets mee te maken wil hebben.'

'Het blijven geen baby's!' Ze likte een traan uit haar mondhoek. Laat hem gaan. Laat hem gaan. Maar wat als hij ging?

'Daarna wordt het alleen maar erger,' zei hij, zo geduldig alsof hij iets uitlegde aan iemand van wie hij wist dat het diens begrip te boven ging.

'Doe niet zo onzinnig!' Die middag nog had ze beweerd dat zij er een punt achter zou zetten. Maar dat was gewoon een van haar verzinsels geweest, bedoeld om het beeld te versterken van hoe ze zichzelf graag zag: onafhankelijk, zelfbewust. En hier zat ze – een snotterend, dreinend schepsel dat zich gedroeg als een tweederangs actrice in de slotakte van een slecht geschreven drama. Maar aan de feitelijkheid van de zwangerschap wilde ze niets veranderen. In die zin had hij gelijk. Dit kind in wording, waarvan ze zich nog geen voorstelling kon maken, waaraan ze nog niet kon denken als aan een persoon, was haar wens geweest. Maar, dacht ze, zoals de tegeltjeswijsheid zegt: wees voorzichtig met je wensen, ze zouden vervuld kunnen worden.

'Mariëlle, bespaar me dit gejengel. Ik zie mezelf niet als vader, zo simpel ligt het. Misschien moeten we nadenken over een of andere financiële regeling, hoewel ik me niet bepaald aansprakelijk voel.'

Zijn blik gleed over haar heen, koel en met iets van afkeer, en ze was zich scherp bewust van haar neus, rood en gezwollen omdat hij vol snot en tranen zat, van de mascara die ze niet had verwijderd en die nu korrelig aan haar wimpers kleefde en in zwarte vegen over haar wangen liep, van haar haren die in pieken om haar hoofd hingen.

Financiële regeling. Aansprakelijkheid.

Haar vechtlust kwam boven, en daarmee haar trots. De krent. Hij werkte sinds een paar maanden bij een verzekeringsmaatschappij, de derde baan-met-toekomst sinds ze hem kende, en blijkbaar had hij zich het jargon al aardig eigen gemaakt. Laat hem naar de hel lopen.

Ze trok het dekbed hoger op, opdat hij haar naaktheid niet langer zou zien nu hij veranderd was in een vreemde, iemand die de intimiteit van haar slaapkamer verstoorde, dissoneerde bij de warme chaos van kussens en lakens. Ze keek naar hem alsof ze hem voor het eerst zag, en in zekere zin was dat waar.

Hij bewoog ongemakkelijk onder haar blik, maar ze liet zich niet afleiden. Aandachtig bekeek ze het donkere haar, opglanzend in het lamplicht, de rechte zwarte wenkbrauwen, de witte tanden, even zichtbaar achter de korte bovenlip, de vloeiende lijn van zijn schouders en heupen.

Daar stond iemand met wie ze niets gemeen had, wiens gedachten, dromen en verlangens ze nauwelijks kende, omdat hij weigerde ze met haar te delen, en verwonderd vroeg ze zich af waarvoor ze bang was. Om alleen te zijn? Ze was al anderhalf jaar alleen. Ze had anderhalf jaar naast een mooie huls geleefd. Want god, wat was hij mooi zoals hij daar stond in het goed zittende jasje, een duim achter zijn riem gehaakt, een been licht gebogen. Een bergbeklimmer, een tennisser, een zeiler, welwillend poserend voor de fotoshoot voor het glossy vrouwenblad. Uiterlijk was hij de man die ze had willen hebben.

'Ik zou graag willen dat je je sleutels achterliet. Ik zet je spullen wel voor je klaar.' Ze had haar stem weer onder controle.

Hij fronste. 'Dat zou ik liever zelf doen.'

Ze schudde haar hoofd, koppig nu, en vastbesloten hem te raken. 'Het is niet veel.' Terwijl ze het zei, besefte ze dat het waar was. Ook in dit opzicht had hij weinig bagage.

'Leg in ieder geval alvast het kleed erbij.'

'Het kleed?' Ze kon hem niet volgen. 'Welk kleed?'

'Het paarse.'

Even was ze perplex. 'Maar dat heb ík gekocht!'

Hij trok zijn wenkbrauwen op. 'Het was een cadeautje voor mijn verjaardag.'

'Dat was het niet. We hebben het samen uitgezocht omdat jij het kleed dat er lag niet mooi vond.'

Het was een schitterend kleed, dikke dieppaarse wol, en hij had gelijk gehad toen hij zei dat het fantastisch zou staan bij de crème leren bank, die ze had gekocht omdat hij erop aandrong haar oude tweedbank te vervangen. Aan zijn smaak mankeerde niets. Ze herinnerde zich de prijs van het kleed, die ver boven haar budget was gegaan.

'Voor je verjaardag kreeg je een duikhorloge, weet je nog wel?'

Hij was ongevoelig voor sarcasme. 'Laten we er nu niet over bekvechten,' zei hij, alsof zij degene was die zich onredelijk gedroeg. 'Ik zal morgen vervoer regelen voor de bank en de foto's. Die haal ik dan later wel op.'

Ze trok haar wenkbrauwen op in een imitatie van zijn komische verbazing. 'De bank heb ik ook gekocht. Alleen de foto's zijn van jou.'

'En de stereo, en in feite ook het dekbed.'

Het dekbed. Het donzen dekbed dat ze had gekocht als vervanging voor het oude synthetische dat ze van thuis had meegenomen en waaronder hij niet kon slapen omdat hij niet-natuurlijke materialen verafschuwde. Nog liever knipte ze het in stukken dan het aan hem te geven. Was dit absurde gemarchandeer alles wat er restte? En als dat zo was, wat was al het andere dan waard geweest? Opeens kon ze het niet langer verdragen. 'Wil je nu alsjeblieft weggaan?'

'Uitstekend,' zei hij vormelijk. En daarna: 'We lossen het wel op.'

Ze barstte in lachen uit. Een ogenblik leek hij van zijn stuk gebracht, toen knikte hij en sloot de slaapkamerdeur achter zich. Ze hoorde de deur van de badkamer en daarna de klik van de buitendeur, en ze hield pas op met lachen toen zijn voetstappen niet langer in het trappenhuis weergalmden.

Ze gleed uit bed en trok haar huispak aan. Op sokken liep ze naar de keuken, onderweg overal de lampen aanknippend. Helder en licht moest het zijn, zoals haar geest nu was. Uit het keukenkastje haalde ze de rol vuilniszakken, ze scheurde er een af en sloeg hem open.

Ze begon in de badkamer. Scheerzeep, aftershaves, deodorant, kam, scheermesjes, scheerkwast, methodisch leegde ze zijn helft van het planchet. Er klonk het geluid van brekend glas toen ze de grote flacon badschuim in de zak gooide, en een doordringende geur van aftershave steeg op. Ze propte zijn badjas erbij, en de grote blauw-wit gestreepte handdoeken die hij had meegebracht toen hij bij haar introk. Was ze iets vergeten? Zijn tandenborstel. Ze liet hem in de zak vallen en begon opnieuw te lachen. Vrouw verwijdert tandenborstel van ontrouwe minnaar; de klassieke scène. Maar misschien was dit geen drama, wie weet was dit een blijspel met een happy end.

Ze keek in het kastje onder de wastafel, maar zoals ze verwacht had, ontbrak de toilettas met spuiten, en ze herinnerde zich dat ze de deur van de koelkast had gehoord. Ongetwijfeld had hij ook de flacon insuline meegenomen. Ze dacht aan het auto-ongeluk in Frankrijk waarvan ze getuige waren geweest. Ze reden op een smalle, slecht onderhouden weg. Het had geregend, en het asfalt was glad. De bestuurder voor hen was in een slip geraakt en met de achterkant van zijn auto tegen een boom gebotst.

David had adequaat gereageerd. Terwijl zij trillend naast de verkreukelde auto stond, had hij het oudere echtpaar eruit geholpen en in de berm gezet, had hun water aangeboden en op zijn mobiel de alarmdienst gebeld. Daarna had hij op zijn horloge gekeken en in alle rust zich zijn insuline-injectie toegediend. De diabetes was de enige smet op zijn imago van perfectie, en hij sprak er nooit over.

De eerste nacht dat hij was gebleven, had ze hem in de badkamer betrapt met een spuit in zijn hand. Ze was geschokt geweest, in de veronderstelling dat hij een shot zette met heroïne of andere rommel. Hij had het uitgelegd, en sindsdien geweigerd erover te praten, zoals hij ook nooit zou spuiten waar zij bij was en zoveel mogelijk vermeed zijn bloedsuikerspiegel te controleren in haar aanwezigheid.

Ze nam de zak mee naar de slaapkamer en begon met de ladekast. Niet al zijn sokken en ondergoed pasten erin, en ze liep terug naar de keuken om meer vuilniszakken te halen.

Ze had er drie nodig voor zijn jasjes en broeken. Op de laatste moest ze gaan zitten voor ze het sluitdraadje eromheen kon draaien. De overhemden namen maar een halve zak in beslag, en omdat hij niet van verspilling hield, vulde ze de resterende ruimte op met zijn schoenen en winterjas. Hij zou een strijkijzer nodig hebben. Ze zette de zakken netjes naast elkaar in de hal. Nadenkend keek ze naar de voordeur, draaide hem toen op het nachtslot en schoof de grendel ervoor.

In de kamer haalde ze de twee enorme ingelijste kunstfoto's van de muur, onbekommerd vingerafdrukken achterlatend op het glas. Ze zette de foto's klem achter de vuilniszakken.

Terug in de kamer keek ze om zich heen. De stereo. Op de luidsprekerboxen na hadden ze die samen gekocht en samen betaald, maar ze besloot grootmoedig te zijn. Er was vast wel iemand die haar een oud setje wilde lenen. De komende maanden zou ze zuinig moeten zijn, haar salaris moeten besteden aan de aanschaf van de enorme hoeveelheid spullen die je nodig scheen te hebben voor een babyuitzet. Het zou heerlijk zijn geld te spenderen aan iets wat er werkelijk toe deed.

Ze haalde de versterker uit de kast, trok alle snoeren los en liet hem in een vuilniszak glijden. De cd-speler ging erbovenop, en daarop de tuner. Het zag er rommelig uit, met de snoeren kriskras door elkaar, maar hij was handig, hij zou er wel wijs uit worden.

Ze nam een nieuwe zak voor zijn cd's, hurkte daarna voor de lage boekenkast, trok er de reisboeken uit, Chatwin, Theroux, het kunstboek over Andy Warhol, een paar klimboeken, Krakauer

– *Dromen van de Eiger*, Boukreev – *De klim*. Even bleef ze ermee in haar handen zitten. Zo goed kende ze hem wel dat ze wist dat hij die mannen bewonderde, hun roekeloosheid, hun doorzettingsvermogen, hun hun roem benijdde en jaloers was op hun onorthodoxe levensstijl. Intussen wisselde hij voortdurend van baan, in rusteloze afwachting van het moment waarop iets of iemand het pad voor hem zou effenen dat leidde naar succes.

Wat was het armzalig om niet in staat te zijn datgene te doen waarvan je droomt, omdat je karakter het verhindert. Voor het eerst voelde ze trots omdat ze die zwangerschap had doorgezet, al wist ze dat die trots deels misplaatst was.

Ze vond het stapeltje Europese routekaarten en op de laatste plank het boek over diepzeeduiken. Duiken was het enige waarin hij had doorgezet. Een cursus die hem een vaardigheid had opgeleverd die hem voldoening schonk en hem het gevoel gaf dat hij iets bijzonders deed.

Uit de halkast haalde ze het koffertje met duikspullen. David had zijn eigen bril, schoenen en handschoenen, maar pak en flessen huurde hij omdat hij het te lastig vond die overal mee naartoe te moeten slepen.

De hal stond vol nu, maar niet zo vol dat ze er niet meer langs kon, en in de kamer was er nauwelijks iets veranderd. Een rollende steen vergaart geen mos. Ze lachte hardop en liep naar de keuken om een fles wijn te halen. Ze zette de televisie aan, zapte naar een muziekzender en zette het geluid zacht. Er was nog één ding dat ze moest doen, een symbolische handeling, voor ze die fles tot de bodem ging leegdrinken.

Ze ging naar de slaapkamer, haalde de reproductie van Monet uit de kast en hing die aan de spijker boven de bank waaraan ze had gehangen voor David haar had verbannen en vervangen door een van de foto's. Morgen zou ze de verjaardagskalender terughangen in de wc, de houten olifant in de vensterbank zetten, de goudgeborduurde Turkse kussens op de bank leggen die daar ongelooflijk zouden misstaan, de kleine glazen pendule uit Parijs terugzetten op de kast. Het zou weer haar eigen flat worden, en haar eigen leven.

De wijn had een wrange nasmaak, maar vulde haar maag met

troostende warmte. Ze legde een hand op haar buik. 'Sorry, kleine, vanaf morgen zal ik voor de rest van mijn leven rekening met je houden.'

■

Eva braakte tot er alleen nog gal kwam. Ze had zo weinig gegeten die dag dat ze niet eens hoefde schoon te maken. Wc doortrekken, klaar. Net als vroeger.

In de slaapkamer kleedde ze zich uit zonder de moeite te nemen het licht aan te doen. Het bed was vijandig kil en deed niets om haar koude handen en voeten te verwarmen. Met het kussen in haar nek gepropt wachtte ze tot het bonken in haar hoofd zou bedaren. Niet meer bewegen. Nooit meer bewegen. Maar ze moest nog bellen.

Haar moeder nam op na het eerste signaal. 'Wat bel je laat! Ben je nog uit geweest na die reünie? Ik zat op je te wachten.'

'Is alles goed gegaan?'

'Natuurlijk. Ik heb sperzieboontjes voor haar gekookt en haar daarna naar bed gebracht.'

'Ik had haar patat met appelmoes beloofd.'

'Dat heeft ze de vorige keer gekregen. Een kind groeit niet op liflafjes. Waarom ben je zo laat? Ik had naar bed gewild.'

'Je kunt de telefoon toch meenemen.'

'Ja, maar je weet hoe moeilijk ik weer in slaap kom. Daar zou je rekening mee kunnen houden.'

Eva kneep in de telefoon tot haar knokkels wit waren. Voor de zoveelste keer nam ze zich voor opnieuw werk te maken van een betaalde oppas. Ze bestonden. Andere mensen hadden ze ook.

'Hoe laat kom je haar halen?'

'Rond tienen?'

'Dus ze ontbijt nog hier? Dat had ik wel willen weten. Ik heb geen melk in huis.'

'Ze kan best een keertje zonder melk. En ik kan wel eerder komen, als je dat wilt.'

'Nee, slaap jij maar lekker uit.' Het klonk als een verwijt.

Roerloos lag ze in het donker en onderging het verstrijken van de tijd. Ergens op de verdieping boven haar was een feestje in volle gang. Monotone rapmuziek, schelle meisjesstemmen die boven het dreunen van de bas probeerden uit te komen, de rammelende smak waarmee een bierkrat op het balkon werd gezet.

Het werd later. Het feest verliep tot ten slotte de laatste gasten weggingen en de muziek ophield. Het slaan van deuren, voetstappen op de galerij, een mannenstem die riep: 'Kappen, idioot!' Het zoemen van de lift, gelach op straat, claxons die toeterden ten afscheid. Daarna waren er alleen nog de geluiden van de nacht.

Om vijf uur meldden zich aarzelend de eerste vogels. Eva gleed uit bed, vond op de tast haar ochtendjas en snoerde de ceintuur strak om haar middel.

In het kamertje van haar dochter ging ze met gevouwen handen op het smalle bed zitten en wachtte tot met het grijze ochtendlicht de kleuren terugkwamen. Het vrolijke rood en wit van de gestreepte gordijnen, het zwart van het schoolbord op de ezel, het felgeel van het kabouterstoeltje.

Ze stond op en streek de Bambi-dekbedhoes glad, schudde het dunne kussen op. Half onder het bed lag een sokje. Ze raapte het op en rook eraan. Met het sokje in haar hand geklemd ging ze naar de badkamer en draaide de douchekraan open.

7

Vegter was vroeg op het bureau. Hij nam een beker zwarte koffie mee naar zijn kamer, hing zijn jack aan de knop van de kast en besloot eerst de patholoog te bellen.

'Ik heb hem nog niet bekeken,' zei deze korzelig. 'Er ligt er een op de tafel die ze hebben moeten opdeppen om hem hier te krijgen. Denk je dat dit een continubedrijf is?'

'Hebt u hem nog helemaal niet gezien?'

'In het voorbijgaan,' gaf de patholoog toe.

'En?'

'Wat en?'

'Kan het een ongeluk geweest zijn?' Vegter slaagde er niet in zijn stem neutraal te houden.

'Hebben de wasbakken daar geschulpte randjes?' Het zoveelste bewijs van zijn onmisbaarheid deed de patholoog goed.

'Ik bedoel, is hij gevallen of heeft hij een klap gehad?'

'Allebei,' zei de patholoog, wiens gevoel voor humor niet altijd meteen te volgen was. 'Maar dan andersom.'

'Dus het zou een kruk geweest kunnen zijn.' Heimelijk was Vegter opgelucht. Hij had het hele circus niet voor niets in gang gezet.

'Of een stoelpoot,' zei de patholoog. 'Een ijzeren staaf, een knuppel. Zou allemaal mooi bij die deuk passen. En ik heb die kruk nog niet gezien.'

'Die is zoek. Maar we hebben wel de andere.'

'Laten ze hem brengen zodra ze ermee klaar zijn. Heb je trouwens zijn achterhoofd gezien?'

'Nee. Hoezo?'

'Daar is hij op gevallen.' De patholoog knapte hoorbaar op van zijn eigen grapjes. 'Het voelt niet helemaal goed. Zou me niet verbazen als er een barst in zat. Blijkbaar een kop als een eierschaal, die vent. Een wonder dat hij nog zo oud is geworden. *Mind you*, dit is even uit de losse pols.'

'Hier kan ik mee verder,' zei Vegter dankbaar.

'Je hoort van me.'

De lijn bleef open tot Vegter begreep waarom.

'Dank u wel.'

Voor het raam dronk hij zijn koffie en keek intussen naar de zondagsstille straat. In de meeste huizen waren de gordijnen nog gesloten. Aan de overkant stonden de witte plastic terrasstoelen van het eetcafé op elkaar gestapeld. De ketting die door de armleuningen was gehaald, liep naar een zware ijzeren ring die in de muur zat geklonken. Renée at er weleens. Volgens haar was het eten er beter dan in de meeste van dat soort tenten. Misschien moest hij het ook eens proberen. Het zou prettig zijn weer eens een warme maaltijd te eten, en nog prettiger om die geserveerd te krijgen.

Om de hoek naderde een ouder echtpaar, stijf gearmd, zij met een hoedje op en een tasje aan de arm, hij in een degelijke regenjas waarvan de ceintuur te hoog zat. Kerkgangers.

Opeens benijdde hij hen om de kalme zekerheid die het geloof hun verschafte. Stef was katholiek opgevoed, maar had het geloof vaarwel gezegd zodra ze daar mondig genoeg voor was. Zijn eigen ouders waren felle socialisten geweest die elke religie afkeurden. Op vakantie in het buitenland had hij weleens een kathedraal bezichtigd, puur uit nieuwsgierigheid en onder de indruk van de architectuur. Stef had resoluut geweigerd mee naar binnen te gaan, omdat ze, zoals ze zei, voor altijd genoeg had van die humbug.

Maar in Italië waren ze ooit, vluchtend voor de moordende hitte, een kerkje binnengelopen. Chiesa della Santa Maria. Ze hadden, zoals zoveel toeristen, het verkeerde tijdstip gekozen om een dorpje te bezichtigen, en toen ze er eenmaal waren, was alles gesloten. Dorstig zaten ze op de stoep tot de zon hen het kerkje in had gedreven. Binnen was het schemerig en aangenaam koel. Het wit van de muren was in de loop der jaren verkleurd naar warm oker, de heiligenbeelden waren verveloos, de ruwe plavuizen van de vloer diep uitgesleten. Een arm kerkje in een arm dorp. Er zat een jonge priester in een bank geknield. Hij keek niet op bij hun binnenkomst, en het licht dat naar binnen viel door het enige gebrandschilderde raam dat het kerkje rijk was, schampte het gebogen hoofd en gaf het een gouden aureool. Stef had er stil naar staan kijken, en buiten had ze gezegd: 'Als je zoiets ziet, zou je verdomme bijna weer door de knieën gaan.'

Hij had haar ermee geplaagd, gezegd dat het met afvalligen was als met rokers die gestopt waren; voor de rest van hun leven bleven dat rokers die niet rookten.

Wat deden ze zelf op zondagochtend? Meestal was hij vroeg wakker. Terwijl Stef nog sliep, zette hij koffie, perste sinaasappels uit, kookte eieren.

's Zomers ontbeten ze in de tuin, 's winters zaten ze lang aan de keukentafel onder het heldere lamplicht, praatten wat, luisterden naar een concert op het krakende oude transistortje, spreidden de zaterdagkrant uit over de borden, kibbelden om de katernen.

Tegenwoordig ontbeet hij staande aan het aanrecht, of nam zijn bord mee naar de kamer en keek naar de ontwakende straat.

Achter hem ging de deur open, en opgelucht draaide hij zich om.

'Twéé krukken?' zei Talsma. 'Verdomd. We zullen een harde dobber hebben om die andere te vinden. Die school is geen zomerhuisje, nou?'

'Wie zegt dat hij daar nog is?' Renée schoof een papiertje naar Vegter. De vlecht van de vorige avond was veranderd in een vonkende staart die over haar rug uitwaaierde. 'Dit zijn de telefoonnummers waar u naar vroeg.'

'Wie zegt dat hij er níét is?' Corné Brink leek op een hazewindhond achter het startkoord.

Vegter wikte. Als iemand die kruk kon vinden, was het Talsma. Met kalme hardnekkigheid zou hij het gebouw uitkammen. Maar Vegter had hem graag bij zich als hij een moeilijk gesprek moest voeren. Met zijn betrouwbare blonde kop en zijn vriendelijke Friese stem wist hij mensen op hun gemak te stellen en haalde hij er vaak meer informatie uit dan ze zelf beseften. Brink was te jong en te ongeduldig.

De ex-vrouwen zouden niet in diepe rouw zijn gedompeld – niet voor niets gescheiden tenslotte – maar de dochters waren een ander verhaal. En juist omdat het allemaal vrouwen waren, kon hij misschien beter Renée meenemen.

Ex-echtgenote nummer een was verbitterd, was niet hertrouwd en woonde in een schrale arbeidersbuurt. Vegter had haar over de telefoon alleen verteld dat hun bezoek verband hield met haar ex-man, en ze weigerde hen binnen te laten voor ze de eigenlijke reden kende.

Strijdlustig stond ze in de deuropening – een kleine, tengere vrouw, gekleed in een vale trui en een te wijde ribfluwelen broek. Haar schouderlange, steile haren waren volledig grijs. Ze liep op blote voeten en leek ouder dan ze was.

Renée stelde haar in tactvolle bewoordingen op de hoogte, en even was ze volkomen van haar stuk.

'We zouden u graag een paar vragen willen stellen,' zei Vegter.

'Ik... Ja, natuurlijk.' Ze deed de deur verder open en ze schoven een smalle gang in, waarin alleen een kapstok stond. Er hing een kort jasje aan, verder niets. De muren waren kaal, op de vloer lag laminaat.

Als je niet weet wat je wilt, of je hebt geen geld om te kopen wat je wilt, neem je laminaat, dacht Vegter. In zijn eigen flat lag het ook, maar in feite had hij een hekel aan het spul. Er zat geen leven in, en het had dus geen karakter.

De kamer was een pijpenla en het meubilair bestond uit een bank waarover een grote lap was gedrapeerd, een laag tafeltje en een kleine eettafel met vier strenge stoelen met een rieten zitting. Tegenover de bank stond een televisie op een dikbuikig kastje. Er lag hetzelfde laminaat. Het enige vriendelijke in de ruimte waren de planten die elkaar verdrongen in de vensterbank.

De vrouw wees naar de bank. 'Gaat u zitten.'

De bank zakte ver door onder hun gewicht, en Vegters knieën

zaten ter hoogte van zijn oren. Hij worstelde zich naar voren tot hij ongemakkelijk op de rand zat. Renée scheen er geen problemen mee te hebben. Ze legde haar spijkerjasje naast zich en sloeg haar benen over elkaar. De vrouw haalde een van de stoelen en zette die naast de televisie.

'Dus hij is dood.'

Ze leek zich weer hersteld te hebben, maar toen ze een sigaret opstak uit het pakje dat op tafel lag, zag Vegter dat haar handen trilden.

Renée knikte. 'Maar de omstandigheden waaronder hij is gestorven, zijn aanleiding voor ons om nader onderzoek te doen.'

'U bedoelt?'

'Hij is door geweld om het leven gekomen.'

De ogen van de vrouw verwijdden zich. 'Vermóórd?'

Renée legde het uit.

Ze sloeg haar handen voor haar gezicht, en even dacht Vegter dat ze huilde, maar toen zag hij dat ze pogingen deed haar lachen in te houden. 'Die Eric! Ik zou bijna zeggen: er bestaat nog gerechtigheid.' Ze beheerste zich. 'Neemt u me niet kwalijk.'

'Gerechtigheid?' zei Vegter. 'Mag ik vragen wat u daarmee bedoelt?'

Ze was onmiddellijk op haar hoede, en hij besefte dat hij een agressieve indruk maakte, naar voren leunend als een polisverkoper die denkt beet te hebben. Hij liet zich terugzakken tot een bijna liggende positie en besloot zijn mond te houden. Per slot van rekening had hij Renée niet voor niets meegenomen.

'U had geen goed huwelijk?' vroeg Renée. 'Is dat waarom u gescheiden bent?'

Ze knikte, drukte de half opgerookte sigaret uit en stak onmiddellijk een nieuwe op.

'Kunt u ons daar iets meer over vertellen?'

'Dat zou ik wel kunnen, maar waarom zou ik dat doen?' Haar wangen werden hol door de kracht waarmee ze de rook naar binnen zoog.

'Omdat het ons zou kunnen helpen. Wij proberen een beeld te krijgen van uw...'

'Het was van het begin af aan een vergissing.' Ze zette haar voeten op de sport van de stoel en zag eruit als een oud klein meisje.

'Niettemin kreeg u samen twee kinderen.'

'Dat wil niet zeggen dat het geen vergissing was. Bijna een op de drie huwelijken eindigt in een scheiding. Hoeveel van die mensen zouden er kinderen hebben?'

Ze was niet dom, dacht Vegter. En ze sprak beschaafd. Hij vroeg zich af waarom ze onder deze omstandigheden leefde.

Renée scheen dezelfde gedachtegang te hebben. 'U hebt na de scheiding samen met uw dochters een nieuw leven opgebouwd.'

Ze maakte een spottend gebaar dat de hele sjofele kamer omvatte. 'U ziet het. Maar de meisjes hebben het goed gedaan, ondanks alles.'

'Hebben ze...' Renée zocht naar de juiste woorden, '... geleden onder de scheiding?'

'Absoluut niet.' Het kwam er fel uit, bijna als een snauw. 'Die scheiding was het beste wat hun kon overkomen.'

'Vinden ze dat zelf ook?'

'Zeer beslist.' Haar kaken werkten, en bij haar linkeroog trok een spiertje.

'Moeten we daaruit afleiden dat zij geen contact meer hadden met hun vader?'

'Dat klopt.'

'En u?'

'Ik uiteraard ook niet.'

'Mag ik vragen wat uw beroep is?'

'Ik ben verpleegkundige. Toen de kinderen kwamen ben ik parttime gaan werken.'

'En u bent dat blijven doen na de scheiding?'

'Dat was onder de omstandigheden niet mogelijk.'

'Waarom niet?'

'Omdat mijn dochters me nodig hadden.' Haar tegenzin was bijna tastbaar.

'Ik moet u vragen waar u gisteravond was,' zei Renée.

'Thuis.'

'Is er iemand die dat kan bevestigen?'

'Nee.'

Renée keek naar Vegter, die zich vanuit zijn liggende houding omhoog werkte. De vrouw stond haastig, opgelucht, op. Ze reikte amper tot zijn schouder.

'Het kan zijn dat wij u nog een keer moeten lastigvallen,' zei hij. 'En mocht u iets te binnen schieten wat voor ons van belang kan zijn, wilt u ons dan bellen?'

Ze knikte, maar Vegter wist dat ze het niet zou doen.

Ze bracht hen naar de deur, maar gaf geen hand.

'Daar was een hoop mis,' zei Renée op weg naar de tweede echtgenote.

En ik zou graag willen weten wat, dacht Vegter. Hij keek naar haar handen, die rustig op het stuur lagen. De ruggen waren bedekt met kleine sproeten. Meisjeshanden. Ze draaide de ringweg op en ging onmiddellijk op de linkerbaan rijden. Ze reed graag, terwijl hij er een hekel aan had.

'Weet je waar het is?' vroeg hij.

Ze knikte. 'Ik ken die buurt. Hij is beter dan waar ex nummer een woont.'

'Misschien heeft ex nummer twee een baan.'

'Ze heeft in ieder geval een nieuwe man.'

'Ik vraag me af waarom ze niet is blijven werken na die scheiding,' zei hij nadenkend. 'Zover ik weet is er toch altijd behoefte aan verplegend personeel. En ze zal het geld nodig hebben gehad.'

'Ze had nog jonge kinderen.'

'Ja, maar toch niet zó jong. Tien en dertien, toentertijd.' Ze waren dus nu van Ingrids leeftijd, dacht hij. De oudste zelfs ouder. Stef was weer gaan werken toen Ingrid een jaar of acht was. Parttime weliswaar, maar toch. Eén dag in de week was Ingrid 's middags na school door Stefs moeder opgevangen, één dag door zijn ouders, tot ze naar de middelbare school ging en te kennen had gegeven dat ze geen oppas meer wilde.

'Ze zou zelfs nu nog kunnen werken,' zei Renée. 'Die dochters zijn natuurlijk allang het huis uit, en ik denk niet dat ze ooit alimentatie van hem heeft geaccepteerd. Dus ze zal in de bijstand zitten.'

'Misschien mankeert ze iets.'

Ze zwegen tot ze de ringweg verliet en een wijk inreed waar de straten comfortabel breed waren en de huizen allemaal een oprit naar de garage hadden.

Ze parkeerde voor het huis, en de voordeur ging al open toen ze de oprit op liepen.

De vrouw die hen tegemoetkwam was in alles de tegenpool van ex-echtgenote nummer een. Zonnebankbruin, haren die door een goede kapper tot zorgvuldige nonchalance waren geknipt, een modieuze spijkerbroek met daarop een zandkleurige V-halstrui. Mouwen opgeschoven tot halverwege de elleboog om twee gouden armbanden de ruimte te geven. Veel make-up. Te veel, dacht Vegter, terwijl ze haar volgden naar een grote, lichte kamer.

De armbanden rinkelden toen ze naar een enorme witte hoekbank wees. 'Gaat u zitten. Kan ik u iets aanbieden? Koffie, thee?'

Ze sloegen het af.

'Hebt u er bezwaar tegen als ik...?'

'Uiteraard niet,' zei Vegter hoffelijk.

Terwijl ze in de keuken met kopjes rammelde, keken Vegter en Renée om zich heen. De witte bank stond op een diepzwarte vloer van glanzend natuursteen. De openslaande deuren naar de tuin waren op een kier geopend, crèmekleurige gordijnen wuifden in de lichte bries. In een hoek stond een reusachtige kamerlinde, waarvan Vegter tot zijn genoegen zag dat de onderste bladeren geel waren.

Ze kwam terug met een kopje thee en ging tegenover hen zitten in een ook al witte stoel.

'Mijn man is op zakenreis, ik hoop niet dat dat een probleem is?' Haar stem was iets te hoog.

Renée schudde haar hoofd. 'Zoals u al verteld is, gaat het om uw ex-man, en ik neem niet aan dat uw huidige man en Eric Janson elkaar kenden?'

'Nee.' Ze had een nerveus lachje. Toen drong het tot haar door dat Renée in de verleden tijd sprak. 'U bedoelt...'

'Eric Janson is gisteravond tijdens een reünie van zijn school om het leven gekomen.'

‘Is hij dóód?’ Ze zette het kopje neer, pakte het meteen weer op alsof ze iets nodig had om zich aan vast te houden. ‘Hoe...’ Ze bracht het kopje met twee handen naar haar mond, nam een slok en brandde zich aan de hete thee.

‘Er is geweld tegen hem gebruikt,’ zei Renée. ‘Vandaar dat de politie een onderzoek instelt. Het zou ons helpen als we wat meer weten over zijn achtergrond. En aangezien u daar deel van uitmaakt, of in ieder geval uitmaakte...’

Er verscheen iets van angst in de zwart omrande ogen. ‘Maar ik heb Eric al in geen jaren gezien!’ Ze wreef met een vinger over de pijnlijke plek op haar onderlip. ‘Wat zou ik u kunnen vertellen? Ik weet niet eens waar hij woont.’

‘Wij proberen ons een beeld van hem te vormen,’ legde Renée uit. ‘Wat voor man hij was. Het zou ons aanwijzingen kunnen verschaffen over het motief van de dader.’

‘Wat voor man hij was.’ Haar gezicht verhardde, en de make-up kon niet langer de lijnen rond haar mond verdoezelen. ‘Daar kan ik kort over zijn. Wat mij betreft was het een schoft.’

‘Kunt u dat nader uitleggen?’ Renée hield haar stem neutraal, maar Vegter hoorde dat het haar moeite kostte.

‘We waren een jaar getrouwd toen ik erachter kwam dat hij een verhouding had met een juf van zijn school.’ Het venijn was onmiskenbaar. ‘Let wel, die relatie bestond al vóór ons huwelijk.’

‘En toen?’

‘Wat denkt u?’

‘Ik denk niets,’ zei Renée vriendelijk. ‘Ik wacht tot u het me vertelt.’

‘Dat kind was net twintig!’ Haar stem schoot uit. ‘En ik achtendertig. Tegen de frisheid van de jeugd kon ik niet op. Althans, dat was wat Eric me vertelde.’

‘Wat deed u?’

‘Ik vond de flitsscheiding uit.’

Vegter kon een glimlach niet onderdrukken. Ze zag het, en iets van haar gespannenheid verdween.

‘Ach, weet u, het is allemaal al zo lang geleden. Maar toen dacht ik dat de wereld verging.’

'En dat was niet zo?'

'Ik trouwde laat. Natuurlijk had ik wel relaties gehad, maar...' Ze keek in het kopje alsof op de bodem daarvan de woorden lagen die ze zocht. 'Eric was anders. Of in ieder geval was dat wat ik geloofde. Attent, hoffelijk, al zijn aandacht was voor mij. Hij wist je het gevoel te geven dat je bijzonder was. Tot ik erachter kwam dat het een truc was die hij toepaste.' Ze keek op. 'U zou er verbaasd van staan als u wist hoeveel vrouwen daarin trappen.'

Renée knikte warm. Vegter bewoog zich niet. Talsma zou hier gedetoneerd hebben, bedacht hij geamuseerd.

'Dus...' Ze zette het kopje terug op tafel. 'Om antwoord te geven op uw vraag: nee, de wereld verging niet. Uiteindelijk besefte ik dat ik vooral kwaad was, in mijn trots gekwetst. Vernederd. Toen ik dat eenmaal begreep, was ik opgelucht dat het voorbij was.'

'Toch raakt het u nog.'

'Littekens kunnen ook pijn doen.' Maar plotseling lachte ze. 'In feite heb ik dit allemaal aan Eric te danken.' Ze gebaarde om zich heen. 'Ik besloot helemaal opnieuw te beginnen. Ik heb mijn baan opgezegd en heb in mijn nieuwe werkkring mijn huidige man leren kennen.'

'U bent nu gelukkig getrouwd?'

'Zeer.'

Renée keek naar Vegter. Hij stond op en herhaalde de zin die hij altijd gebruikte, ook al wist hij dat het zelden iets opleverde.

'Mocht u iets te binnen schieten waarvan u denkt dat het waardevol voor ons kan zijn...'.

'Natuurlijk.'

In de hal vroeg ze: 'Mag ik weten hoe hij is gestorven?'

Hij vertelde het haar, en ze knikte en sloot zwijgend de deur achter hen.

■

Mariëlle werd wakker van de bel. Even was ze gedesoriënteerd, toen wist ze het weer. De ruzie. En daarna de wijn. Haar tong plakte aan haar verhemelte en achter haar ogen draaide langzaam een betonmolen. De hoeveelheid sulfiet in haar bloed moest voldoende zijn om een nest muizen uit te roeien. Pas na een paar glazen had ze gezien dat het een goedkoop supermarktwijntje was dat ze in een aanval van bezuinigingsdrift gekocht moest hebben, maar het stadium dat het haar iets kon schelen was ze toen al voorbij.

De bel ging weer, snerpend luid.

David.

Ze wilde hem niet zien. Maar dat hoefde ook niet – hij kon niet naar binnen, de grendel zat op de deur. Het daglicht schuurde als zand tegen haar oogleden. Water, ze moest water, ze zou een badkuip leeg kunnen drinken. En daarna ging ze weer naar bed, David of geen David. Hij zou weer weggaan, denken dat ze niet thuis was. Nee, dat zou hij niet, de grendel zat er immers op. O god, haar hoofd.

Ze ging rechtop zitten en zette voorzichtig haar voeten op de vloer. Misselijkheid golfde omhoog, en zonder zich te bekommeren om ochtendjas of slippers wankelde ze de slaapkamer uit en haalde nog net de badkamer.

Ze gaf over in de wastafel en rook tomaat en Italiaanse kruiden. Ze legde haar voorhoofd op de koude rand. Pizza. Hoe kreeg ze dat weer uit het roostertje? Niet aan denken.

Het geluid van de bel werd vervangen door gebonk op de voordeur.

'Mariëlle! Doe open!'

Het laatste glas had haar op het idee gebracht om Davids spullen alvast in het trappenhuis te zetten, en ze was erg tevreden met zichzelf toen ze de zakken naar buiten had gesleept. Inmiddels was het na drieën geweest, en ze had geredeneerd dat de kans dat iemand ermee vandoor ging te verwaarlozen was. En als het wel gebeurde, *so what*?

'Mariëlle, verdomme, doe open!'

Ze richtte zich op en vermeed het in de wastafel te kijken. Met afgewend hoofd vulde ze het tandenborstelglas met water en dronk het voorzichtig leeg. Ze wachtte even om te zien of ze het binnen kon houden.

'Mariëlle!'

Behoedzaam schuifelde ze terug naar de slaapkamer en hoorde David tekeergaan terwijl ze haar ochtendjas aantrok. Hiermee had ze in haar alcoholische overmoed geen rekening gehouden. Misschien moest ze toch opendoen, voor hij het hele trappenhuis alarmeerde. Ze ging op weg naar de hal.

Er werd tegen de voordeur getrapt. Mariëlle bleef staan, niet wetend wat te doen.

'Doe godverdomme open, ik weet dat je thuis bent!'

Er volgde nog een krakende trap. Ze werd bang. Hij zou de deur uit de hengsels trappen, als de grendel het niet al begaf.

'Doe open, kutwijf!' Opnieuw een trap.

Ze had kennisgemaakt met de drift die achter zijn koele beheerstheid school, al had ze hem niet in staat geacht tot deze razernij. Hij moest haar niet zien, hij zou haar iets aandoen. Maar ze kon nergens heen. De badkamer? Als hij deze deur open kon trappen, was zo'n binnendeur een peulenschil. Toen dacht ze aan het raampje. Hij had haar uitgelachen om die grendel, gezegd dat het niet de bedoeling was dat je grendels aanbracht vlak onder een raampje. Terwijl ze dat dacht, sloeg hij het in. Scherven kletterden op de tegels in de hal.

David schreeuwde weer, een ongearticuleerde kreet. Daarna bleef het even stil.

De politie. Geruisloos liep ze naar de kamer, naar haar tas.

In het trappenhuis klonken stemmen. Met het mobieltje in haar hand bleef ze staan. Een mannenstem, niet die van David, en een vrouw. Ze luisterde. De vrouw zei iets op sussende toon.

'*Fuck off!*' Dat was David.

Er viel iets zwaars tegen de deur. De geluiden van een vechtpartij. De vrouw die gilde.

Mariëlle belde 112.

Ze legde het uit aan de agent die achterbleef. De anderen waren vertrokken met medeneming van David. Pas daarna had ze durven opendoen. De zakken stonden er nog. Op de voordeur zat bloed, in het trappenhuis stonden rode voetstappen afgetekend.

De agent was piepjong. Zo jong dat uit zijn mond het 'mevrouw' voor het eerst klonk als een betiteling waar ze recht op had. Maar zijn ogen waren oud, en onverstoorbaar noteerde hij wat ze hem vertelde, hij knikte alleen toen ze zei dat David nu geen adres had, of in ieder geval geen adres dat ze kende. Ze gaf hem de doos met Davids papieren – bankafschriften, een verzekeringspolis, paspoort, en hij vroeg of ze aangifte wilde doen. Toen ze dat weigerde, deed hij geen poging haar op andere gedachten te brengen.

'Die man,' zei ze. 'En die vrouw...'

'Die waren op weg naar uw bovenburen.' Voor het eerst kwam er een lachje op zijn gezicht. 'Die meneer doet wél aangifte.'

'Maar,' zei ze, 'wat als hij terugkomt?'

'Wij kunnen pas actie ondernemen als er iets gebeurt.' Hij klapte zijn notitieblok dicht. 'Natuurlijk kunt u ons dan bellen.'

Ze liep met hem mee naar de hal.

Hij wierp een blik op de grendel, waarvan de schroeven uit het versplinterde hout omhoog waren gekomen. 'Als ik u was, zou ik een slotenmaker bellen.'

'En zijn spullen? Die wil ik niet meer binnen hebben.'

Hij zuchtte. 'Kunt u die ergens opslaan?'

Ze dacht aan Cis. Maar ze kon Cis hier niet mee opzadelen. 'Nee,' zei ze. 'Ik zou niet weten waar.'

'Het zijn allemaal meneers eigendommen?'

Ze knikte.

'Dan slaan wij die voor hem op. En hij krijgt de rekening.'

Ze lachte niet mee. 'Neemt u alles nu mee?'

'Dat zal ik doen.'

'Ik wil wel helpen.' Ze hoorde zelf hoe kinderlijk het klonk.

Hij nam haar even op. De ochtendjas, de slippers. Onwillekeurig ging haar hand naar haar gezicht. Er zaten toch geen pizzaspetters rond haar mond?

'Niet nodig, mevrouw. Maar het trappenhuis...' Hij wreef over zijn kin.

'Ja, natuurlijk,' zei ze haastig. 'Dat doe ik.' Bij de gedachte aan heet sop dat zich zou vermengen met al dat bloed, kwam haar maag weer in opstand. Eerst thee. En mocht je aspirine slikken als je zwanger was?

■

Ze lunchten in het eetcafé, nadat ze bij het bureau waren langsgegaan. Brink en Talsma waren nog niet terug. Vegter had overwogen de patholoog te bellen, maar dat was een ongemakkelijk heerschap als hij het gevoel had opgejaagd te worden. In zijn hart was Vegter ervan overtuigd dat hij weinig nieuws te horen zou krijgen. Bovendien had hij honger en geen zin zijn lunch te laten bederven door details als maaginhoud en hersenweefselbeschadigingen.

Er lag een e-mail op zijn bureau: op Jansons kruk zaten alleen de vingerafdrukken van Janson zelf. Aan het overige materiaal werd nog gewerkt.

Terwijl ze de hal uit liepen, werd er een boze jongeman binnengebracht wiens linkerhand dik was ingezwachteld. Vegter zag de ogen van Renée geïnteresseerd oplichten. Hij keek om. Inderdaad een mooie jongen, al zou hij niet gedacht hebben dat het haar type was. Te gepolijst. Maar hoe goed kende hij haar?

De geplastificeerde menukaart beloofde dagverse soep, en roekeloos bestelde hij er een uitsmijter bij. Uitsmijters waren precair; te vaak had hij een drabbige substantie geserveerd gekregen met een uitgedroogd schijfje komkommer ernaast en een onverschillige pluk alfalfa.

De serveerster was vriendelijk, en hij nam zich voor terug te komen als de uitsmijter deugde.

'Zou hij haar mishandeld hebben?' Renée had een van haar zeldzame sigaretten opgestoken en leunde ontspannen achteruit in haar stoel.

Niet voor het eerst bedacht Vegter dat ze goed zou worden. Beter dan Brink. Brink begon dat ook te begrijpen en probeerde zijn rancune te camoufleren door te trachten haar met machogedrag te imponeren, waar hij tot Vegters heimelijke plezier niet in slaagde.

'Wie?'

Zoals hij gehoopt had, trok ze in gespeelde verwondering haar blonde wenkbrauwen op. 'Nummer een.'

'Haar of de dochters. Of haar en de dochters.' Hij keek verwachtingsvol naar de serveerster die door de klapdeurtjes kwam, maar de dagverse soep was kennelijk te vers om al klaar te zijn. 'Al rijmt dat niet met nummer twee. Die heeft alleen een grief wegens ontrouw. En ze leek me oprecht.'

'Heeft hij een strafblad?'

Vegter schudde zijn hoofd. 'Niets ernstigers dan een verkeersovertreding.'

'Wat me verbaasde was dat nummer twee uiterlijk zo verschillend is van nummer een. Dikwijls is de tweede vrouw hetzelfde type, zodat je je afvraagt waarom zo'n man al die moeite doet.' Ze zweeg even. 'Ze moet een mooie vrouw geweest zijn.'

Hij wist dat ze het over de eerste echtgenote had. 'Huwelijk mislukt, carrière geknakt, misschien is ze blijven steken in verbittering.'

Ze keek hem verrast aan. 'Zo poëtisch had ik u niet gedacht.'

Opeens was hij verlegen, en daarom flapte hij eruit waar hij al eerder aan had gedacht. 'Waarom zeg je niet Paul?'

Ze gaf niet direct antwoord, wreef haar sigaret fijn in de asbak tot er niets restte dan kruimels.

Fout. Ze was dertig, hooguit. Wat bezielde hem? Normaal gesproken tornde hij niet snel aan de hiërarchie. Zelfs Talsma tutoyeerde hem niet. Talsma noemde hem Vegter, en had verklaard dat dat in Friesland een beleefde aanspreekvorm was. Als Brink hem bij zijn voornaam had genoemd, zou hij het als insubordinatie hebben opgevat. Renée was nota bene jonger. Maar wel volwassener. Van Brink had hij het idee dat hij het leven beschouwde als een spel. Geen slechte opvatting, maar een die een beperkt empathisch vermogen inhield. Was het omdat ze een vrouw was? Vrouwen lokten vertrouwelijkheid uit, handelden intuïtief. Hij had zich dikwijls verbaasd over het gemak waarmee Stef mensen doorgrondde. Waar hij nog bezig was om aan de hand van gegevens een mening te vormen, had zij haar conclusies al getrokken. En maar al te vaak waren die juist gebleken.

'Daar komt je soep,' zei Renée en ze glimlachte om de verheugde manier waarop hij rechtop ging zitten.

■

Eva had besloten op de fiets te gaan, in de hoop dat de kille wind de mist in haar hoofd zou verjagen.

Hoewel het niet ver was, kreeg ze halverwege al spijt. Ze had niet ontbeten, want alleen al de gedachte aan voedsel stond haar tegen, en nu hing ze over haar stuur als een wielrenner die de ravitaillering heeft gemist. Ze liep het laatste stuk, de fiets aan de hand, licht in haar hoofd en op onzekere benen.

'Mama!' Maja rende op haar af. Ze kreeg twee plakkerige kusjes. 'Heb je me gemist?'

'Dat weet je toch.' Eva begroef haar gezicht in het warme halsje.

'Niet zo hard knijpen!'

Eva liep achter haar aan naar de kamer. Haar moeder bewoonde een comfortabele etage, waarvan de goed geproportioneerde kamers bedorven werden door de zware meubels. Eva kreeg het er benauwd zodra ze binnen was. De wollen vloerbedekking met daaroverheen nog het Perzische tapijt, de stoelen die als rekruten in het gelid stonden, het behang met een druk patroon in mosgroen en goud, de kasten waarin de porseleinverzameling stond uitgestald. Drie klokken die, fel tikkend, wedijverden in het weergeven van de juiste tijd.

Eva had zich afgevraagd waarom iemand voor wie de tijd al jaren stilstond, er toch zo op gebrand was die te controleren. Ooit had ze het aan de psychiater voorgelegd, maar hij had er geen antwoord op gehad.

Haar moeder zat aan de eettafel voor het erkerraam, een kussen in haar rug, de handen in de schoot. Eva herkende de tekenen; ze leed.

Ze prikte een zoen op de wang die haar werd voorgehouden.

'Je bent vroeg.'

'Te vroeg?'

'Nee, ze was al voor zevenen wakker. Ik zag je aankomen. Heb je een lekke band?'

'Het was prettig om ook een stukje te lopen.' Eva trok een stoel achteruit. 'Hebben jullie het gezellig gehad?'

'Ik mocht tekenen van oma.' Maja legde een papier op de tafel met daarop een in driftige viltstifthalen getekend poppetje.

'Ik heb koffie.'

Ze wilde weigeren, maar bedacht toen dat ze er drie scheppen suiker in kon doen. Daarop zou ze het halen naar huis. 'Graag.'

Haar moeder zette haar handen op tafel en drukte zich op.

'Last van je rug?' vroeg Eva gehoorzaam. Normaliter zou ze de komedie genegeerd hebben, nu was ze te murw.

'Ach.'

'Wanneer moet je weer naar de fysio?'

'De fysiotherapeut heeft het bestaan me af te bellen.' Haar moeder hield niet van modieuze afkortingen. 'Hij was vergeten dat hij op vakantie ging.'

'Ja, dat kan.'

'Mam, kijk nou.'

'Dat kan? Vind jij dat dat kan? Die man hoort rekening te houden met zijn patiënten. Wat moet ik nou? Hij blijft twee weken weg, en ik kan niet op of neer.'

'Mam!'

Eva pakte de tekening op. 'Mooi zeg. Wie is het?' Ze had afgeleerd om te raden.

'Oma toch!' Een mollig vingertje tikte gedecideerd op het papier. 'Kijk dan, dat is d'r bril.'

'Haar bril,' zei Eva automatisch. Ze pakte het handje en kuste het.

Maja trok zich ongeduldig los. 'Ik kreeg geen melk van oma, want jij had niet gezegd dat ik hier ging broodje eten.'

Eén kop koffie. Zo lang moest ze het kunnen volhouden.

De koffie werd voor haar neergezet, de suikerpot ernaast. 'Doe zelf maar, want ik weet nooit wat je wilt.'

Ze schepte de suiker in het kopje en duwde het lepeltje door de massa. Haar moeder ging omzichtig zitten en keek op de dichtstbijzijnde klok.

Eva dronk de koffie met kleine slokjes. Als ze maar kort bleef, zou haar dat kwalijk worden genomen, bleef ze te lang dan werd er steeds nadrukkelijker op de klok gekeken.

'Hoe was de reünie? Waren er veel bekenden?'

'Ik heb wat vroegere klasgenoten gesproken.' Morgen zou het ongetwijfeld in de krant staan. Goddank las haar moeder die nauwelijks, al zou dit haar waarschijnlijk toch ter ore komen. Maar niet nu, niet in het bijzijn van Maja. 'Al waren er ook veel mensen die ik niet kende.'

In haar moeders ogen zag ze opluchting. Revoluties waren uitgebroken, oorlogen gevoerd, miljoenen mensen van honger omgekomen, maar voor haar moeder telde alleen het decorum, zelfs nu haar wereld was gekrompen tot een overwerkte huisarts en een fysiotherapeut.

'Toch begrijp ik nog steeds niet waarom je er per se naartoe wilde.' Haar moeder rolde de franje van het tafelkleed tussen haar vingers. 'Uiteindelijk zijn daar je moeilijkheden begonnen.'

Je moeilijkheden. Dat was een eufemisme voor de anorexia waaraan Eva in ernstige mate had geleden en waarvoor ze lange tijd onder behandeling was geweest. Daarmee was ze pas gestopt toen de psychiater over regressietherapie was begonnen. Ze had geen behoefte aan regressietherapie. Aan haar geheugen mankeerde niets.

'Die hadden niets met mijn klasgenoten te maken.' Eva kroop achter haar barricaden. Winnen kon ze niet, maar dat betekende niet dat ze zou moeten opgeven. Soms verschafte het haar een sardonisch genoegen te proberen een bres te slaan in die muur van zelfvoldaanheid.

Haar moeder betrok haar vertrouwde stelling en loste van daaruit een nieuw schot. 'Je hebt mij niets te verwijten. Ik heb mijn best gedaan, ondanks alles.'

'Je hebt me nooit het tegendeel horen beweren.' De suiker plakte aan haar verhemelte. Een laffe smaak die paste bij hoe ze zich voelde: niet genoeg lef, nooit genoeg lef om het tot een breuk te laten komen.

'Uiteindelijk stond ik overal alleen voor.' Haar moeder stelde haar vizier nog wat scherper. 'In wezen is alles me ontvallen. Jij had je hele leven nog voor je, terwijl ik...'

Na het fraudeschandaal hadden ze het grote, luxueuze huis moeten verlaten. Maar niet lang na de scheiding was Eva's vader gestorven, en er stond een ruime levensverzekering op haar moeders naam. Ruim genoeg voor deze etage, ruim genoeg om opnieuw onbezorgd van te leven. Het ontbrak haar aan niets, behalve aan sociale contacten. Haar voortdurende zelfbeklag had alle vroegere vriendschappen effectief gesmoord. Eva kon zich nauwelijks nog herinneren hoe hun leven was geweest voor de fraude en de scheiding, maar ze had een helder beeld van hoe haar moeder haar dagen doorbracht: het verleden en haar kwalen koesterend en met alleen haar gedachten als gezelschap.

Ze zette haar kopje neer. 'Mam, dit zijn allemaal ouwe koeien.' Ze knikte naar Maja die zich had teruggetrokken met oma's rommeldoos en met knopen symmetrische figuren legde op het tapijt. 'En dit is niet het geschikte moment om die uit de sloot te halen.'

Maja liet haar knopen in de steek. 'Zijn jullie boos?'

'Nee, natuurlijk niet. Ga je jas maar halen, en je tas, dan gaan we lekker fietsen.'

Het kind huppelde naar de deur.

Haar moeders mond vormde een dunne streep. 'Volgens jou is het nooit het geschikte moment. Daarin ben je net je vader, die heeft ook nooit begrepen wat het voor mij betekende.' Ze produceerde een dapper lachje. 'Ik had gehoopt dat nu je volwassen bent... Maar aan je kinderen heb je niets. Niet als ze klein zijn, noch als ze groot zijn.'

Eva dacht aan de maanden in het ziekenhuis, toen ze te uitgeput was geweest om nog langer te vechten. Vierendertig kilo woog ze, en als ze haar tanden had gepoetst, moest ze terug naar bed. Haar moeders steun had bestaan uit dikke truien, niet omdat Eva het voortdurend koud had, maar 'dan zien de mensen niet hoe mager je bent'.

Haar moeder stond op, uiterst langzaam, uiterst moeizaam. 'Ik lijd hieronder. Als je nooit ergens over wilt praten, kom je ook nooit een steek verder.'

'Als je er te veel over praat ook niet.' Eva nam haar jasje van de stoel. 'Hou erover op, mam. Het onderwerp is dood. Al zestien jaar, net als papa.'

'De mensen hebben een goed geheugen.'

Eva lachte. Haar gezicht voelde aan als papier-maché, maar ze lachte. 'Ik heb gisteravond gemerkt hoe goed het geheugen van mensen is. De naam Stotijn zei niemand iets.'

Bij de deur vuurde ze haar laatste pijl af. Pijlen waren primitiever dan het verfijnde wapen dat haar moeder gebruikte, maar deze zou haar minstens twee weken rust opleveren. 'Waarom bel je niet wat oude vrienden? Je moet weer eens gaan leven.'

Op weg naar huis, Maja snaterend achterop, kwam ze langs de ballonnenman, diep in zijn jas weggedoken op de winderige hoek. De ballonnen dansten als exotische vlinders boven zijn hoofd.

Ze kocht er twee en liet Maja de rode kiezen. De gele bond ze aan haar stuur.

Maja klopte op haar rug. 'Ben jij niet te groot voor een ballon, mam?'

'Nee,' zei Eva. 'Je bent nooit te groot voor iets wat je leuk vindt.'

■

De dochters deelden hetzelfde adres, in een gehucht dat nog niet door de stad was verzwolgen. Ze reden ernaartoe over de oude verbindingsweg langs het kanaal. Vroeger kon je over de weilanden kijken zover het oog reikte, maar inmiddels hadden zich windmolens in het uitzicht gemengd, en veel van de oude boerderijen werden door welgestelde stedelingen bewoond. Vegter herinnerde zich de boerentuinen met de stijve hortensia's en de grindpaden die naar de zelden gebruikte voordeuren liepen. Het grind was vervangen door te nieuwe klinkers, en in de tuinen stonden planten die in dit landschap niet thuishoorden.

De zon brak door en hij draaide het raampje open. Renée bleef kalmpjes achter een trekker rijden die ze gemakkelijk zou kunnen passeren, en Vegter glimlachte in zichzelf.

Het dorpje doemde op, en zijn humeur werd nog beter toen hij op het pleintje, bijna naast de kerk, een kruidenierswinkel ontwaarde met op de pui in fiere letters het woord Spar. Tegen de gevel ernaast stond een ouderwetse vuurrode brievenbus. Ze sloegen een slecht onderhouden zijweg in die hen het dorp uit voerde. Het huis was het laatste in de rij – twee landarbeidershuisjes aan elkaar, waarvan de binnenmuren ongetwijfeld waren doorgebroken. Tegen de zijmuur stond een regenton, en onder de ramen waren bakken bevestigd waarin geraniums bloeiden. Niet bescheiden, zoals op het balkon tegenover zijn flat, maar met uitbundige, helderrode bloemschermen. Het woord idylle kwam bij hem op. Een idylle die hij ging verstoren.

Renée parkeerde op het erf. Een zwarte labrador kwam overeind, een paar kippen vluchtten mopperend achter een bouwvallig schuurtje.

De hond blafte kort.

'Af, Lex!'

Van achter het huis kwam een jonge vrouw naar hen toe lopen. Ze was nog kleiner dan haar moeder, en de spijkerbroek die ze droeg leek een kindermaat.

De hond ging liggen, poten gestrekt, de oren alert omhoog, en ze bukte zich om hem over zijn kop te aaien. 'Blijf.'

Ze stak dezelfde hand naar hen uit en keek hen aan met haar moeders ogen. 'Gwen.'

Afkorting van Gwendolyn? dacht Vegter. Tenslotte was haar vader leraar Engels geweest. Ze had zijn neus, die te fors was in het kleine gezicht.

Ze volgden haar naar binnen door een halletje dat ooit het klompenhok moest zijn geweest. Van de twee huiskamers was één grote ruimte gemaakt door in de binnenmuur een toog uit te hakken. Op de oude houten vloer lag een biezen mat, de muren waren wit gesaust en de lage zoldering werd geschraagd door de originele balken.

Een huisje als dit had hij ook kunnen kopen. Het was maar een kwartiertje rijden naar de stad. Hij had een hond kunnen nemen en boodschappen doen bij de Spar. Johan zou muizen hebben gevangen.

Het kon nog, natuurlijk kon het nog. Maar hij zou opnieuw moeten onderhandelen met makelaars, opnieuw verhuizen. En misschien waren zelfs dit soort woninkjes intussen onbetaalbaar. De dochters moesten dit hebben gehuurd.

Gwen wees naar de zithoek die uit losse fauteuils bestond die niet bij elkaar pasten. 'Mijn zus komt zo thuis. Ze is even een brief posten.'

'Naast de Spar,' zei Vegter glimlachend. Hij koos de stoel die met de rug naar het raam stond, zodat hij haar gezicht zou kunnen zien.

'Het is geen Spar meer.' Ze lachte even. Haar ogen waren voortdurend op hem gericht, hadden al zijn bewegingen oplettend gevolgd. 'Al is het assortiment waarschijnlijk niet veel veranderd.' Ze zat kaarsrecht, haar voeten netjes naast elkaar. De haren die bij haar moeder grijs waren, waren bij haar donkerbruin. Het kapsel was bijna identiek. 'Mag ik vragen waarvoor u komt?'

'Het gaat om uw vader, zoals u al weet,' begon Renée.

Het meisje keek verrast opzij, alsof ze niet had verwacht dat Renée het gesprek zou openen. 'Ik heb u aan de telefoon al gezegd dat ik geen contact met hem heb. Al heel lang niet meer.'

Ze richtte haar woorden op een punt tussen hen in. 'Hetzelfde geldt voor mijn zus.'

Renée knikte. 'Helaas moeten wij u vertellen dat uw vader gisteravond om het leven is gekomen.'

Gwen verroerde zich niet, haar handen bleven in haar schoot, haar ogen knipperden zelfs niet. Ze leek alleen kleiner te worden, nog kleiner dan ze al was.

Renée wierp een blik naar Vegter, die bijna onmerkbaar zijn hoofd schudde. Buiten kwam een trekker voorbij, misschien dezelfde die ze hadden ingehaald. De kippen kakelden. Op het erf knerpten fietsbanden, maar nog steeds bewoog het meisje niet. Vegter bleef naar haar kijken, en ten slotte scheen ze zijn blik te voelen. Haar schouders zakten, en ze leunde achterover alsof ze te moe was om nog rechtop te zitten.

'Dus het is voorbij.'

'Wat is voorbij?' Een iets oudere versie van het meisje kwam binnen met rode wangen van het fietsen.

'Papa,' zei Gwen. 'Hij is dood.'

'Zo dicht als een pot,' zei Renée. Ze waren het dorp uit en reden de verbindingsweg op.

Vegter lachte. 'Ik kan horen dat je regelmatig met Talsma optrekt.'

Ze lachte niet mee. 'Ik vond ze bijna...'

Een auto die hen tegemoetkwam, week uit voor een overstekende eend, en ze trapte krachtig op de rem. 'Sukkel.'

'Wat vond je ze bijna?' vroeg Vegter toen de adrenaline weer was gezakt.

'Bijna luguber.' Ze keek naar zijn raampje dat nog steeds openstond, en huiverde. Hij draaide het dicht. 'Heb je ooit *The Shining* gezien? Met Jack Nicholson in de hoofdrol. Daarin komen twee meisjes voor, een tweeling. Ze hebben lichtblauwe jurkjes aan, en als ik het me goed herinner komen ze hand in hand een trap af, terwijl achter hen een soort gordijn van bloed verschijnt. Daar deden ze me aan denken. Kleine, glimlachende, zwijgende meisjes.'

Hij zou willen zeggen dat ze overdreef, maar ze had een rimpel tussen haar wenkbrauwen en in haar kaak bewoog een spiertje alsof ze op iets kauwde. Bovendien had ze gelijk.

'Het was niet zo dat ze hun vader in bescherming namen,' zei hij.

Ze schudde haar hoofd. 'Ze beschermen zichzelf. Misschien ook hun moeder. En je kunt ze verhoren tot je een ons weegt, maar ze laten niets los.'

'Nee.' Hij keek naar een klein jacht dat met gestreken zeilen midden op het kanaal voer. 'Merkwaardig dat ze er totaal niet op gebrand zijn te weten wie de dader is.'

'Ze hebben hun vader uit hun leven gebannen,' zei Renée. 'En nu zijn ze opgelucht dat hij dood is. Ik denk dat ze niet eens naar de begrafenis gaan. Wat ik wel raar vind, is dat die moeder hen niet heeft ingelicht. Ze had hen kunnen bellen nadat we bij haar waren geweest. Of zou ze gehoopt hebben dat haar dochters buiten schot konden blijven?'

'Je weet niet hoe de verhouding tussen hen nu is. Moeder en dochters haatten hem, maar ze wisten geen van drieën dat hij dood is. Ik geloof niet dat ik me daarin vergis. Als ze hem dood hadden gewild, hadden ze veel eerder actie ondernomen, en waarschijnlijk ook op een andere manier. Dan laat je het succes van je poging niet afhangen van één enkele klap, en je deelt hem al helemaal niet uit tijdens een drukbezochte reünie.' Hij zweeg even. 'Dit was een man die heel veel mensen heeft gekend. Hij gaf al vierentwintig jaar les aan dezelfde school. Er moeten mensen zijn die een grief tegen hem hadden. In feite weten we nog bar weinig van hem. Ik wil in ieder geval nog een gesprek met die rector, en ook met de collega's die hem het best kenden.' Hij zuchtte. 'Ik had meer mensen willen hebben. Jammer dat die steekpartij ertussendoor is gekomen.'

Ze reed de ringweg op. 'Nemen Talsma en Brink vandaag ook zijn huis onder handen?'

'Na de school. Maar ik heb het gevoel dat er weinig uit zal komen.'

In Vegters kamer zat Brink breeduit in zijn stoel met zijn voeten op een van de laden van het bureau. Talsma zat in de vensterbank en plette de lamellen die Vegter had dichtgetrokken voor hij wegging.

'Dus de hele boel moet eruit,' zei Talsma.

Brink stond haastig op en schoof de la dicht.

'Wat moet eruit?' Vegter hing zijn jack aan de knop van de kast en ging achter zijn bureau zitten. De stoel was nog warm, iets waar hij een hekel aan had.

'Mijn tanden. Ik zeg net tegen Corné, ik heb het gebit van een oorlogskind.'

'Ik dacht dat het in Friesland een luilekkerland was in de Hongerwinter.'

Talsma keek zuinig. 'Dat zou u nog tegenvallen, Vegter. Ja, 't waren geen tulpenbollen, het waren rapen. Maar veel voeding zit daar ook niet in, nou? Mijn moeder heeft alles wat ze aan zilver had bij de boeren achtergelaten, en dan moest het stukje spek soms nog bij de helsdeuren wegkomen.'

Vegter had dikwijls het idee dat Talsma's Nederlands in feite vertaald Fries was. Zijn vrouw heette Akke, een kleine pezige tante met de gelaatsuitdrukking van een fietser met tegenwind. Talsma had zich ooit laten ontvallen dat ze twee keer de Elfstedentocht had gereden.

'Jij bent toch van na de oorlog?' vroeg Renée.

'Anders zat ik hier niet meer.' Hij grijnsde. 'Maar voordat er weer wat fatsoenlijks te eten was... En ik was de achtste.'

Brink liet zijn hagelwitte tanden blinken. 'En krijg je nu castagnetten?'

Talsma knikte.

'Waarom neem je geen kronen?' zei Renée verbaasd.

'Ik heb een offerte gevraagd,' zei Talsma. 'Voor dat geld kan ik een knappe tweedehands wagen kopen. Dus dan maar een klappertje.'

Vegter liet zijn stoel kraken.

'In Zuid-Afrika heet dat winkeltanden,' besloot Talsma.

'Niets gevonden?' vroeg Vegter.

Ze schudden hun hoofd.

'Hij ligt niet in die school,' zei Talsma met kalme stelligheid.

'En buiten?'

'Daar hebben we de jongens op gezet. Terrein van de school en een paar straten eromheen.' Hij haalde zijn schouders op.

'Het is niet echt een speld in een hooiberg.'

'Behalve als het een heel grote hooiberg is.' Talsma was niet gemakkelijk uit zijn evenwicht te brengen. 'Iemand kan hem in zijn auto hebben meegenomen. Die leerlingen wonen intussen verspreid over het hele land. In feite kan-ie nou in een container liggen, of ergens in een sloot.'

Vegter wist dat hij gelijk had, maar toch zat het hem dwars. Dit was een moord die niet was voorbereid, maar iemand had het hoofd koel genoeg weten te houden om een kruk van meer dan een meter lang te verdonkeremanen.

'Weten we al iets over de andere?' vroeg Brink.

'Daar zitten alleen zijn eigen vingerafdrukken op.'

Brink keek teleurgesteld. 'Kut, o sorry.'

'Laat voortaan al uw kleding stomen bij de Kut-o-sorry,' zei Talsma. 'De Kut-o-sorry voor het beste resultaat.'

Renée bukte zich naar haar tas, rommelde erin. Brink liet zijn vingers knakken en deed of hij haar rode hoofd niet zag toen ze weer overeind kwam.

Vegter weigerde te lachen. 'Hoe was het in zijn huis?'

'Opgeruimd,' zei Brink strak. 'Papieren keurig bij elkaar, werkkamer op orde, schone keuken en badkamer, veel boeken.'

'En van die vrouwen worden we ook niet wijzer?' Talsma verschoof de lamellen. 'Mag er een raam open, Vegter?'

Een raam open was een verkapt verzoek om te mogen roken. Vegter knikte verstrooid.

'De ex-vrouwen hadden allebei de pest aan hem, om verschillende redenen. De dochters idem. De dochters lijken zelfs opgelucht dat hij dood is.'

'Hun moeder zei dat het gerechtigheid was,' herinnerde Renée hem.

'Sjonge,' zei Talsma.

Brink floot. 'Maar geen concrete informatie?'

'Niets.'

Talsma haalde zijn shag tevoorschijn. 'Misschien moeten we het zoeken bij zijn collega's.'

'Nu weet ik het opeens.' Renée ging rechtop zitten.

'Hoe het moet?' Brink wilde een obsceen gebaar maken, maar bedacht zich toen hij Vegters blik zag.

Renée negeerde hem. 'Die jongen die daarstraks werd binnengebracht. Dat is een van de oud-leerlingen die ik heb gesproken.'

'Die met die verbonden hand?' Vegters humeur steeg plotseling. Hij had het toch goed gezien; het was niet haar type.

'Ja.' Ze reikte al naar de telefoon.

'Wat was daarmee?' Brink leunde naar voren, een en al ijver.

'Dat weten we zo meteen.' Vegter zette zijn pc aan.

In stilte wachtten ze tot hij het rapport had gelezen.

'Een verbroken relatie na een ruzie. Zij had zijn spullen buiten de deur gezet en liet hem niet binnen. Toen heeft hij geprobeerd de voordeur te forceren. Sloeg het raampje in en liep een paar flinke snijwonden op. Daarna raakte hij slaags met een echtpaar dat hem wilde kalmeren.'

'Een opgewonden standje,' vond Talsma. 'Is hij nog hier?'

Vegter schudde zijn hoofd. 'Heengezonden.'

'Maar er is proces-verbaal opgemaakt?'

'Het echtpaar heeft aangifte gedaan. De vriendin wilde dat niet.'

‘Ik zou hem nog weleens willen spreken,’ zei Renée nadenkend.

‘Heb je hem nog goed op je netvlies?’

‘Mmm. Het leek een koele kikker. Niet erg onder de indruk, in vergelijking met de meesten.’ Ze dacht na. ‘Of eigenlijk was dat het niet. Shit, ik weet het niet meer precies.’ Ze stond op. ‘Ben zo terug.’

Ze legde een volledig verslag van alle gesprekken die ze de avond daarvoor had gevoerd op Vegters bureau.

‘Was je daar al mee klaar?’

‘Thuis meteen uitgewerkt, juist vanwege dit soort dingen.’ Ze lachte. ‘Maar vergeten aan u te geven.’

Even voelde hij een steek van teleurstelling. Tijdens de lunch en daarna had ze hem een paar maal bij zijn voornaam genoemd. Toen drong het tot hem door dat hij haar in een lastig parket had gebracht. Ze had moeten kiezen tussen een voorstel van een meerdere dat ze moeilijk kon weigeren en loyaliteit jegens haar collega's. In feite had ze de meest elegante oplossing gevonden. De teleurstelling maakte plaats voor opluchting; het bureau was een broedplaats voor roddels.

‘David Bomer,’ zei Renée. ‘Het adres klopt dus blijkbaar niet meer sinds gisteravond. Tweeëndertig. Vwo, geen vervolgopleiding. Doet momenteel iets met verzekeringen. Heeft zes jaar Engels gehad van Janson. Omschreef hem als een goede leraar, maar een die weinig begrip had voor zwakke leerlingen. Vond hem arrogant.’ Ze keek op. ‘Dat laatste geldt wat mij betreft ook voor hemzelf.’

‘Dat doet er allemaal niet toe,’ zei Brink ongeduldig. ‘Wat viel je nou op?’

Hij was er een van de nieuwe lichting, dacht Vegter. Geen twijfels koesteren, snel resultaat boeken.

‘Daar kom ik op.’ Ze sloeg een pagina om. ‘Zei dat hij zelf een rondje door de school had gemaakt, en dat dat misschien wel ten tijde van de moord geweest zou kunnen zijn.’

Brink haalde zijn schouders op. ‘Dat hebben er meer.’

‘Wacht nou even. Hier heb ik het. *In feite ben ik dus een verdachte.*

‘Zei hij dat letterlijk?’

‘Ik heb er aantekening van gemaakt, niet omdat hij het zei, maar vanwege de toon waarop.’ Geïrriteerd streek ze de haren naar achteren die uit het elastiek waren ontsnapt. ‘Als het niet zo gek klonk, zou ik zeggen dat hij geamuseerd leek. Hoe dan ook, hij had iets glads. Ongrijpbaar.’

‘Je hebt altijd idioten die van dat soort dingen genieten.’ Brink liet zijn vingers knakken.

‘Ik zou weleens met die vriendin willen praten,’ zei Talsma bedachtzaam.

Vegter knikte. ‘Het moet een heftige avond voor hem geweest zijn.’

‘Waarom heeft ze hem eruit geflikkerd?’ vroeg Brink.

Vegter keek op zijn scherm. ‘Dat staat er niet bij.’

Talsma gooide zijn peukje uit het raam en keek naar het adres. ‘Dat is vlak bij mij. Ik ga er vanavond wel even langs.’

Brink opende zijn mond, maar Renée was sneller. ‘Als je na achten gaat, ga ik met je mee.’

Talsma, punctueel als altijd, stond al te wachten toen Renée haar auto neerzette op de enige lege plaats op het parkeerterreintje dat bij het flatblok hoorde. Motregen sloeg haar in het gezicht toen ze naar hem toe liep. Een plastic zak werd door de wind tegen haar benen geblazen, wervelde omhoog en bleef heftig klapperend hangen aan de antenne van een oude Opel.

‘Ben ik laat?’

‘Ik sta hier ook nog maar net.’ Hij had een regenjack aan waarvan hij de capuchon had opgezet. Het koordje was iets te kort, zodat het over zijn kin liep als was hij een Engelse bobby. Hij wees naar een van de verlichte ramen. ‘Volgens mij is ze thuis.’

Ze duwden de bekraste deur open, waarvan het slot al lang geleden leek te zijn geforceerd. Binnen zagen de betonnen trappen er naargeestig uit in het licht van de enkele lamp. Renée wilde er een opmerking over maken, maar bedacht zich. Talsma woonde twee straten verder in een identiek blok.

Op de derde etage vertoonde de vloer grote natte plekken en in een van de twee voordeuren was het glas van het raampje vervangen door een stuk karton.

Talsma grijnsde. 'We zijn er.'

De jonge vrouw die opendeed, zou mooi geweest zijn als ze er wat verzorgder had uitgezien. Ze droeg een verwassen huispak waarvan ze de pijpen in een paar dikke sokken had gepropt. De broek vertoonde grote kale plekken op de knieën, de rits van de vormloos geworden sweater was tot bovenaan gesloten. Aan haar ogen was te zien dat ze die gewoonlijk opmaakte; nu ze dat niet had gedaan, hadden ze het weerloze van een brildrager zonder bril. Ze zag hen kijken naar de ketting die ze had moeten losmaken, en naar de twee gloednieuwe sloten.

'Neem me niet kwalijk, maar ik was bang dat... Komt u verder.'

De kamer was een merkwaardige mengeling van design en kneuterigheid. In een open witte kast waren twee lege planken waarop een stoffige rechthoek liet zien dat er kort geleden nog iets had gestaan.

'We zullen u niet lang storen,' begon Talsma.

Ze knikte.

'We begrijpen dat een ruzie tussen u en de heer Bomer zodanig escaleerde dat u besloot de relatie te beëindigen. Deze flat staat op uw naam?'

'Hij woonde bij mij in.'

'Wat wij zouden willen weten, is waarom meneer Bomer zo kwaad werd dat hij, eh...'

'Ik had zijn spullen buitengezet en wilde hem niet binnenlaten. Maar dat had ik al eerder aan de politie verteld, dus ik begrijp niet goed...'

'Daar komen we zo op,' zei Renée. 'Had u al langer problemen?'

Ze aarzelde even. 'In zekere zin wel.'

'En ging dat ook met geweld gepaard?'

Deze keer zweeg ze langer.

'Hij heeft me nooit geslagen,' zei ze ten slotte. 'Maar in drift is hij...' Ze aarzelde opnieuw. 'Gevaarlijk is een te groot woord. Misschien moet ik het onbeheerst noemen.'

'We zijn bezig met het onderzoek naar een zaak waarbij meneer Bomer zijdelings betrokken is,' zei Renée. 'Al is dat niet in de zin van criminele activiteiten. Mogelijk zou hij ons behulpzaam kunnen zijn, maar we weten niet waar hij is, want hij heeft dit adres opgegeven toen er proces-verbaal werd opgemaakt.'

'Ik weet ook niet waar hij is. Waarschijnlijk bij een vriend, hij kent vrij veel mensen. Ik kan u wel het adres geven van het bedrijf waar hij werkt.'

'En wat was de aanleiding om hem op straat te zetten?'

Ze legde een hand op haar buik. Het was een instinctief gebaar, en Renée begreep wat ze zou antwoorden. Je kon het ook al zien, dacht ze. Nog niet aan haar figuur, maar aan de gevulde wangen en hals, de huid die blozender was dan bij haar type paste en meer vocht leek vast te houden.

'Hij was niet bepaald blij met mijn zwangerschap.' Nu het hoge woord eruit was, praatte ze door, in snelle, korte zinnen. 'Hij was naar een schoolreünie geweest. Toen hij thuiskwam, lag ik al in bed. Hij bleef heel lang op het balkon zitten. Intussen viel ik in slaap. Toen hij eindelijk naar bed ging, werd ik wakker. Hij wist nog niet dat ik zwanger was. Dat vertelde ik hem.'

'Hij was het dus niet eens met uw zwangerschap?'

'Nee. Hij houdt niet van kinderen. Hij vond niet dat hij verantwoordelijk was.'

'En u vond van wel?'

Ze lachte even. 'Nee, eigenlijk niet. Wat dat betreft had hij gelijk. Maar dat zag ik niet meteen in.'

'Waarom werd u zwanger?' vroeg Renée voorzichtig. 'Terwijl u wist dat hij geen kinderen wilde?'

'Het was opzet,' zei ze openhartig. 'Ik wil graag een kind. Ik ben eenendertig, en ik was het leven dat we leidden beu.'

'Wat voor leven leidde u?'

'Zeven avonden per week uit of mensen over de vloer. Alleen nog maar vrienden die dat ook doen en met hen gesprekken voeren die nergens over gaan. Kleren kopen omdat je ze kúnt kopen, en er niet meer blij mee zijn. Het is minstens een jaar geleden dat ik een boek heb gelezen. Ik wilde graag verhuizen, maar op de een of andere manier hielden we nooit geld over.' Ze keek hulpeloos. 'Ik geloof niet dat ik het duidelijk uitleg.'

Renée glimlachte. 'Aan uw uitleg mankeert niets. U vond het een leeg bestaan.'

Ze knikte.

'Die reünie,' zei Talsma. 'Hebt u daarover gesproken?'

'Ik vroeg hoe het was geweest.'

'En wat zei hij?'

Ze dacht even na. 'Hij zei dat het verrassend was.'

'Zei hij dat letterlijk?'

'Ja. Ik vroeg in welk opzicht, en toen zei hij: in meerdere.'

'En toen?'

'Toen niets. Hij wilde het er niet over hebben. Hij zei dat hij moe was en geen zin had erover te praten.'

'Geen aardige jongen,' zei Talsma.

Renée liet de buitendeur achter zich dichtvallen. 'Begrijp je nu wat ik bedoelde? Je zou kunnen zeggen dat hij een moord van dichtbij heeft meegemaakt, en het enige dat hij erover tegen zijn vriendin zegt, is dat het een verrassende avond is geweest.'

'Onze-Lieve-Heer heeft rare kostgangers.' Talsma zette zijn capuchon weer op.

'Die zwangerschap... Ik vraag me af of ze weet waar ze aan begint.'

'Dat weet je ook niet als je er een adopteert.'

'Wat doen we met hem?'

'Morgen bel ik hem op zijn werk, en dan laat ik hem langskomen op het bureau. Ik denk dat Vegter ook wel wat meer van hem wil weten. En nou ga ik naar huis, want Akke was al een beetje aangebrand dat ik alweer weg moest.' Hij liep weg, de schouders hoog opgetrokken, de regen glinsterend op zijn jack.

■

Eva goot kokend water op het theezakje in de beker toen de bel ging.

Ze was met Maja naar het park geweest, waar ze de eendjes hadden gevoerd, de narcissen bewonderd en naar een vroege jongleur gekeken. Ze hadden patat met appelmoes gegeten en daarna was het tijd geweest voor de avonturen van Kiki, het eendje met de bril. Het eendje wilde geen bril, maar toen bleek dat opa eend er ook een nodig had, had dat haar met haar lot verzoend.

'Het geeft niks, een bril,' zei Maja tevreden. 'Oma vindt het ook niet erg, hè mam?'

Nu sliep ze onder haar Bambi-dekbed, twee knuffels als wachters naast haar hoofd.

Eva kneep het theezakje uit en gooide het in de afvalemmer. In godsnaam geen bezoek. In de slaapkamerkast had ze een doosje slaaptabletten gevonden waarvan de houdbaarheidsdatum allang verstreken was. Daar zou ze er een van nemen, desnoods twee. Dat moest genoeg zijn. Maar de bel ging, en het keukenraam keek uit op de galerij, zodat ze gedwongen was open te doen.

Op weg naar de voordeur ving ze een glimp van zichzelf op in de spiegel die in het halletje hing. Misschien moest ze zich morgen ziek melden.

Hij stond al binnen voor ze tijd had om te reageren, en het eerste dat haar opviel was zijn verbonden hand.

'David!'

'Als ik ongelegen kom, ben ik zo weer weg. Maar ik had het beloofd, en ik doe altijd wat ik beloof.' Van achter zijn rug goochelde hij een boeket bloemen tevoorschijn. Hij hield ze haar voor met een jongensachtige grijns. 'Voor de schrik.'

'Wat aardig van je, dankjewel.' Haar geheugen had hem de vorige avond gewist zodra ze de deur achter zich had gesloten. Maar hier stond hij, en ze vervloekte haar keurige opvoeding die voorschreef dat ze hem koffie aanbood.

Ze probeerde haar schouders naar achteren te trekken toen ze hem voorging naar de kamer. Hij keek naar de knuffels op de bank, naar Maja's stempeldoos op tafel, naar het spijkerbroekje dat over een stoel hing te wachten op een nieuwe knoop. Zijn wenkbrauwen gingen omhoog.

'Mijn dochter,' zei ze kort.

Ze had opzettelijk niet opgeruimd, zich koesterend in de tastbare aanwezigheid van het kind.

'Hoe oud?'

'Vier.'

'Dus het ergste is achter de rug.' Zijn glimlach was bedoeld om haar te laten zien dat hij het niet meende.

'Wat is er met je hand?'

'Een ongelukje bij het klussen.' Hij bleef midden in de kamer staan, maar uit zijn houding sprak dat hij verwachtte te mogen gaan zitten.

'Wil je koffie?'

'Alleen als jij die ook drinkt.'

'Ik had net thee gemaakt.'

'Dan drink ik thee.' Hij trok zijn jack uit en legde het op de bank.

'Ik zet meteen je bloemen in het water.'

In de keuken schudde ze de ketel. Genoeg heet water voor nog een beker. Daarna moest hij ophoepelen. Ze knipte met de keukenschaar slordig een stuk van de stelen en propte de bloemen in een vaas. Roze rozen. Daar moest hij over hebben nagedacht. Witte voor een dode, rode voor een geliefde, roze voor alles daartussenin.

Hij stond voor de kleine boekenkast en draaide zich om toen ze de bekers op de tafel zette. 'Toon mij uw boeken en ik zal u zeggen wie ge zijt.'

'Hooguit wie ik was,' zei ze droog. 'Het meeste van wat er staat is oud.'

'Wie was je?'

'Een van de vele middelbare scholieren die je gekend hebt.'

'En wie ben je nu?'

'Een werkende vrouw met een kind.' Ze dronk haar thee, snel en met grote slokken. Ze voelde zich te oud voor dit spel. En in ieder geval te moe.

'Dat zal niet altijd eenvoudig zijn.' Hij liet zijn luchtige toon varen.

'Nee.'

Hij bleef haar aankijken, een rimpel tussen zijn wenkbrauwen, de beker balancerend op zijn knie.

'Het went,' zei ze. 'We hebben een goed ritme gevonden. En het is een gemakkelijk kind.'

'Wie past er op haar als jij werkt?'

'Ze gaat naar de naschoolse opvang. In alle andere gevallen naar mijn moeder.' Ze zette de beker neer en probeerde niet op haar horloge te kijken.

'Dus daar was ze gisteren ook?'

Ze knikte. 'Ze is er blijven slapen, omdat ik niet wist hoe laat ik thuis zou zijn.' Ze lachte even.

'Ik heb hem nog gesproken,' zei hij. 'Janson.'

'O ja?'

'Jij niet?'

Ze schudde haar hoofd.

'Ik mocht hem niet, destijds. Maar dat zei ik gisteravond geloof ik al.' Hij dronk zijn beker leeg en zette hem op tafel.

Meer krijg je niet, dacht ze. Je bent alleen maar gekomen om het nog eens dunnetjes over te doen, de sensatie opnieuw te beleven. Ze gaf geen antwoord.

'En hij was niet veranderd,' zei David. 'Of ik ben niet veranderd. Hoe dan ook, ik mocht hem nog steeds niet. Nog altijd van zichzelf overtuigd, nog altijd grapjes ten koste van een ander. En nog altijd de charmeur uithangen.' Hij schudde zijn hoofd. 'Zat te flirten met alles wat vrouw was. Herinner jij je Anne nog?'

'Nee.' Ze had spijt dat ze haar beker had neergezet. Nu stopte ze haar handen in de zakken van haar sweater.

Hij tikte tegen zijn voorhoofd. 'Ach nee, natuurlijk niet, ze zat in mijn klas. Bloedverlegen, onzeker, zo'n kind dat er bijna om vraagt gepest te worden. Janson vond het geestig om haar voor de klas te halen en bij haar de betekenis van woorden als *tender* te demonstreren. En bepaald niet op een kinderachtige manier.'

'Dat wist ik niet.'

'Kregen jullie eigenlijk Engels van hem?'

Ze knikte.

'Misschien zat er bij jou niemand in de klas die zich op die manier te grazen liet nemen. Anne was natuurlijk... Enfin, dat zei ik al. Niet lelijk, trouwens. Ik ben haar ooit nog eens tegengekomen, en toen was ze helemaal opgebloeid.'

Eva keek op haar horloge. Ze voelde zich alsof ze haar moeder was, maar ze deed het toch. Hij moest nu gaan, dan kon ze de pillen nemen en in slaap vallen en pas weer wakker worden als het morgen was.

Hij stond meteen op. 'Ik zie dat je moe bent, en toch blijf ik zitten,' zei hij berouwvol.

In de hal bleef zijn verbonden hand steken in zijn mouw, en ongeduldig trok hij tot de hand tevoorschijn kwam.

'Is het ernstig?' vroeg ze in een poging iets goed te maken.

'Een snijwond. Die lijken altijd erger dan ze zijn.' In hetzelfde gebaar van de vorige avond boog hij zijn lange rug en raakten zijn lippen haar haren. 'Slaap lekker.'

In de deuropening draaide hij zich om. 'Ik vind het... prettig je weer ontmoet te hebben.' Hij streek door zijn haar. 'Mag ik een keer gelegen komen?'

Ze moest glimlachen om de verlegen onhandigheid waarmee hij het vroeg.

'Je hoeft nu geen antwoord te geven,' zei hij verheugd.

■

Vegter hing zijn jack aan de kapstok en haalde een biertje uit de koelkast. Johan draaide om zijn benen en hij bukte zich om hem te aaien, maar de kat glipte weg en ging naast zijn lege bakjes staan.

Heb ik vergeten hem water te geven? dacht Vegter. Met een schuldig geweten vulde hij de bakjes. Johan dronk dorstig, met lange halen van zijn tong.

In de kamer knipoogde het lichtje van het antwoordapparaat.

'Hoi pap,' zei Ingrid. 'Ik dacht dat dit je vrije weekend was. Ik had willen vragen of je kwam eten, maar nu bewaar ik je biefstuk wel tot morgen.'

Hij koos een cd uit het rek en ging in de stoel zitten die precies in het midden tussen de speakers stond. Schumanns tweede symfonie spoelde over hem heen. Johan klom via zijn knie naar de rugleuning en Vegter zakte onderuit tot hij met zijn hoofd nog net het warme kattenlijf raakte. In gedachten begon hij een lijstje te maken van de dingen die hij de volgende dag moest doen, maar de muziek leidde hem te veel af, en ten slotte sloot hij zijn ogen en gaf zich eraan over.

Toen hij wakker werd, was de kamer in schemer gehuld. Stijf kwam hij overeind en knipte de moderne booglamp aan, een van de weinige dingen die hij uit het oude huis had meegenomen.

Zijn maag bewaarde geen herinneringen aan de dagverse soep en de uitsmijter, maar de koelkast had niet meer te bieden dan het ei, de schiftende aardappelsalade en een stuk kaas dat aan de randen al uitgedroogd raakte. Het schoot hem te binnen dat hij de volgende dag biefstuk zou eten, en die gedachte vrolijkte hem zo op dat hij de moeite nam een boterham te ontdooien en te beleggen met kaas. Achter in de koelkast vond hij een potje augurken en een tube mayonaise. Hij sneed twee augurken fijn, plakte die met behulp van de mayonaise op de kaas en klapte de boterham dubbel. Staand aan het aanrecht at hij hem op. Daarna had hij nog steeds honger, maar geen zin om het ritueel te herhalen.

Johan was al verhuisd naar zijn vaste slaapplek in het hoekje van de bank, en de televisie vertoonde alleen sport en pratende hoofden. Vegter besloot met Hemingway naar bed te gaan. Toen hij de lamp uitdeed, zag hij dat het gele blad van de kamerlinde was gevallen.

8

Het weer deed zijn best de reputatie van een grijze maandag hoog te houden. Uit een loden hemel viel onafgebroken de regen, een gure wind striemde het jonge blad van de ene eenzame kastanjeboom bij de ingang van het parkeerterrein. Vegter haastte zich naar binnen, groette de dienstdoende agent en besloot de trap te nemen in plaats van de lift.

In zijn kamer rook het naar shag. Op zijn bureau lag een stapel rapporten. Hij deed het raam open en de lamellen begonnen te ratelen als seinsleutels. De geur van de stad dreef naar binnen – uitlaatgassen, vuilnis, verbrande olie. Hij keek naar de natglimmende daken van de auto's, die als torren door de straat kropen. Er kwam een vliegtuig over, gestaag klimmend tot het in de wolken verdween. Een ticket kopen. Ergens naartoe vliegen waar het warm was en de mensen geen haast hadden.

Hij knipte zijn bureaulamp aan, draaide zijn stoel zodat hij zijn voeten op de onderste la kon leggen, trok de rapporten naar zich toe en begon te lezen.

Talsma kwam binnen zonder te kloppen, pakte een stoel en ging zitten.

'Ik heb die jongen uitgenodigd voor een gesprek. Wilt u daarbij zijn, Vegter?'

'Welke jongen?' vroeg Vegter zonder op te kijken.

'Die Bomer. Ik belde hem op zijn werk, en hij had er niet zoveel zin in, maar toen ik aanbood hem daar op te zoeken, kon het ineens in zijn lunchpauze.'

Vegter legde zijn papieren neer. 'Hoe laat?'

'Twaalf uur.'

'Breng hem maar hier. Wat zei de vriendin?'

'Dat hij niet gewelddadig was in de zin dat hij haar sloeg, maar ik kreeg de indruk dat ze af en toe benauwd voor hem was. Enfin, dat was haar probleem. Het enige dat hij tegen haar over die reünie gezegd heeft, is dat die verrassend was geweest.'

Vegter trok zijn wenkbrauwen op.

'Precies,' zei Talsma vergenoegd.

'Ik heb hier het rapport van de patholoog,' zei Vegter. 'Doodsoorzaak inderdaad een klap met naar alle waarschijnlijkheid die kruk. Niet eens met extreme kracht, maar goed geplaatst, zo vlak boven het oor. Dunne schedel. Letsel toegebracht door een linkshandig persoon die tegenover hem stond. Verder niets dat voor ons interessant is.' Hij lachte even. 'Of het zou moeten zijn dat hij maar één teelbal had.'

'Net als Napoleon,' zei Talsma. 'Of was het nou Hitler? Ik wou verdomme dat we die kruk vonden. Wat dunkt u, Vegter, zou ik er nog eens langsgaan?'

'Alleen als je niet zeker bent van je zaak.'

Talsma zoog zijn lippen naar binnen. 'Dat ben ik eigenlijk wel.' Hij haalde zijn shag uit de borstzak van zijn overhemd en keek naar de klapperende lamellen. 'Mag er een raam open?'

Vegter knikte verstrooid. 'Ik heb voor vanmiddag een afspraak met de rector en met een van de docenten, mevrouw Aalberg. Ik wou je mee hebben.'

'Waarom die Aalberg?'

'Omdat ze een relatie met Janson heeft gehad.'

'Terwijl hij getrouwd was?'

'Al daarvoor, maar hij heeft de verhouding voortgezet ook nadat hij opnieuw was getrouwd. Het was de aanleiding voor de tweede scheiding.'

'Zo.' Talsma likte aan zijn vloeitje. 'Je vraagt je af hoe actief hij zou zijn geweest met twee ballen.' Hij stond op. 'Ik heb zijn administratie meegenomen, daar wou ik maar eens aan beginnen.'

'Dit is een rookvrij gebouw,' zei Vegter.

Talsma stak het shagje tussen zijn lippen. 'Alleen op de gang.'

David Bomer was stipt op tijd. Talsma nam hem mee naar boven en klopte op Vegters deur. Vegter had hem ooit gevraagd waarom hij dat alleen deed als hij een bezoeker meebracht. 'Om ze duidelijk te maken dat daar een hoge ome achter zit,' verklaarde Talsma grijnzend.

Vegter keek even naar de verbonden hand en wees naar de stoel die voor het bureau stond. 'Gaat u zitten.'

Bomer sloeg zijn benen over elkaar en leunde ontspannen naar achteren. Talsma ging op een van de rechte stoelen tegen de muur zitten.

Vegter nam de man tegenover hem een ogenblik zwijgend op. Lang, goedgebouwd, goedgekleed, beschaafde das. Dik donker haar, smal gezicht, lichte ogen. Hij zou het goed doen bij de vrouwen.

'Meneer Bomer, u hebt zaterdagavond al kort gesproken met een van onze mensen.'

Bomer knikte. 'Met zo'n roodharige agente.'

Arrogante hufter, dacht Vegter. 'Rechercheur Pettersen. Intussen hebben wij een gesprek gehad met mevrouw Rens.'

Bomer keek verbaasd. 'Mariëlle is niet naar die reünie geweest.'

'Dat gesprek ging voornamelijk over het feit dat u zich wederrechtelijk toegang probeerde te verschaffen tot haar woning.'

Bomer ging rechtop zitten. 'Ik betaalde mee aan de huur!'

'De woning staat op haar naam,' wees Vegter hem terecht.

'Er lagen nog spullen van mij. Nog steeds, trouwens. Meubilair, vloerbedekking...'

'Wij hebben van mevrouw Rens begrepen dat zij degene is die de rekeningen daarvoor heeft voldaan. Waar het ons nu om gaat, is dat u tegen haar heeft gezegd dat de reünie "verrassend" was geweest. Ik wil van u weten wat u daarmee bedoelde.'

Bomer trok cynisch zijn wenkbrauwen op. 'Het wás verrassend. Tenzij u het normaal vindt dat er een docent wordt doodgeslagen tijdens zo'n feestelijke bijeenkomst.'

'Hoe weet u dat meneer Janson is doodgeslagen?'

Bomer bleef hem aankijken. 'Gehoord, maar ik weet niet meer van wie.'

'Meneer Bomer, kunt u mij nog eens vertellen wat u deed op het moment dat meneer Janson werd gevonden?'

'Toen was ik in de aula.'

'Maar kort daarvoor was u elders in de school.'

Bomer knikte. 'Zoals ik al aan die... rechercheur heb verteld, heb ik een rondje door de school gemaakt. Noem het een nostalgische wandeling.'

'Bent u boven geweest?'

Bomer keek opnieuw verbaasd. 'Nee. Boven was alles donker. Het feest speelde zich beneden af. Ik ben langs wat lokalen gelopen, heb even in het scheikundelokaal gekeken en ben weer teruggegaan.'

'Bent u buiten geweest?'

Bomer schudde zijn hoofd.

'Dat weet u zeker?'

'Natuurlijk weet ik dat zeker.'

'Bent u andere mensen tegengekomen tijdens uw nostalgische wandeling?'

Hij dacht na. 'Ik geloof het niet.'

'U weet het niet zeker?'

'Nee.'

'Dus niemand heeft u gezien?'

Nu knipperde hij wel. 'Ik heb niemand gezien, maar dat wil niet zeggen dat niemand mij heeft gezien. Er waren meer dan vierhonderd mensen in de school.'

'U hebt niemand de school zien verlaten?'

Bomer had zich hersteld. 'Zover ik me herinner niet. U moet niet vergeten dat kort daarna het tumult losbarstte.' Hij spreidde zijn handen in een verontschuldigend gebaar. 'Daar was iedereen behoorlijk door geschokt.'

'U toch blijkbaar niet,' zei Talsma.

Bomer keek geïrriteerd opzij, alsof hij Talsma totaal was vergeten en het hinderlijk vond aan zijn aanwezigheid te worden herinnerd. 'Waar baseert u dat op?'

'Op het feit dat u het kennelijk niet de moeite waard vond uw vriendin te vertellen wat er was gebeurd.'

'Dat had een andere reden.'

'U bedoelt dat uw vriendin u vertelde zwanger te zijn.'

'Ze heeft u goed ingelicht,' zei hij smalend.

Vegter zette zijn vingertoppen tegen elkaar en boog zich naar voren. 'Meneer Bomer, komt het u zelf niet als eigenaardig voor dat u onmiddellijk nadat uw vriendin u had verteld zwanger te zijn, besloot uw relatie te beëindigen?'

'Ik was in de war. Eerst die afschuwelijke toestand met Janson, en toen dat.'

'Ieder normaal mens zou daarvan in de war raken,' zei Vegter toegeeflijk. 'Wat ik merkwaardig vind, is dat u geen enkele poging deed uw verwarring uit te leggen. U had, bijvoorbeeld, kunnen zeggen dat uw hoofd niet stond naar nog meer schokkende dingen, omdat u al was geconfronteerd met die, eh, afschuwelijke toestand met meneer Janson. In plaats daarvan hield u uw mond, kleedde u zich in alle rust aan en vertrok.'

'Ik wilde nadenken.'

'Hebt u er spijt van uw relatie te hebben verbroken?'

'Nee. Ik liep al langer met dat idee rond.' Er trok een lachje om zijn mond. 'Vandaar misschien dat ik op haar een rustige indruk heb gemaakt.'

'Waarom was u van plan met mevrouw Rens te breken?'

Bomer strekte zijn benen. 'Ik geloof niet dat het voor u van belang is dat te weten.'

'Dat bepaal ik. Waarom was u van plan met mevrouw Rens te breken?'

Bomer haalde zijn schouders op. 'Als u daar dan zo nieuwsgierig naar bent: ze verveelde me. Of misschien is het beleefder om te zeggen dat ik me bij haar verveelde.'

'Waar hebt u de afgelopen twee nachten geslapen?'

'Bij een vriend.'

'En daar verblijft u ook nu nog?'

Bomer knikte.

'Ik zou graag het adres van u hebben. En het nummer van uw mobiele telefoon.' Vegter schoof een notitieblok naar hem toe en een pen.

Bomer negeerde de pen, haalde zijn eigen pen uit de binnenzak van zijn jasje en schreef het op, de pen onhandig vasthoudend met de verbonden hand.

'U hebt daar voor langere tijd onderdak gevonden?'

'Voor zo lang als het nodig is. Ik hoop binnenkort weer eigen woonruimte te hebben.'

'Dat zal u niet meevallen.'

Het lachje kwam terug. 'Dat hangt ervan af of je de juiste personen kent.'

Vegter stond op. 'Het kan zijn dat wij u nog nodig hebben. Ik moet u dus vragen het ons te laten weten als u van adres verandert.'

Bomer bleef zitten. 'Betekent dat dat u mij als verdachte beschouwt?'

'Nee,' zei Vegter vriendelijk. 'Het betekent precies wat ik zei.'

Bomer aarzelde een moment. Toen stond hij op, keek dwars door Talsma heen en vertrok.

'Ik heb die hele papierboel van Janson bekeken,' zei Talsma onderweg naar de rector. 'En er zit me iets dwars.'

'Vertel.'

'Het was een pietje-precies. Heeft alles bewaard van zo ongeveer de afgelopen tien jaar of nog langer. Tot en met zijn bankafschriften.'

'Dat doen meer mensen.'

'Ja. Akke doet het ook. Zegt dat je nooit kunt weten waar het nog eens goed voor is, nou? Maar als je die bankafschriften bekijkt, zit er een patroon in.'

'Hypotheek, gas, licht, water, krant, telefoon,' offreerde Vegter.

'Precies. En dan daartussendoor het geld dat je opneemt voor de boodschappen en zo. Nou weet ik niet wat u doet, Vegter, maar Akke neemt niet maand in maand uit precies hetzelfde bedrag op.'

'Waar wil je heen?'

'Hij pinde een paar keer per maand bedragen waarvan ik denk dat ze voor de dagelijkse uitgaven bedoeld waren. In guldens toen nog, hè? Tweehonderd, driehonderd gulden, dat werk. En later natuurlijk in euro's. Maar elke maand nam hij ook duizend gulden op. En vanaf het moment dat we aan de euro's moesten, was het opeens duizend euro.'

'De euro-inflatie.'

Talsma lachte hinnikend. 'Maar nou even serieus: ik kan die bedragen niet thuisbrengen.'

'Hoe lang heeft hij dat gedaan?'

'In ieder geval tien jaar. Misschien langer, maar dat is niet meer na te gaan.'

'Nam hij het elke maand op dezelfde dag op?'

'Hooguit een of twee dagen verschil.'

'Alimentatie?'

'U zei dat die vrouwen niks meer met hem te maken wilden hebben.'

'Nee, maar dat betekent niet per se dat ze financiële steun hebben geweigerd. Bij zijn eerste vrouw heeft hij twee dochters.'

'Zover was ik ook,' zei Talsma onverstoorbaar. 'Dus ik heb ze gebeld. En ze zeiden allebei dat ze geen alimentatie kregen. Wilden ze niet.'

'Misschien steunde hij zijn oude moeder.'

'Zijn ouders zijn dood. De vader al vijftien jaar, de moeder negen.'

'Waar wil je heen?' vroeg Vegter opnieuw.

'Dat weet ik zelf niet.' Talsma parkeerde netjes langs de stoeprand. 'Maar het zit me verrekte dwars.'

'Ik moet u thuis ontvangen omdat mijn vrouw zich vandaag niet goed voelt,' zei de rector verontschuldigend. 'En aangezien u er prijs op stelt dat zij bij het gesprek aanwezig is…'

Ze volgden hem door een hal die je een vestibule zou kunnen noemen. Talsma keek waarderend naar de marmeren vloer, waarop het glas-in-loodraam een kleurig patroon had gelegd.

Mevrouw Declèr lag op de bank onder een plaid. 'Neemt u me niet kwalijk dat ik niet opsta. Dit is een van mijn slechte dagen.'

Ze lieten zich neer in diepe fauteuils met ouderwets gestreepte bekleding.

Declèr bleef staan. 'Kan ik u iets aanbieden? Koffie, thee?'

'Doet u geen moeite,' zei Vegter hoffelijk. 'We willen u niet langer storen dan noodzakelijk is.'

De rector ging zitten, handen tussen de knieën.

'Janson was al vierentwintig jaar als leraar Engels aan uw school verbonden,' zei Vegter. 'In die functie hebt u hem goed gekend. Had u ook privé contact met hem?'

Declèr knikte. 'We hebben hier maandelijks een bridgeavond met een aantal docenten. Janson was een van hen.'

'Een goede speler?'

'Een fanatieke speler.' Declèr glimlachte. 'Het liefst met het mes op tafel.'

'U speelt ook, mevrouw?'

Ze schudde haar hoofd. 'Ik verzorg de catering.'

'Was er een groot verschil tussen Janson privé en Janson als docent?'

'Natuurlijk waren er verschillen,' zei Declèr. 'Zoals dat met ieder mens het geval zal zijn.'

'Hebt u op een van beide terreinen ooit problemen met hem gehad?'

Declèr weifelde. 'Hij was niet gemakkelijk. Kort aangebonden, ongeduldig, overtuigd van zijn gelijk. Dogmatisch is een te groot woord, maar... En hij kon er slecht tegen als de dingen niet liepen zoals hij het graag zag. Overigens geldt dat voor bijna iedereen.'

'Maar geen grote conflicten? Met u of een collega?'

Declèr keek naar zijn vrouw.

'Hij heeft een relatie gehad met een collega,' zei ze.

'Met mevrouw Aalberg. Dat weten we.'

'Maar wat u misschien niet weet, is dat meerdere collega's daar grote moeite mee hadden. Mevrouw Aalberg was toentertijd nog erg jong, pas afgestudeerd, en Janson was ver in de veertig. Men vond dat het geen pas gaf.'

Vegter keek naar Declèr. 'Vond u dat ook?'

Declèr was zichtbaar niet op zijn gemak.

Zijn vrouw schoot hem te hulp. 'Mijn man was daar niet echt van op de hoogte. Ook al omdat niemand er openlijk met hem over sprak.'

'Hoe komt het dat u het wel wist?'

'Onder andere door de bridgeavonden. Die zijn ook bedoeld om de contacten onderling te verstevigen, dus docenten nemen dikwijls ook hun partners mee. En u weet hoe dat dan gaat. Bovendien heb ik met een aantal vrouwelijke docenten een vriendschappelijke band.'

'Ook met mevrouw Aalberg?'

'Nee.'

'Weet een van u beiden waarom de relatie met mevrouw Aalberg is beëindigd?'

Ze schudden allebei hun hoofd.

'Weet u of een of misschien meerdere docenten een grief tegen Janson hadden?'

Declèr was iets te traag met zijn antwoord. 'Nee.'

Vegter bleef hem aankijken. 'Wij proberen ons een beeld te vormen van de persoon die Janson was. Dat kan ons helpen bij het vinden van een motief, en daarmee de dader. Al hoef ik u dat natuurlijk niet uit te leggen.'

Declèr scheen een besluit te nemen. 'Er waren strubbelingen met Ter Beek. Maar niet van dien aard...'

'Wat voor strubbelingen?'

'Ter Beek verkeert al een tijd op de rand van overspannenheid, al wil hij dat zelf niet inzien. Hij had ordeproblemen. Ik heb hem voorgesteld, ik moet erbij zeggen, tamelijk dwingend voorgesteld, een aantal coördinerende taken van Janson over te nemen. Janson wilde graag terug voor de klas. Naar zijn zeggen miste hij het lesgeven en het contact met de leerlingen. Ter Beek was het er niet mee eens, had het gevoel dat ik vond dat hij faalde. Wat het des te pijnlijker maakte, was dat hij een studiereis met een aantal leerlingen naar Amerika voorbereidde. Die voorbereidingen heeft Janson van hem overgenomen, en hij heeft ook de betreffende reis gemaakt. Ter Beek was daarover zeer gegriefd.'

'Die grief zou dan toch eerder tegen u gericht moeten zijn.'

'Dat was hij ook deels, maar Janson was niet erg tactvol in zijn benadering.'

'U bedoelt?'

'Hij heeft de organisatie compleet omgegooid en daarbij niet onder stoelen of banken gestoken dat hij de voorbereidingen, maar ook de invulling die Ter Beek voor ogen had, onder de maat vond. Daar komt bij dat Janson nooit ordeproblemen had, dus ook niet met de klassen van Ter Beek. Eric was niet de meest begripvolle persoon, en hij, hoe zal ik het zeggen, gaf blijk van een zekere minachting voor docenten die in dat opzicht wat minder sterk in de schoenen staan.' Hij hief zijn handen. 'Maar dit alles kan toch nooit een reden zijn om...'

'In dit stadium van het onderzoek kan alles voor ons van belang zijn,' zei Vegter. Hij keek naar mevrouw Declèr. 'Mocht u Janson graag?'

Ze keek hem met heldere ogen aan. 'Ja en nee.'

'Als vrouw, mocht u hem?' Talsma's slepende klinkers verzachtten de botheid van de vraag.

Ze glimlachte. 'Nee.'

'Waarom niet?'

'Omdat ik zijn niet-aflatende pogingen tot charmeren vermoeiend vond.'

'Gedroeg hij zich alleen zo tegenover u, of deed hij dat bij elke aantrekkelijke vrouw?'

Ze nam het compliment met een nauw merkbaar knikje in ontvangst. 'Hij gedroeg zich zo tegenover alle vrouwen.'

'En had hij er bij andere vrouwen meer succes mee?'

'Niet bij allemaal.'

'Maar?'

'Maar bij sommigen van hen wel.' Ze vouwde de rand van de plaid om, vouwde hem weer terug. 'Houdt u mij ten goede: ik weet er het fijne niet van, al denk ik dat het in een aantal gevallen verder ging dan een onschuldige flirt.'

'Kunnen we hem dus een rokkenjager noemen?'

Het woord klonk uit Talsma's mond zo potsierlijk dat Vegter een lach moest verbijten.

Mevrouw Declèr lachte voluit. 'Doet u dat maar.'

'In welk opzicht mocht u hem wel?' vroeg Vegter.

'Ik ben een liefhebber van de Engelse literatuur,' zei ze. 'Hij was dat ook. Uiteraard, zou ik bijna zeggen. Daarover voerden wij gesprekken die soms uitliepen in een debat waar we allebei van genoten. Maar dat was het enige raakvlak dat we hadden. Hoe noemde ik hem, Robert?'

'Een meedogenloos kind,' zei Declèr.

Vegter keek haar verrast aan.

'Een kind omdat hij voortdurend aandacht wilde,' zei ze. 'Onder alle omstandigheden. Een meedogenloos kind omdat hij die aandacht ten koste van alles en iedereen opeiste. Ik vond het iets pathetisch hebben. Tegelijkertijd stoorde het me enorm, omdat hij er mensen mee kwetste. Ik ben geen psycholoog, maar bij Eric had ik altijd het gevoel dat hij een typisch voorbeeld was van verwaarlozing in zijn jeugd. Of, wat nog erger is, van het verkeerde soort aandacht. Misschien dat daarmee ook die eeuwige veroveringsdrang verklaard kan worden.' Ze bewoog haar benen onder de plaid. 'Zou je me een kussen willen geven, Robert? Ik zou graag zitten.' Haar ogen glinsterden. 'Dit gesprek doet me goed.'

Vegter zag hoe ook Talsma zijn blik afwendde terwijl Declèr zijn vrouw overeind hielp, haar voeten op de grond zette, een kussen in haar rug legde en een op haar schoot, zodat ze haar armen erop kon laten rusten.

'Weet u of hij geldzorgen had?' vroeg Talsma toen Declèr weer zat.

'Nee,' zei de rector verbaasd.

'Kwam u bij hem thuis?'

'Nee.'

'Wij hebben natuurlijk zijn flat bekeken, nou?' verklaarde Talsma. 'En het is me opgevallen dat die nogal...' Hij zocht naar het goede woord. 'Sober is ingericht.'

'Alimentatie?' opperde Declèr.

Talsma schudde zijn hoofd. 'Weet u hoe hij zijn vrije tijd doorbracht? Hobby's, vakanties?'

'Hij ging ieder voorjaar op wintersport. En in de zomer...'

'Hij zeilde met vrienden,' zei mevrouw Declèr.

'Dus geen dure verre reizen?'

'Niet dat ik weet. En hobby's, tja, hij hield van boeken. Ik neem aan dat hij een goedgevulde boekenkast heeft. Had.'

Talsma knikte en keek naar Vegter, die opstond. 'Voorlopig is dit alles. Mocht u informatie te binnen schieten waarvan u denkt dat die nuttig voor ons kan zijn...'

Ze knikten.

'Ze kan hem wel drie keer over de kop,' zei Talsma onderweg.

Vegter zuchtte. 'Wat bedoel je, Sjoerd?'

'Dat ze hem de baas is. In alle opzichten.'

Vegter lachte.

Talsma schudde zijn hoofd in oprechte bewondering. 'Wat een vrouw.' Hij sloeg rechtsaf en minderde vaart. 'Hier moet het ergens wezen.'

De straat waar Etta Aalberg woonde, lag in een trendy arbeidersbuurt. Huurwoningen waren opgeknapt en daarna te koop aangeboden, met als gevolg dat de oorspronkelijke bewoners wegtrokken en er voor hen in de plaats mensen kwamen die meer te besteden hadden, maar ook meer eisten; de oude linden die er stonden, waren geofferd om parkeerruimte te creëren. De voortuintjes, waarin vroeger tuinkabouters in plastic vijvers hadden gehengeld, waren nu voorzien van onderhoudsarme buxus en sierbestrating.

'Is het zo kaaltjes bij hem thuis?' vroeg Vegter terwijl Talsma de auto in een te kleine parkeerruimte probeerde te wringen.

'Nou ja,' zei Talsma. 'U weet hoe dat is, Vegter. Een man alleen, nou? 't Is net een hotelkamer.' Hij miste op een haar na de achterbumper van de auto voor hen. 'Maar dan wel een niet al te duur hotel. En nergens plantjes of iets anders fleurigs.'

Hij zette het contact af, terwijl Vegter zich afvroeg hoe de inrichting van zijn eigen flat beoordeeld zou worden, mocht hem gebeuren wat Janson was overkomen.

Etta Aalbergs huis was met mathematische precisie ingericht. De weelderige hoekbank was volmaakt haaks opgesteld ten opzichte van de salontafel, in de vensterbank stonden de potplanten op exact gelijke afstand van elkaar. In de boekenkast die een van de lange wanden geheel in beslag nam, leek een liniaal langs de rijen banden gelegd te zijn.

Op de vloer lag smetteloos wit, hoogpolig tapijt. In een grote vitrinekast was een imposante collectie glaswerk uitgestald, op de kast stonden drie zware zilveren kandelaars in het gelid. Het was er pijnlijk schoon. Hier wordt niet geleefd, dacht Vegter, hier wordt alleen verbleven.

Terwijl ze de koffie zette die ze hun had aangeboden, wandelde hij langs de boekenkast. Hij had de alfabetische volgorde verwacht, en het duurde even voor hij het systeem doorgrondde. Pas toen hij Van Deyssel, Gorter, Kloos en Paap naast elkaar zag staan, met op de volgende plank Perk, Swarth en Verwey, drong het tot hem door dat hij naar de Tachtigers keek en dat de kast was ingedeeld op tijdgenoten. Het amuseerde hem te zien dat ze Van Eeden en Heijermans bij elkaar had gezet, hen daarmee rangschikkend als randfiguren.

Ze kwam terug met de koffie en bekeek zijn inspectie met opgetrokken wenkbrauwen.

'U geeft Nederlands, meen ik?' zei hij mild.

Ze knikte en zette de kopjes op de lage glazen tafel, liep weg en kwam terug met suikerpot en melkkannetje.

Talsma ging op zijn knieën voor de lage tafel liggen alsof hij van plan was het hoofd naar Mekka te buigen. Hij deed twee grote scheppen suiker in zijn kopje en goot er een scheut melk bij. Vegter wist dat hij daarmee hun gemiste lunch trachtte te compenseren. Hij pakte zijn eigen koffie en zag dat het lepeltje recht onder het oor lag. Ontleende ze zekerheid aan deze dwangmatige ordening?

Op zijn gemak dronk hij de koffie, terwijl Etta Aalberg met de handen in de schoot gevouwen tegenover hem zat te wachten. Ze kon niet ouder zijn dan vijfendertig, maar toch leek ze niet jong. Daarvoor was het donkere haar te strak weggetrokken uit het onopgemaakte gezicht, de blouse een knoopje te hoog gesloten, de rok niet kort genoeg. Ze maakte een bloedeloze indruk, en hoewel ze klein en tenger was, was alles aan haar smal en lang: het bovenlijf, het bleke gezicht, de benige handen, de benen in de lichte panty. Modigliani zou haar als model gewaardeerd hebben. Vergeefs probeerde hij zich voor te stellen hoe die keurig kort geknipte nagels in passie langs een rug werden gehaald. Hij kapittelde zichzelf omdat hij beter zou moeten weten, maar onwillekeurig drong zich het beeld op van Janna Declèr – warm en levend ondanks haar lichamelijke beperkingen. Wat had Janson in deze koele, intellectuele vrouw gezien?

Hij zette zijn kopje neer. 'Mevrouw Aalberg, wat wij in dit stadium van het onderzoek doen, is proberen ons een beeld te vormen van de persoon die Eric Janson was. Daarvoor hebben wij informatie nodig van de mensen die hem goed hebben gekend.'

Ze knikte.

'Mag ik vragen wat uw relatie met hem was?'

'We waren collega's.'

'Geen vrienden?'

'Geen vrienden.'

'Ik heb begrepen dat er een tijd geweest is waarin dat anders was?'

'We hebben een verhouding gehad,' zei ze. 'Maar vrienden zijn we nooit geweest.'

'Kan het een zonder het ander bestaan?'

'Wel waar het Eric betrof.' De handen bleven in de schoot gevouwen, maar duim en middelvinger van de linkerhand draaiden een smalle ring aan de rechterhand rond en rond.

'Kunt u dat uitleggen?'

De rechte wenkbrauwen werden licht gefronst. 'Het is heel eenvoudig. Ik was verliefd op hem.'

'U hebt de relatie beëindigd?'

Ze knikte.

'Mag ik vragen waarom?'

Ze gaf geen antwoord.

'Het leeftijdsverschil tussen u beiden was erg groot. Had het daarmee te maken?'

Er trok iets rond haar mond. 'In zekere zin.'

'U bedoelt dat de afkeurende houding van sommigen van uw collega's u frustreerde.'

'Nee.'

'Hebt u de relatie verbroken vanwege zijn huwelijk met zijn tweede vrouw?'

'Nee.'

'Die ontrouw jegens u, als we het zo mogen noemen, stoorde u niet?'

'Nee.'

'U was dus niet jaloers op zijn vrouw?'

'Nee.'

'Moet ik daaruit concluderen dat uw verhouding met Janson puur op lichamelijke aantrekkingskracht was gebaseerd?'

De ring draaide sneller. Ze zag hem ernaar kijken, verstrengelde alle vingers met elkaar, maar hield dat niet vol. De stilte duurde voort.

'Was hij verliefd op u?' Talsma zette kletterend zijn kopje terug op het schoteltje.

Ze bewoog haar schouders alsof het geluid haar hinderde. 'Hooguit op mijn jeugd.' Haar blik dwaalde door de kamer, gleed langs de vitrinekast, bleef even rusten op de boeken en keerde ten slotte naar hen terug. 'Eric Janson hield alleen van zichzelf.'

'U had dus een hekel aan hem?' Talsma hield niet van omwegen.

De kleur kroop langzaam vanuit haar hals omhoog, verspreidde zich vlekkerig over haar wangen. Ze vocht ertegen, maar verloor. Het enige dat ze niet onder controle heeft, dacht Vegter.

'Had u dat?' hield Talsma aan.

Ze lachte opeens, een schril, hoog geluid dat niet bij haar stem paste. 'Zo zou u het kunnen noemen, al zijn er andere woorden voor.'

Het speet Vegter dat hij Renée niet had meegenomen. 'Minachtte u hem?' vroeg hij impulsief.

Ze wilde ontkennen, maar begreep dat het antwoord op haar gezicht te lezen moest zijn. 'Hem en alles waar hij voor stond.'

'En wist hij dat?'

Haar ogen werden smal. 'Dat moet hem in de loop der jaren duidelijk geworden zijn.' Ze keek naar hun lege kopjes en daarna op het smalle, elegante horloge om haar pols. 'Ik heb een afspraak. Als u me nu zou willen excuseren? Ik heb verder niets toe te voegen aan wat ik de politie zaterdagavond heb verteld.'

Ze worstelden zich door de avondspits terug naar het bureau. Pas toen ze naar de ingang liepen, zei Talsma: 'Eigenaardige vrouw. Waarom is ze niet ergens anders gaan werken als ze zo de pest aan hem had?'

'Ik kan haar niet rijmen met Janson,' dacht Vegter hardop. 'Vind jij haar aantrekkelijk?'

'Jasses nee,' zei Talsma. 'Ze ziet eruit alsof ze door de wringer is gehaald.'

Vegter haalde zich Akke voor de geest, die niet van wulpsheid beticht kon worden. 'Lelijk is ze niet.'

'Nee. Maar 't leeft niet, hè? Nou ja, vroeger misschien wel. Al denk ik niet dat ze na hem nog een vrijer gehad heeft.'

'Je bedoelt dat die enorme verzameling boeken en glaswerk als compensatie moet dienen?'

'Niet als compensatie,' zei Talsma. 'Als vervanging.'

Soms onderschat ik hem, dacht Vegter terwijl hij naar zijn kamer liep om zijn jack te halen. De gedachte deed hem zoveel plezier dat hij besloot te voet naar Ingrid te gaan. Een beetje lichaamsbeweging kon hij wel gebruiken, en hij zou een biertje en een glas wijn kunnen drinken. Hij zag zelf het paradoxale van die redenering, maar niettemin liet hij de auto op het parkeerterrein achter.

Onderweg kocht hij in een opwelling een bos schreeuwend dure zonnebloemen. 'De eerste van het seizoen, meneer.' De stelen waren bijna een meter lang en prikten in zijn handen, en ten slotte legde hij de bos als een hooivork over zijn schouder.

Ze bewoonde in de binnenstad een etage boven een schoenenzaak, en toen hij de trap had beklommen, was hij buiten adem. Hij kuste haar frisse jonge wang en gaf haar de bloemen.

Ze keek twijfelend naar de gigantische stelen. 'Ik heb alleen maar kleine vazen.'

Hij hing zijn jack aan de kapstok en rolde zijn overhemdsmouwen op. 'Heb je een waterdichte paraplubak?'

Ze lachte. 'Misschien kunnen ze in de drijfschaal.'

'Drijfschaal? Ik ben komen lopen met die dingen!'

Ze bekeek hem kritisch. 'Volgens mij ben je afgevallen. Eet je gezonder?'

'Minder.'

Hij volgde haar de keuken in. Twee schaaltjes salade stonden in de vensterbank om ruimte te sparen op het kleine aanrecht, waar uien, aubergine, paprika en champignons een stilleven vormden samen met de dieprode biefstukken die op een bord op temperatuur kwamen. Een grote voor hem, een kleine voor haar.

Ze halveerde de stelen met een schaar en schikte de bloemen in een vaas met wijde hals. 'Er ligt bier in de koelkast. Of heb je liever wijn?'

'Eerst een biertje.'

Hij keek toe hoe ze de uien snipperde, de aubergine in plakken sneed en die bestrooide met zout, olijfolie goot in een pan met dikke bodem. De ernst waarmee ze voor hem kookte, ontroerde hem ook nu weer.

Ze dronk een glas wijn terwijl ze wachtte tot de uien glazig waren. 'Waar ben je mee bezig?'

Hij legde het uit, en ze prikte onmiddellijk door naar de kern van de zaak. 'Dus het is waarschijnlijk doodslag. Een gelegenheidsmoord.'

'Je had bij de politie moeten gaan.'

Ze depte de aubergine droog. 'Dat zeg je altijd.'

'Het is waar.'

'Ondergewaardeerd en onderbetaald,' zei ze. 'Nee, dankjewel.'

Na haar studie was ze bij een advocatenkantoor gaan werken dat zich specialiseerde in arbeidsrecht, waar ze onopvallend maar in hoog tempo carrière maakte.

Hij maakte nog een biertje open. 'Ondergewaardeerd misschien. Al ligt dat bij de recherche toch anders. Onderbetaald…' Hij haalde zijn schouders op. 'Ik denk dat het tegenwoordig wel meevalt.'

Ze noemde haar salaris, en hij trok verrast zijn wenkbrauwen op. 'Zoveel?'

Aan tafel beschreef hij het huisje van Jansons dochters.

'Waarom koop je niet zoiets?' vroeg ze. 'Veel beter dan die naargeestige flat. En je kunt het gemakkelijk betalen.'

'Gedoe.' Hij sneed een stukje van zijn biefstuk, die precies goed was.

Ze zette haar glas neer. 'Die buurt wordt er niet beter op. Dat wist je al toen je er ging wonen.'

'Daar heb ik geen last van. En in de stad was dit het beste wat ik me kon permitteren.'

'Over zes jaar ga je met pensioen. Wat wil je daarna gaan doen?'

Hij maakte een afwerend gebaar.

Ze wees beschuldigend met haar mes naar hem. 'Je hebt altijd kippen willen houden. Je nam ze alleen maar niet omdat het van mama niet mocht. En Johan zou weer naar buiten kunnen. Hoe gaat het met hem?'

'Ligt in de vensterbank en slaapt.' Hij keek de kleine kamer rond. 'Moet jij niet eens verhuizen?'

Ze lachte. 'Dat zou zomaar kunnen binnenkort.'

'Je bedoelt?'

'De reden heet Thom,' zei ze.

Hij keek naar haar gezicht, levendig nu en met meer kleur dan gewoonlijk, terwijl ze vertelde hoe en waar ze Thom had ontmoet. Stef had er zo uitgezien toen ze elkaar pas kenden, zo stralend en overlopend van energie. Het leek gisteren, maar het was meer dan dertig jaar geleden. Alles ging maar gewoon door. Seizoenen wisselden elkaar af, generaties volgden elkaar op. Geen hapering in de machinerie, altijd nieuwe radertjes op voorraad om de boel draaiende te houden. Hij hoorde zichzelf vragen: 'En wat doet hij voor de kost?'

Ingrid barstte in lachen uit.

Het gevoel van verlorenheid was er nog steeds toen hij in bed lag. Als vanzelfsprekend had hij aangenomen dat Ingrid er was, tijd voor hem had wanneer hij tijd had voor haar. Nu was er plotseling iemand met wie ze rekening zou houden, met wie híj rekening moest houden. Hij keek naar het lijstje dat een eeuwig jonge Stef gevangen hield. Het was de eerste foto die hij van haar had gemaakt, en ze was zich er niet van bewust geweest dat ze gefotografeerd werd. Ze hadden een dag gezeild met vrienden, en ze stond naast de mast, het blonde haar verwaaid, de gladde huid van haar hals en schouders glanzend in de zon.

Het had het verstandigst geleken het huis te verkopen waar ze zo lang hadden gewoond. Alles was Stef; hij had zich schuldig gevoeld als hij een stoel verplaatste, een glas brak, een boek niet op de juiste plaats terugzette. Als hij dan voortaan alleen moest zijn, zou hij dat zijn in een neutrale omgeving. Maar hij had niet beseft dat hij het huis nodig had, de warmte en vertrouwdheid ervan, om haar dichtbij te houden. Meer en meer moest hij zich concentreren om zich haar stem te herinneren, haar geur, haar oogopslag. Hij was bezig haar voor de tweede maal te verliezen, deze keer door de ontrouw van zijn geheugen.

9

De laatste klant kon niet besluiten of hij naar Tenerife of naar Menorca wilde, en ten slotte duwde Eva hem een paar reisbrochures in de hand en werkte hem de deur uit. Ze sloot haar pc af, ruimde haar bureau op en weigerde te kijken naar haar horloge dat op kwart voor zes stond.

Na drie straten zat ze vast achter een vrachtwagen waarvan de chauffeur op zijn gemak een aantal dozen op een steekkarretje zette en daarmee in een winkel verdween. Ze probeerde achteruit te rijden tot de eerste zijstraat, maar werd al ingesloten door een auto achter haar. Ze zou weer te laat komen. Die trut met die operettenaam en die geëpileerde wenkbrauwen zou weer iets te klagen hebben.

Haar jasje plakte aan haar rug en in de binnenspiegel zag ze haar kleurloze gezicht, de kringen onder haar ogen. Ze draaide het raampje open. Dieseldampen dreven naar binnen en op het dashboard versprong het digitale klokje naar 18.05 uur.

Maja stond voor het raam op de uitkijk.

'Waar was je nou, mam!' Ze had haar jasje al aan en haar rugzakje om.

De begeleidster deed demonstratief de lichten uit.

Eva glimlachte met moeite. 'Sorry, het verkeer zat muurvast.'

'We mochten kleien van Hannelore.' Maja wees naar een amorfe klont. 'Ik heb een poesje gemaakt!'

'Mooi,' zei Eva. 'Dat kun je in je vensterbank zetten.'

'Nee joh! Het moet eerst nog hard worden.'

'O. Ga dan maar gauw mee.'

‘Zou je willen proberen op tijd te komen, Eva?’ Hannelore zette het laatste stoeltje recht. ‘Het valt me op dat je tegenwoordig wel erg vaak te laat bent.’

Bitch. Achter Eva’s linkeroog klopte en stak de hoofdpijn. ‘Ik kan er niets aan doen als de hele boel verstopt zit.’

‘Daar zou je rekening mee kunnen houden.’ Hannelore keek naar Maja. ‘Het is voor Maja niet leuk dat haar moeder altijd de laatste is.’

Ik hou met iedereen rekening, dikke domme zeug. Ik lag in de wieg al te bedenken hoe ik het iedereen naar de zin kon maken. Ze kneep te hard in Maja’s hand. ‘Zeg maar tot morgen.’

In de supermarkt liep ze blindelings langs de schappen.

‘Gaan we patat eten, mam?’

‘Nee. Dat hebben we gisteren gegeten.’

‘Wat dan?’

Eva keek in het karretje. Hoe kwam die prei daar in godsnaam? Ze wilde geen prei.

‘Wat dan?’ hield Maja aan.

‘Ik weet het nog niet.’ Ze duwde het kind de prei in haar handen. ‘Leg deze maar terug.’

Maja verdween. Eva stond midden in de winkel. Maja moest eten. Zelf moest ze eten, of ze nu honger had of niet. Magen moesten gevuld, iedere dag opnieuw. Ze klemde haar vingers om de duwstang van het karretje, keek om zich heen. Aan de muur hing een enorme plastic rookworst die vettig glom in het schrille tl-licht, en ze dacht aan de rookworstentest waarover ze onlangs had gelezen. Bij een van de worsten stond als commentaar vermeld ‘boert op’. Haar maag protesteerde. Hou op. Hou op. Verzin iets.

‘Ik heb deze!’ Maja gooide trots een krop sla in het karretje.

Sla. Er was altijd nog sla. Wat deed je in de sla? Tomaten. Komkommer. Uitjes. Geen rookworst. Zie je wel, ze wist het wel, ze kon het best. Ze zette koers naar de groente.

Maja trok aan haar mouw. ‘Eten we dan sliertjes?’

‘Natuurlijk,’ zei Eva. Sla met sliertjes, waarom niet? Je kon erop kauwen en daarna slikte je het door en dan had je gegeten. Moeilijker was het niet.

Ze pakte een komkommer, woog tomaten af, legde een net sinaasappels in het karretje. Sinaasappels hoorden niet in de sla, maar ze zagen er vrolijk uit en ze boerden niet op. Nu de sliertjes nog, dan kon ze naar huis. Ze liet Maja een doos spaghetti pakken en ging op weg naar de kassa.

Bij de uitgang botste ze tegen iemand op die naar binnen wilde.

'Eva!'

Ze staarde naar het lachende gezicht. 'David?'

'Jij bent wel heel diep in gedachten,' zei hij opgewekt.

'Hoe kom jij hier?' vroeg ze dom.

'Ook vrijgezellen moeten eten.' Hij droeg een spijkerbroek en een suède jasje. Zijn overhemd stond open aan de hals en zijn gezicht was al gebruind. Hij zag er zorgeloos uit, hij zag eruit alsof hij zojuist uit een Engelse sportwagen was gestapt.

Ze realiseerde zich welke indruk ze zelf moest maken – moe, bleek, haar haren in een haastige staart, een kind aan de ene hand, een uitpuilende boodschappentas in de andere. Een vrouw zoals je die in elke supermarkt tegenkwam: altijd te veel te doen, nooit genoeg tijd.

At the age of thirty-seven she realised she'd never ride through Paris in a sportscar with the warm wind in her hair...

Maja trok aan haar mouw. 'Wie is dat, mam?'

Eva bande Marianne Faithfull uit haar gedachten. 'Dat is David.'

'Ja, maar wie ís David?'

'Een vriend van toen ik nog op school zat.'

Hij stak zijn hand uit. 'Ik weet wie jij bent. Jij bent Maja.'

Ze legde ernstig haar handje in de zijne. Hij wees naar Eva's boodschappentas. 'En wat ga jij vandaag eten?'

'Sla met sliertjes,' zei Maja.

'Dat klinkt heel lekker.' Hij keek naar Eva, en zijn blik veranderde. 'Gaat het wel goed met je?'

Ze schudde haar hoofd. 'Niet zo erg, geloof ik.'

Hij sloeg een arm om haar heen. 'Ga mee naar buiten. Waar staat je auto, of ben je lopend?'

'Met de auto.'

Hij bracht haar naar haar auto, zette de boodschappen achterin, hielp Maja met de veiligheidsgordel. Eva stond te wachten, autosleutel in haar hand. Hij nam haar de sleutel af en deed het rechterportier voor haar open. Willoos stapte ze in. Hij gleed achter het stuur en startte.

'Waarnaartoe?'

'Naar huis.'

Hij draaide het parkeerterrein af, vond een gaatje in de verkeersstroom en draaide zich half om naar Maja. 'Weet jij hoe je sla met sliertjes moet klaarmaken?'

Ze schudde heftig haar hoofd. 'Mama weet het wel.'

'Ja, maar mama voelt zich niet zo lekker. Zullen wij samen koken?'

Maja dacht na. 'Kun jij sliertjes met rode saus?'

Hij lachte. 'Wel als jij me helpt.'

In haar flat liet hij Eva op de bank liggen, vond een asbak, vond haar sigaretten. 'Ik weet dat je toch rookt als je hoofdpijn hebt.'

Hij pakte de boodschappen uit, gaf Maja een beker appelsap, schonk voor Eva een glas wijn in, rommelde in de keukenkastjes.

Ze sloot haar ogen terwijl ze Maja's hoge stemmetje hoorde kwetteren met daartussendoor Davids donkere geluid. Water stroomde, borden rammelden, een deksel viel kletterend op het aanrecht. Een paar dagen geleden wist ze niet meer dat hij bestond, en nu stond hij in haar keuken voor haar te koken. Sla met sliertjes.

Ze werd wakker toen Maja's handje over haar gezicht aaide. 'Mam, mam! We zijn klaar!'

Duizelig ging ze rechtop zitten. De tafel was gedekt, er brandde een kaars die ze herkende als de laatste rode uit het kerstpakket, uit de keuken kwam de geur van tomatensaus.

'David kan het best alleen.' Maja had een kleur van opwinding. 'Maar ik mocht helpen. Ik heb de sla geslingeld.'

David kwam binnen. Hij had een theedoek tussen de band van zijn spijkerbroek gestopt bij wijze van schort en grijnsde schaapachtig toen ze ernaar keek. Maja giechelde.

'Dat doe jij nooit, hè mam? Maar David zegt dat dat hoort bij een echte kok.'

'Denk je dat je iets kunt eten?'

'Ja,' zei ze verbaasd. 'Ik heb honger, geloof ik.'

'Mooi zo.' Hij verdween weer naar de keuken.

Maja holde achter hem aan. 'Ik wil de sla dragen!'

Hij kwam terug met twee dampende pannen. 'Heb je geen onderzetters?'

'Ja, wacht.' Ze haalde ze uit de keukenla.

Aan tafel wees ze naar zijn verbonden hand. 'Was het niet lastig met koken?'

Hij haalde zijn schouders op. 'Over een paar dagen kan het eraf.'

Ze hielp Maja met het snijden van de spaghetti. 'Ik moet je bedanken, David.'

'Ik ben blij dat ik deze keer gelegen kwam.' Hij lachte. 'Je zag er beroerd uit. Heb je dat vaker?'

Ze aarzelde. 'Soms is het mijn eigen schuld. Dan eet ik niet op tijd. Of niet genoeg.'

'Mama eet maar één boterhammetje,' zei Maja. Ze duwde met haar vork spaghetti op haar lepel. 'En ik moet er altijd twee.'

Hij trok zijn wenkbrauwen op.

'Het is waar,' zei Eva.

'Lunch je wel?'

'Meestal wel.' Ze zag dat hij van plan was er een opmerking over te maken. 'Hoe kwam jij nu opeens in die supermarkt? Ik heb je daar nooit eerder gezien.'

'Jij doet waarschijnlijk meestal je boodschappen aan het eind van de middag?'

Ze knikte.

'Ik doe dat vaak rond lunchtijd.'

'Maar vandaag niet.'

'Vandaag had ik vrij genomen. Mijn hoofd stond niet naar werken.' Hij keek vluchtig naar Maja. 'Die hele toestand heeft me toch meer gedaan dan ik dacht.'

Ze was blij dat hij rekening hield met het kind. 'Wat doe je, David?'

'Ik werk bij een verzekeringsmaatschappij.'

'Bevalt het?'

'Wel als ik de promotie maak die me beloofd is.'

Hij begon uit te leggen wat zijn werk inhield, maar na een paar zinnen merkte ze dat ze zich niet kon concentreren. Was hij van plan de hele avond te blijven? Zo meteen moest Maja naar bed, en zelf wilde ze ook. Ze kon nauwelijks nog rechtop zitten. Maar ze kon hem moeilijk wegsturen, hij had zich geweldig uitgesloofd. Ze zou hem een keer te eten vragen. Misschien over een paar weken.

'Je luistert niet.' Hij had een rimpel tussen zijn wenkbrauwen die verdween toen ze ernaar keek.

'Sorry,' zei ze. 'Het spijt me, David. Ik ben niet mezelf vandaag.'

Hij legde zijn mes en vork neer en stond op.

'Ga je?' vroeg ze verbaasd.

'Ik heb nog een afspraak.' Hij legde een hand op Maja's hoofd. 'Mag ik van jou een keertje met mama uit eten?'

'Moet ik dan naar oma, mam?'

Eva knikte.

'Dan mag het,' zei Maja genadig.

Hij boog zich over Eva heen en kuste haar op de wang. 'Pas goed op jezelf.'

Voor ze had kunnen opstaan, sloeg de buitendeur dicht.

Ze ruimde af, bracht Maja naar bed, deed de afwas. De telefoon ging, en ze wilde hem laten rinkelen, wist wie het was. Ze had gehoopt op een paar weken wrokkige rust, maar ze was de krant vergeten. Als ze niet opnam, zou hij over een kwartier weer gaan, en daarna de hele avond elk halfuur.

'Eva Stotijn.'

'Waarom heb je dat gisteren niet verteld?' vroeg haar moeder.

'Vanwege Maja.'

'Je had me gisteravond kunnen bellen. Wat is er in godsnaam gebeurd?'

'Wat er in de krant staat, neem ik aan.'

'Kende jij die man? Ik kan me al die namen niet meer herinneren. Heb je les van hem gehad?'

'Ja.'

'Heb je hem nog gesproken, voordat...'

'Niet echt.'

'Wat een drama,' zei haar moeder voldaan. 'Dus daarom was je zo laat thuis. Ik lees hier dat hij twee keer getrouwd is geweest. Nou ja, enfin. Maar toch een man die zijn hele leven een nuttig lid van de maatschappij is geweest. Twee kinderen...' Ze begon stukken uit het artikel voor te lezen.

Eva maakte af en toe een bevestigend geluid, wachtte tot de woordenstroom opdroogde.

'Je bent weer niet erg mededeelzaam,' klaagde haar moeder.

'Wat moet ik erover vertellen? Alles staat in de krant. Je weet evenveel als ik.'

Haar moeder was niet van plan op te hangen. De telefoon was haar navelstreng met de buitenwereld. 'Ik heb een nieuwe fysiotherapeut, en je gelooft het niet, maar ik kon er vanmiddag al terecht. Zo'n aardige, correcte jongen! Zodra die andere terug is, zal ik hem vertellen dat ik hem niet meer nodig heb. Ik heb een heel prettig gesprek gehad. Hij had alle begrip.'

Tot hij weet dat je problemen niet in je rug maar in je hoofd zitten, dacht Eva. Hardop zei ze: 'Ik moet ophangen, de bel gaat.'

Ze nam twee slaappillen en lag in bed, haar gedachten aan elkaar hakend als de schakels van een ketting.

David. Hij deed zijn best, maar wat zag hij in godsnaam in haar? Verspilde moeite. Kneus. Kat in de zak. Dat moest ze hem vertellen. Maak je geen illusies, David. Maar hij had verstand van illusies. Hij verkocht ze. Hij bood mensen schijnzekerheid en namaakgeluk. Wij beschermen u van de wieg tot het graf. Wanneer zouden ze Janson begraven? Niet aan denken. Niet denken aan hoe hij eruit moest zien, in een lade van een koelcel met een labeltje aan zijn teen. Denk aan Maja. Ze is blij naar bed gegaan omdat ze een poesje heeft gekleid en sla met sliertjes heeft gegeten, en nu slaapt ze veilig onder haar Bambi-hoes met haar lichtblauwe pyjamaatje aan.

Ze bedwong de neiging op te staan en nog een keer te gaan kijken, zich te warmen. In plaats daarvan rolde ze zich op als een egel en wachtte tot de temazepam haar hersens had bereikt.

10

Vegter werd wakker toen het amper licht was. Hij wist dat hij niet meer zou kunnen slapen, maar besloot dat half zeven 's ochtends niet de geschikte tijd was voor Hemingway. Het was nog zo stil dat hij kon horen hoe in een flat boven hem iemand stond te douchen. Het klaterende water verhoogde de spanning op zijn blaas en op blote voeten ging hij naar de wc. Toen hij eruit kwam, zat Johan in de gang op hem te wachten. Hij bukte zich om hem te aaien, maar de kat ontweek hem en liep met stijf geheven staart naar de keuken.

'Het enige dat jou interesseert is eten,' zei Vegter tegen hem. Hij vulde het etensbakje en hield het waterbakje onder de kraan. Hij krabde aan de kalkrand die zich erin had afgezet. Bestond er iets waarmee je dat kon verwijderen? Al leek Johan er geen last van te hebben.

Hij zette koffie en vulde de gieter. De aarde van de kamerlinde voelde niet droog aan, maar toch goot hij er wat water op. Het blad dat nu het onderste was, begon aan de randen geel te worden, en met iets van hopeloosheid bedacht hij dat hij misschien een of ander soort plantenvoeding moest kopen.

Johan weefde rond zijn benen, en Vegter tilde hem op en zette hem in de vensterbank. Hij schonk een beker koffie in, ging voor het raam staan en keek naar de ontwakende straat. De oude man aan de overkant was altijd vroeg, en ook nu waren de gordijnen al open. Terwijl hij keek, kwam de man het balkon op. Zorgzaam plukte hij de bruine blaadjes van de geraniums, die in de ochtendzon roder leken dan een paar dagen geleden. Ik zou kunnen aanbellen, dacht Vegter. Wie weet kan hij me raad geven, maar waarschijnlijker is dat hij denkt met een gek van doen te hebben. De geraniums herinnerden hem aan de dochters. Gwen en Jeany. Twee vroegoude meisjes in een sprookjeshuisje. Gwen beschilderde aardewerk, Jeany restaureerde meubels. Hij had een glimp opgevangen van een kleine moestuin achter het huis. Het zou sappelen voor hen zijn om rond te komen. Allebei een vwo-opleiding, maar blijkbaar geen behoefte om daarmee iets te doen. Ze deden hem denken aan begijntjes, levend in hun eigen kleine wereld, afgesloten van het rumoer en de complexiteit van de maatschappij.

Een man in overall kwam fluitend aanlopen, klom in een bestelbusje en reed weg. Twee balkons links van de geraniums ging de deur open en een jonge vrouw in ochtendjas kwam naar buiten. Ze leunde over de balustrade en keek links en rechts de straat af. Lang donker haar waaide om haar hoofd en met een ongeduldig gebaar streek ze het naar achteren. Het smalle gezicht kwam Vegter vaag bekend voor; hij moest haar vaker op haar balkon hebben gezien.

De straat kwam tot leven. Mannen met attachékoffertjes startten hun auto, brommers werden uit de boxen onder de flats naar buiten gereden, een krantenjongen zette zijn fiets tegen een boom en verdween achter het gebouw.

Vegter haalde nog een beker koffie uit de keuken en zag dat er geen brood meer was. Misschien moest hij voortaan altijd ontbijten bij de broodjeszaak achter het bureau en alleen in de weekends vers brood kopen. Hij liep terug naar de kamer. De jonge vrouw stond er nog steeds, maar nu ging achter haar de deur opnieuw open en een klein meisje in een lichtblauwe pyjama stapte het balkon op. De vrouw nam haar bij de hand, ging naar binnen en sloot de deur.

'Die toegangsdeur naar de toiletruimte is al in tijden niet schoongemaakt,' zei Vegter. Het technisch rapport lag op zijn bureau. 'Dus nauwelijks bruikbare prints. Wc-deuren idem. Wel nog een paar redelijke afdrukken op de deur van de zijingang, al hoeft dat niets te betekenen.' Hij tikte op het rapport. 'Ze waren niet blij.'

'Godverdomme,' zei Talsma. 'En wat nu?'

'Brink is naar de school om prints te maken van de docenten. Voor wat het waard is.'

‘En die oud-leerlingen?’

‘Eerst dit even afwachten. Maar als het nodig is, gaan we bij iedereen langs. Renée leest alle verklaringen nog een keer door om te kijken of we niets over het hoofd hebben gezien. En straks gaan we een praatje maken met meneer Ter Beek. Wat ben jij aan het doen?’

‘Ik was van plan op de pc van Janson te gaan rondspitten.’

‘Kom je erin?’

‘Ja. Ze zijn er al mee bezig geweest, en ik kan nu overal bij.’

Renée kwam binnen met twee bekers koffie. ‘Wil je ook koffie, Sjoerd?’

‘Als jij het haalt.’

‘Was je al klaar?’ vroeg Vegter toen ze terugkwam.

Ze schudde haar hoofd en verdween weer.

Talsma dronk van zijn koffie, keek naar het raam, maar stond op. ‘Renée gaat mee naar die Ter Beek?’

Vegter knikte.

‘Dan ga ik maar eens kijken hoeveel porno hij had opgeslagen.’

‘Veel plezier.’

Talsma keek alsof hij iets smerigs rook en trok de deur achter zich dicht.

Vegter had van de zesendertig e-mails er twaalf weggegooid en vijf beantwoord toen Renée binnenkwam met een A4’tje in haar hand.

‘Ik heb hier de verklaring van de oud-leerlinge die hem het laatst schijnt te hebben gesproken.’

‘Wat staat er?’

‘“Hij kan niet langer dan vijftien of twintig minuten in de toiletruimte hebben gelegen, want ik sprak met hem toen hij zich excuseerde om naar de wc te gaan. Daarna heb ik hem niet meer gezien.”’

‘Dat wisten we al. Is dat alles?’

‘Bijna.’ Ze keek weer op het papier. ‘Eigenlijk was ze van plan met hem mee te lopen, omdat ze zelf ook naar de wc moest, maar toen werd ze aangesproken door een bekende en is ze mee teruggelopen.’

'Teruggelopen? Was ze niet in de aula?'

'Dat staat er niet bij. Maar juist omdat ze het woord teruglopen gebruikt, viel het me op.'

'Wie heeft die verklaring opgenomen?' vroeg Vegter scherp.

Ze beet op haar lip. 'Brink.'

Hij knikte naar het papier. 'Waar woont ze?'

'Dat is het goede nieuws.' Ze streek haar haren achter haar oren. 'Je zult het niet geloven, maar ze woont hier aan het eind van de straat.'

Opgelucht klikte Vegter zijn pc uit. 'Bel haar op. Vraag wanneer ze thuis is.'

Ze lachte. 'Nu.'

De oud-leerlinge heette Manon Rwesi en woonde driehoog in een te klein appartement. Ze deed de deur voor hen open met een huilende baby op haar arm. Een peuter met beginnende rastastaartjes verschool zich achter zijn moeders spijkerbroekbenen. Beide kinderen hadden een fluwelig donkere huid en enorme ogen, waarvan het wit bijna lichtblauw leek. Op een Unicefposter zouden ze niet misstaan, dacht Vegter terwijl hij zijn hand uitstak.

Ze hevelde de baby over naar haar andere heup. 'Manon.'

Haar hand was warm en klam. Het blonde haar was met een elastiek tot een slordige knot gebonden en van haar blouse stonden te veel knoopjes open, zodat hij een glimp opving van een grote witte beha. De baby was nog zo jong dat ze haar figuur nog niet terug had. Over de band van de spijkerbroek puilde een flodderig buikje.

In de kamer legde ze de baby op de bank, duwde de peuter de gang in en sloot de deur.

Renée gebaarde naar de baby. 'Was je... Mogen we je zeggen?'

'Natuurlijk.'

'Was je aan het voeden?'

Ze knikte.

'Wat ons betreft kun je daarmee doorgaan,' zei Renée. 'Als je dat zelf niet vervelend vindt.'

'Anders blijft hij huilen.' De blauwe ogen stonden flets van vermoeidheid, maar werden zacht toen ze naar het mekkerende kind keek. Ze knoopte de blouse nog verder open, haakte de beha los en legde het kind aan. Het gehuil verstomde onmiddellijk en het driftige donkere vuistje kwam tot rust op de melkwitte borst.

Vegter kon zijn ogen met moeite afwenden. Hij zag hoe ook Renées gezicht zich ontspande. Wat was het lang geleden dat hij Stef Ingrid had zien voeden. Hij was de intimiteit ervan vergeten en verbaasde zich over de kalme vanzelfsprekendheid waarmee de vrouw gehoor gaf aan Renées uitnodiging.

'We zouden het prettig vinden als je de verklaring die je afgelopen zaterdag hebt afgelegd wat kon verduidelijken.' Renée glimlachte om de schrik weg te nemen die op het smalle gezicht verscheen. 'Je hebt zelf les gehad van meneer Janson?'

Manon knikte. 'Ik zat op het vmbo, en in het vierde jaar hadden we hem voor Engels.'

'Een goede leraar?'

Ze dacht na. 'Hij gaf goed les, maar hij was...' Ze zocht langdurig naar de juiste formulering. 'Ik denk dat hij liever lesgaf aan de leerlingen van de havo en het vwo.'

'Waarom?'

Ze dacht opnieuw na. 'Ik denk dat hij ons dom vond.'

Renée trok haar wenkbrauwen op. 'Waar leidde je dat uit af?'

'Hij werd ongeduldig als je iets niet begreep. Dan begon hij rotopmerkingen te maken.'

'Hij werd sarcastisch?'

'Ja.' Ze verlegde het kind en ging verzitten, meer op haar gemak nu de vragen minder bedreigend waren dan ze blijkbaar had verwacht. 'Ik had moeite met leren, al heb ik wel mijn diploma gehaald. Maar ik had slechte cijfers voor Engels, en ik weet nog dat hij een keer tegen me zei: "Jij bent zonde van mijn tijd." Zo zei hij het precies.' Ze keek op met iets van verontwaardiging. 'Terwijl ik echt mijn best deed.'

'Dus je mocht hem niet?'

Deze keer duurde het nog langer. Renée wachtte geduldig. Vegter bedwong de neiging de vraag te herhalen.

'Soms wel,' zei ze eindelijk.

Voor het eerst voelde Vegter een vleug sympathie voor Janson. Hij keek nadrukkelijk niet in Renées richting.

'Wanneer bijvoorbeeld?'

Met haar vrije hand streelde Manon het kind over de kroeshaartjes die als een te dun geknoopt tapijt op het schedeltje lagen. 'We hadden elk jaar een sportdag, en lang niet alle leraren wilden daaraan meedoen. Maar hij wel, hij deed overal aan mee. En ik weet nog dat ik bij volleyballen mijn enkel verstuikte. Dat was in de brugklas. Toen was hij heel aardig. Hij heeft me naar binnen geholpen en zelf een verband om mijn enkel gedaan. Hij wou me zelfs wel naar huis brengen.'

'Maar dat wilde je niet?'

Ze schudde haar hoofd.

'Waarom niet?'

Ze keek weer naar het kind. 'Dat weet ik niet,' zei ze hulpeloos. 'Ik vond het gewoon niet leuk.'

'Je wilde liever op school blijven.'

Ze aarzelde even en knikte.

'Je had dus geen hekel aan school.' Renée glimlachte. 'Je ging zelfs naar de reünie.'

'Ja.' Haar stem werd levendiger. 'Ik had wel vriendinnen, toen, en het leek me leuk om die weer eens te zien. Want als je eenmaal van school bent, raak je elkaar zo kwijt.'

'En je sprak zelfs met meneer Janson. Waar was dat?'

'Ik moest naar de wc.' Ze scheen aan te voelen dat het gesprek in feite daarom draaide, want ze ging rechtop zitten. 'En hij, meneer Janson, ging ook net de aula uit. Hij liep met krukken, want er was iets met zijn voet, en ik haalde hem in, omdat hij zo langzaam liep. Toen hebben we heel even gepraat.'

'Wist hij nog wie je was?'

Ze schudde haar hoofd. 'Hij zei dat hij maar één jaar aan het vmbo had lesgegeven, en dat...' Ze fronste haar voorhoofd in een poging het zich te herinneren. 'En dat hem daar niet veel van was bijgebleven. Zo zei hij het. En toen zei hij dat hij naar de wc moest.'

'Waar waren jullie toen hij dat zei?'

'Aan het begin van de gang. De gang waar de wc's zijn,' voegde ze er ter verduidelijking aan toe.

'En wat deed jij toen hij naar de wc ging?'

'Ik zag een vroegere vriendin en die had foto's meegenomen, dus toen ben ik weer mee teruggelopen, de aula in. Want ze zaten in haar tas, en die stond daar.'

'Ben je later nog naar de wc gegaan?'

Ze schudde haar hoofd. 'Toen mocht het niet meer, want toen...'

'Toen was meneer Janson intussen gevonden.'

'Ja.'

'Heb je na meneer Janson andere mensen die gang in zien lopen? Of misschien terwijl je met hem stond te praten?'

Ze dacht zo lang na dat Vegter bang was dat ze de vraag was vergeten.

'Dat weet ik niet meer,' zei ze ten slotte. 'Ik bedoel, ik weet niet meer wanneer het was. Misschien was het daarna, toen ik al met mijn vriendin stond te praten. Ik geloof dat er toen een man liep, en een vrouw.' Haar gezicht klaarde op. 'En er stonden vlak bij ons ook een paar mensen te praten.'

'Weet je nog hoe ze eruitzagen?'

'Welke?'

'De mensen die de gang in liepen.'

Ze haalde het kind van haar borst, draaide het om en legde het aan de andere. 'Nee. Daar heb ik niet op gelet.' Ze kauwde op haar onderlip. 'Ik geloof dat de man donker haar had.'

'Je zegt man. Was hij ouder dan jij?'

'Ik weet het niet.' Ze keek hen smekend aan. 'Hij had iets donkers aan. Misschien een donker jasje.'

'Hoorden die man en die vrouw bij elkaar? Ik bedoel, liepen ze samen op?'

Ze fronste weer. 'Ik geloof het niet. Ik geloof dat zij bleef staan. En hij...' Ze deed haar ogen dicht in een poging het zich voor de geest te halen. 'Volgens mij liep hij achter Janson aan. Maar ik weet niet of hij ook naar de wc ging. Ik denk dat hij er eerder was dan die vrouw. Ik bedoel dat hij eerder uit de aula kwam. Maar dat weet ik niet zeker.'

Vanuit de gang kwam een bons, en daarna gehuil. Manon legde

de baby op de bank en stond op met iets gejaagds in haar blik. 'Wilt u... Ik bedoel, moet u nog meer weten?'

Vegter stond ook op. 'Je hebt ons geweldig geholpen. Dankjewel.'

Ze knikte verlegen, haar blik afdwalend naar de deur.

In de gang lag de peuter onder een stapel jassen en de kapstok. Ze tilde hem op en begon hem te troosten.

Bij de voordeur draaide Vegter zich om.

'Mag ik vragen hoe oud je bent?'

'Vierentwintig.'

Buiten zei Renée: 'Dapper wijfie.'

Vegter gaf geen antwoord. Hij dacht aan Ingrid, die achtentwintig was, elke winter ging skiën en de vorige zomer drie weken had gezeild langs de Griekse eilanden, en die nu kalme plannen maakte om te gaan samenwonen. Als Ingrid kinderen zou krijgen, kreeg ze die op het moment dat het haar schikte. Daarna bedacht hij dat hij niet eens wist of ze kinderen wilde, en als dat wel zo was, dat hij dan opa zou worden. Hij was er niet zeker van of hij daarnaar uitkeek.

'Ik heb honger,' zei hij. 'Ik zou iets willen eten.'

'Hebben we tijd om te lunchen?'

'Ja. Maar ik heb geen zin in die frituurlucht van de kantine.'

Het was rustig in het eetcafé, en als bij afspraak kozen ze hetzelfde tafeltje als de vorige keer. De serveerster verscheen onmiddellijk. 'Wat zal het zijn vandaag?'

Vegter was aangenaam verrast, tot hij merkte dat ze naar Renée keek en niet naar hem. Renée bestelde een salade met een stokbroodje zonder boter. Vegter besloot tot de dagverse soep. De eerste keer was het champignonsoep geweest die niet uit blik kwam. Na enige aarzeling bestelde hij er een kerrieschotel bij en bedacht dat hij dan 's avonds brood kon eten als hij eraan dacht het te kopen.

Ze zwegen tot het eten kwam. Vegter keek naar de salade, waarin groene asperges waren verwerkt en iets dat eruitzag als avocado.

Renée had haar jasje uitgetrokken. Eronder droeg ze een T-shirt met korte mouwen.

'Sport je veel?' vroeg hij met een blik op haar gespierde armen.

Ze schudde haar hoofd. 'Vroeger speelde ik basketbal. Nu heb ik een hometrainer, en ik heb ringen aan het plafond bevestigd. Als ik er zin in heb, trek ik me daaraan op.' Ze brak een stuk van het brood en prikte een asperge aan haar vork.

Dat zou ik ook kunnen doen, dacht Vegter terwijl hij zijn lepel door de dikke laag gesmolten kaas duwde die op de uiensoep dreef. Groente kopen. Zo'n salade is een kwestie van de dingen door elkaar scheppen. En Ingrid kan me vertellen hoe je biefstuk bakt. Zelfs Stef zou moeten toegeven dat dat een gezonde maaltijd is. Stef had op haar gewicht gelet, en daarmee op het zijne. Hoewel hij nooit aan sport deed, was hij fit geweest. Nu voelde hij zich log en traag.

Renée zei iets en hij keek op.

'Dat we niet veel opschieten met de verklaring van Manon.' Ze glimlachte. 'Een man die misschien donker haar had en misschien iets donkers droeg dat misschien een jasje was.'

'En die misschien ook naar de wc ging.'

Het was druk geworden, en de serveerster zette de kerrieschotel naast zijn soepkom.

'Het was al klaar,' zei ze verontschuldigend. Haar neus glom, op haar bovenlip lag een waas van zweet.

Hij knikte verstrooid. Het bord was te vol, en de donkergele saus zag er artificieel uit vergeleken met het frisse groen van de salade.

'Herinner jij je of iemand gemeld heeft dat hij met Janson opliep naar de toiletten?' vroeg hij tegen beter weten in.

'Nee.' In haar blik lag iets van teleurstelling.

Hij begon toch maar aan de kerrieschotel. 'Ik verwachtte ook niet dat jij dat over het hoofd zou hebben gezien,' zei hij met een lichte nadruk op 'jij'. 'Als we dus even aannemen dat Manon het bij het rechte eind heeft...'

'Dan heeft iemand die misschien donker haar heeft, gelogen.' Ze trok een gezicht en dronk haar glas mineraalwater leeg. 'Toch is dit het eerste dat we hebben. Als we iets hebben. En misschien de prints van de zijingang. Verwacht je daar iets van?'

'Evenveel of even weinig als jij. De school telt momenteel zo'n twaalfhonderd leerlingen. Die zullen voornamelijk gebruikmaken van de hoofdingang omdat de fietsenstalling daarnaast ligt, maar ongetwijfeld worden ze ook gebracht of gehaald door ouders, en het parkeerterrein ligt naast de school.'

'Dus behalve van de docenten hebben we ook de prints nodig van alle oud-leerlingen.'

Hij knikte. 'Veel mensen zijn immers met de auto gekomen. Die zullen waarschijnlijk de zijingang genomen hebben.'

Ze depte een restje dressing van haar bord met het laatste stukje brood. 'Hoe komen we erachter wie niet met de auto kwam, maar toch door de zijingang het gebouw is binnengekomen?'

'We zijn meer op zoek naar iemand die de school door die deur heeft verlaten.' Nu was het zijn beurt om teleurgesteld te kijken.

Ze bloosde licht, maar lachte toen. 'Die paar bruikbare afdrukken waar je het over had, zaten dus aan de binnenkant.'

Hij schoof zijn bord van zich af. 'De deur draait uiteraard naar buiten open, op last van de brandweer, en volgens Brink gaat hij nogal zwaar. We zullen het zo meteen uitproberen.'

De deur was voorzien van een dranger, zodat hij automatisch dicht zou moeten vallen. Het mechanisme was aan onderhoud of vervanging toe, want de deur sloot uiterst traag en liet zich inderdaad maar met moeite openduwen.

De verse kras waarover Brink had gesproken, zat ongeveer op kniehoogte onder de deurkruk. Vegter hurkte en bekeek hem aandachtig. Het was niet zozeer een kras als wel een halvemaanvormige beschadiging van de donkergroene verf.

'Jammer dat we die kruk niet hebben meegenomen.' Hij richtte zich op en ritste zijn jack open. Naast hem kwam Renée soepel overeind.

'Ik ga straks nog wel even terug om te kijken of hij past.'

'Stel,' zei hij langzaam. 'Je hebt iemand net een dreun met een kruk gegeven, je rent er in paniek mee de gang op en daarna bedenk je pas dat je dat ding ergens kwijt moet. Zou jij er weer mee naar binnen gaan?'

Ze schudde beslist haar hoofd. 'Als ik kalm genoeg zou zijn om dat te doen, zou ik ook kalm genoeg zijn om te bedenken dat ik dan mijn vingerafdrukken eraf moest vegen. Dat kost allemaal tijd, en ik zou niet kunnen weten of ik die tijd had. En ik zou er niet door de hoofdingang mee naar buiten kunnen, omdat de kans dat ik daar mensen tegenkwam te groot was.'

'Dus loop je naar de zijingang. Die herinner je je nog, want je hebt hier op school gezeten, of je werkt hier en gebruikt hem regelmatig. Bovendien ben je misschien met de auto gekomen en door deze deur naar binnen gegaan. En je hebt haast. Je duwt tegen de deur...' Hij stapte opzij om een man in spijkerbroek en geruit overhemd door te laten die naar binnen wilde.

De man bleef staan. 'Kan ik u helpen? Zoekt u iets of iemand?'

'Bent u de conciërge?' vroeg Vegter.

'Ik ben de amanuensis.' Het klonk licht verwijtend.

Renée greep in. 'Recherche. We zijn met onderzoek bezig. Kunt u ons helpen aan een stok?'

'Stok?'

'Een bezem,' zei ze geduldig. 'Iets waar een steel aan zit.'

De amanuensis klaarde op. 'Hebt u iets aan een aanwijsstok? Die liggen in bijna elk lokaal.'

'Dat zou geweldig zijn.'

De amanuensis verdween en kwam terug met een aanwijsstok. Met een air van gewichtigheid overhandigde hij die aan Renée.

'Dank u wel voor uw moeite,' zei Vegter.

De amanuensis bleef staan, niet van zins zich dit vertier te laten ontnemen.

Renée liep de gang in tot ze ver genoeg was om een aanloop te kunnen nemen. Ze had de stok in haar rechterhand, en terwijl ze kwam aanrennen, schoot Vegter iets te binnen.

'Links!' riep hij.

Rennend nam ze de stok over in haar linkerhand en probeerde met beide handen de deur te openen. De stok sloeg tegen het hout, twintig centimeter onder de kras.

'Hij is langer dan de kruk,' zei ze.

Vegter knikte. 'En misschien hield hij hem niet in het midden vast.' Hij nam de stok van haar over en klemde hem net boven zijn elleboog tussen arm en lichaam. 'Pak hem af.'

Renée rukte de stok naar zich toe, legde er beide handen omheen, hief hem op als een golfclub en liet hem zwiepend neerkomen. De amanuensis deed een stapje achteruit.

'En nu rennen,' zei Vegter, die er plezier in begon te krijgen.

Ze holde de gang uit. Onder het lopen liet haar rechterhand de stok los. Ze draaide zich om en rende terug. Opnieuw wierp ze zich op de deur. Deze keer raakte het uiteinde van de stok het hout tien centimeter onder de kras.

Ze keken elkaar aan.

'Zegt dit iets?' vroeg Renée.

'Dat weten we niet,' zei Vegter. 'Maar ik ben geneigd te denken van wel.' Hij monsterde haar. 'Jij bent kleiner dan de gemiddelde man, maar niet veel kleiner. En de stoklengte klopt niet, maar toch...' Hij keek naar de amanuensis, die begreep dat hij het niet langer kon rekken en zich langzaam terugtrok.

'Dus is hij misschien hier naar buiten gegaan,' zei ze.

'En heeft daarna de kruk in zijn auto gelegd,' zei Vegter nuchter.

Ze zoog haar onderlip naar binnen. 'En is naar huis gereden?'

'Of is weer naar binnen gegaan en heeft zich onder de feestenden gemengd.'

'Dat vereist wel koelbloedigheid,' zei ze bedenkelijk. 'Als we ervan uitgaan dat dit niet moord met voorbedachten rade is. En dat deden we.'

'Hij kan in de auto hebben zitten nadenken,' zei Vegter. 'Dat gaf hem meteen de gelegenheid om vast te stellen dat inderdaad niemand hem gezien had. Bovendien kon hij bedenken dat het misschien verstandiger was om terug te gaan, omdat het zou kunnen opvallen dat hij stilletjes verdwenen was. Je gaat niet weg zonder op zijn minst afscheid te nemen van degene met wie je het laatst hebt staan praten. Of desnoods zonder de rector gedag te zeggen.'

Ze zette de stok tegen de muur. 'Als hij dat allemaal zou hebben bedacht, moet hij ervan overtuigd zijn geweest dat Janson dood was.'

'Waarom? Hij zou hem alleen bewusteloos geslagen kunnen hebben. Daar kun je ook aardig trammelant mee krijgen.' Hij keek haar niet aan.

'Dan hadden we hem al gehad,' zei ze triomfantelijk. 'Want dan zou Janson...' Ze zweeg toen ze hem zag lachen.

Ter Beek had hen niet thuis willen ontvangen. Hij stond in de hal op hen te wachten, een schriele man in een trui en een ribfluwelen broek waarvan het zitvlak slijtplekken vertoonde. Zijn stem was bijna vrouwelijk hoog. Hij nam hen mee naar een kamertje in de buurt van de aula. Onderweg klonk er een zoemer. Klasdeuren gingen open en twaalfhonderd leerlingen stroomden als lemmingen de gangen in, duwend, trekkend en elkaar verdringend. Ter Beek gleed er soepel tussendoor en besteedde geen enkele aandacht aan hen. Vegter keek de stampede verbijsterd na.

'Gaat dat altijd zo?' vroeg hij toen ze aan een rond tafeltje op harde houten stoelen zaten.

Ter Beek knikte onaangedaan. 'Ze moeten zich even afreageren.'

Vegter dacht terug aan zijn eigen schooljaren en voelde zich oud. Renée sloeg hem afwachtend gade, en hij hervond zichzelf.

'U bent de eerste van de docenten met wie wij een wat uitgebreider gesprek willen voeren,' begon hij.

Ter Beek viel hem in de rede. 'Ik begreep dat u al met mevrouw Aalberg hebt gesproken.'

Het verbaasde Vegter dat ze dat aan haar collega's had verteld. Hij knikte.

'Dat is juist. Wij proberen een indruk te krijgen van de persoon Eric Janson. Daarvoor hebben we de mensen nodig die hem goed hebben gekend.'

'U wilt weten hoe ik over hem dacht,' zei Ter Beek bruusk.

'Als u het zo wilt formuleren.'

'Ik zou niet weten hoe ik het anders zou moeten noemen.' Ter Beek nam zijn bril af, hield hem tegen het licht en zette hem weer op. Zijn nagels waren tot op het leven afgekloven. Hij had kleine, lichtgrijze ogen met korte, kleurloze wimpers.

De hele man had iets kleurloos, dacht Vegter. Het type dat je drie keer kon tegenkomen zonder hem op te merken. 'En hoe dacht u over hem?'

'Een goede leraar, een fout mens,' zei Ter Beek kortaf.

'Waarom een goede leraar?'

'Didactisch was hij uitstekend. Het vak lag hem, hij beheerste zijn stof.'

'Nooit problemen met leerlingen?'

Ter Beek keek hem scherp aan. 'Dat zou u de rector moeten vragen.' Zijn hand ging naar zijn bril, maar hij duwde hem alleen hoger op de neusbrug. De polsen die uit zijn mouwen staken, waren dun en nagenoeg onbehaard.

'Maar u was naaste collega's. U hoorde beiden tot de sectie Engels,' zei Vegter die zich dat woord opeens herinnerde.

'Dat hoeft niet te betekenen dat je eventuele problemen met elkaar bespreekt. Volgens hem had hij die ook nooit.' Ter Beek lachte vreugdeloos.

'U denkt daar anders over?'

'Laat ik het zo zeggen.' Ter Beek strengelde zijn vingers in elkaar. 'Eric Janson had nooit problemen met de leerlingen, maar de leerlingen wel met hem. Hetzelfde gold voor zijn collega's.'

'In welk opzicht?'

Ter Beek haalde hoorbaar adem. 'Ik zal u een voorbeeld geven. Toevallig betreft dat mijzelf, maar ik zou ook iemand anders kunnen noemen.'

Vegter hield zijn gezicht in de plooi.

'Ik gaf les in de bovenbouw havo en vwo. Tot tevredenheid.' Hij keek hen fronsend aan. 'Niet alleen van mijzelf, ook van Robert, de rector bedoel ik. Janson had de meeste van zijn lesuren verruild voor andere taken, zoals docenten van zijn leeftijd dat vaker doen. Toen kreeg hij het in zijn hoofd dat hij terug wilde voor de klas. Hoe hij het precies voor elkaar heeft gekregen, weet ik niet, al moet ik er misschien bij zeggen dat hij een goede bridger was.' Zijn mond vertrok. 'Hoe dan ook, voor ik het besefte had hij mijn uren overgenomen. En niet alleen dat, hij gooide ook de organisatie om van een reis die ik al gepland en geregeld had. Tot in de puntjes geregeld had.' De hand ging opnieuw naar de bril, maar hij wist zich te beheersen. 'Dus vond ik mijzelf terug in dit kamertje.' Zijn gebaar omvatte de verveloze archiefkast in de hoek, de stoffige vensterbank, de versleten vloerbedekking.

'U moet hierover toch met de rector gesproken hebben,' zei Vegter voorzichtig.

Ter Beek had een smalend lachje. 'Zeker. Maar zonder resultaat. Robert is een goed mens, maar niet krachtdadig. Enfin, dat zullen de collega's u ook kunnen vertellen.'

Vegter nam hem peinzend op. Dus de wereld was verdeeld in goede en foute mensen. Hij formuleerde zijn woorden zorgvuldig. 'Mag ik dit voorbeeld beschouwen als de reden, of een van de redenen, waarom u Janson een fout mens noemt?'

'Dat mag u.' Deze keer ging de bril af. 'Al zou ik u meer voorbeelden kunnen geven.'

'Als collega of, laten we zeggen, in de privésfeer?'

'Privé kende ik hem niet.' De bril ging weer op.

'Maar u hebt jarenlang samengewerkt. U moet elkaar toch gesproken hebben op schoolfeesten of bij andere gelegenheden,' probeerde Vegter.

'Nauwelijks.'

'Ook niet tijdens de reünie?'

'Nee.' Het lachje kwam terug. 'Al zou ik gewild hebben, ik had er de kans niet voor gekregen. Hij had het te druk met zich te laten...' Hij zweeg abrupt.

'Fêteren?' Vegter sprak het woord zo neutraal mogelijk uit.

Ter Beek knikte met tegenzin. 'Als dat het juiste woord is.'

'Ik kreeg de indruk dat u dat het juiste woord vindt,' zei Vegter vriendelijk. Hij vouwde zijn handen losjes over elkaar en leunde ontspannen tegen de te rechte leuning van zijn stoel. 'Misschien heb ik niet goed duidelijk gemaakt wat de bedoeling is. Het "van de doden niets dan goeds"-principe is voor ons niet bruikbaar, omdat het geen reëel beeld oplevert. Wat wij van u vragen, is een genuanceerde mening, ongeacht of die positief of negatief is.'

Het was bijna te doorzichtig, en aan de manier waarop Renée ging verzitten, zag hij dat zij dat ook vond.

Maar Ter Beek hapte in het aas.

'Hij zat daar als een of andere filmster. Het middelpunt, zoals gewoonlijk. Iedereen rende af en aan met drankjes en hapjes omdat hij die zogenaamd zelf niet kon halen. Wat moet een man van die leeftijd op ski's? Vrouwen imponeren, anders niet. En dan je collega's laten opdraaien voor de gevolgen.'

Vegter weerhield zich ervan te vragen of die gevolgen betrekking hadden op het imponeren van vrouwen, of op het skiletsel. Hij bleef de man aankijken.

'Ik zeg dit alleen zo ronduit omdat u het me vraagt.' Er kwam kleur op de bleke wangen.

'U vond hem een don juan?'

'Hij vond zichzelf een don juan,' corrigeerde Ter Beek. 'Enfin, u hebt Etta gesproken. Mevrouw Aalberg. Ze zal u verteld hebben dat ze een relatie met hem gehad heeft. Destijds was ze nog bijna een kind. Ze had zijn dochter kunnen zijn. Ik vond het niet gezond.'

Vegter liet dat passeren. 'Maar als gevolg van dat ski-ongeval kon u terug voor de klas.'

'Als tweede keus.'

Opeens had Vegter genoeg van dit gekwelde mannetje met zijn stroom van gal en rancune.

'Kent u behalve uzelf mensen die een grief hadden tegen Janson?'

Ter Beek wilde antwoorden, maar Vegter gaf hem niet de gelegenheid. 'Zwaarwegend genoeg om een moord te plegen?'

Ter Beek schrok. 'Ik heb niet de indruk willen wekken dat...'

'Kent u zo iemand?'

'Nee.' Hij was nu op zijn hoede.

'En u blijft erbij dat u hem die avond niet gesproken hebt. In noch buiten de aula.'

'Dat klopt.'

'U hebt hem niet de aula zien verlaten op weg naar de toiletten?'

'Nee.'

Vegter stond op. 'Dan dank ik u voor uw medewerking.'

In de auto zat hij nors te zwijgen. Renée manoeuvreerde door het verkeer dat al spitsdichtheid had, hoewel het nog voor vieren was.

'Ik zou hem fysiek amper in staat achten tot het optillen van die kruk,' zei ze ten slotte.

'Dit mannetje gebruikt gif,' zei Vegter. 'Al heeft hij daar in letterlijke zin niet het lef voor.'

Ze remde af voor een fietser die door rood licht reed. 'Het is lang geleden dat ik iemand het woord filmster heb horen gebruiken.'

Vegter lachte, en daardoor aangemoedigd zei ze: 'Mijn broertje had vroeger witte muizen.'

Hij gromde iets.

'In hun kooitje renden die uren in zo'n tredmolentje. Daar deed hij me aan denken.'

'Uiterlijk?'

'Dat ook.' Ze reed het parkeerterrein naast het bureau op. 'Maar ik bedoel eigenlijk zijn denktrant.'

11

Mariëlle duwde de buitendeur open met in haar ene hand alvast haar huissleutels en in de andere twee tassen met boodschappen. Een lange gestalte dook naast haar op.

'Geef mij die tassen maar.'

'David!' Ze klemde haar vingers steviger om de handvatten. 'Wat kom je doen?'

'Praten. En wat spullen ophalen.' Hij knikte in de richting van een kleine bestelbus die in een van de vakken stond geparkeerd. 'Ik heb speciaal een busje geregeld, maar ik kon niet naar binnen. Was dat nou nodig, een ander slot?'

Ze gaf geen antwoord.

Hij hield de deur tegen. Over de rug van zijn hand liep een brede strook pleister. 'Het hoeft niet lang te duren.'

Mariëlle bleef staan. 'Er zijn geen bezittingen meer van jou in mijn flat.'

Ze zag dat hij de nadruk hoorde waarmee ze 'mijn' zei. Hij haalde zijn vingers door zijn haar, het gebaar waarmee hij tijd won om na te denken.

'Luister, David. Alles wat van jou is, heb ik ingepakt en aan de politie meegegeven.' Ze ging met haar rug naar de deur staan om te laten zien dat ze niet van plan was naar binnen te gaan.

'Ik heb een kleine berekening gemaakt,' zei hij. 'Daar wilde ik het met je over hebben, en ik heb geen zin om dat hier op de stoep te doen.' Hij stak opnieuw zijn hand uit naar de tassen. 'Laten we niet kinderachtig doen, Mariëlle. Met rancune schieten we niets op.'

Ze lachte. 'Er is geen sprake van rancune. Er is sprake van een beëindigde relatie. Je woont hier niet meer, je hebt alles teruggekregen wat van jou is. Conclusie: je hebt hier niets meer te zoeken.'

Hij greep haar bij de arm en probeerde haar om te draaien. 'Schenk een wijntje voor me in en laten we ons in godsnaam als volwassen mensen gedragen.'

Mariëlle zette zich schrap. Het was merkwaardig om te beseffen dat ze bang voor hem was, voor zijn lichamelijke nabijheid, voor de hardnekkigheid waarmee hij haar argumenten negeerde.

'Ik leg het je nog een keer uit.' Ze probeerde haar stem neutraal te houden. 'Ik heb geen zin om te praten. Ik heb geen zin om je binnen te laten. Nu niet, morgen niet, volgende week niet. Het is voorbij, David, precies zoals jij wilde.' Waarom kwam er niemand? Het was verdomme rond zessen, het zou spitsuur moeten zijn. 'Zou je alsjeblieft weg willen gaan?'

Hij liet haar los. De deur was weer dichtgevallen en hij legde zijn handen aan weerszijden van haar tegen het glas. De mouwen van zijn suède jasje streken langs haar wangen. Ze kon geen kant op.

'Ik heb elke maand de helft van de huur betaald,' zei hij. 'Plus nog wat andere zaken. Je zou kunnen zeggen dat we in gemeenschap van goederen leefden. Ik heb recht op de helft van de dingen die we samen hebben gekocht, maar ik zou me kunnen voorstellen dat je de bank bijvoorbeeld graag wilt houden. Als dat zo is, is een vergoeding wel het minste.'

Ze barstte in lachen uit. Een druppeltje speeksel belandde op zijn wang. Hij voelde het, en het wekte zijn woede op, meer nog dan haar lachen.

'Ik meen dit, Mariëlle. Ik eis een schadeloosstelling.'

Kruidenier, dacht ze. Ga krenten wegen. Of zoek een baan waarmee je eindelijk een fatsoenlijk salaris verdient.

'Jij bent de vader van mijn kind,' zei ze helder. 'Dat kan worden aangetoond, ongetwijfeld weet je dat. Ik zou een bijdrage voor de kosten van de opvoeding van je kunnen eisen. Die zou weleens veel hoger kunnen uitvallen dan de waarde van een bank of een lullig vloerkleed. Had je dat al bedacht?'

Dat had hij niet, ze zag het aan de manier waarop hij wegkeek. Iets van zijn zelfvertrouwen ebde weg, en ze maakte er gebruik van door onder zijn arm door te duiken. Ze liep naar de rand van het trottoir, begon de parkeerplaats over te steken naar haar auto, zich dwingend niet te gaan rennen. Achter zich hoorde ze zijn voetstappen, maar toen had ze de autosleutel al uit haar jaszak gehaald en de portieren ontgrendeld. Ze gooide de tassen naar binnen, gleed achter het stuur en startte.

Hij stond achter de auto toen ze achteruitreed en hij moest een stap opzij doen. Terwijl ze keerde liep hij naar voren en sloeg met zijn bepleisterde vuist tegen haar raampje. 'Geef me dan godverdomme in ieder geval het bonnetje van de stomerij!'

Ze durfde pas te lachen toen ze de hoek om was en ingevoegd had in het verkeer, meegleed in de stroom van mensen op weg naar huis.

In de binnenspiegel zag ze geen bestelbus achter zich opdoemen, maar toch sloeg ze in het wilde weg een paar maal af, zich belachelijk maar veiliger voelend, en zich intussen afvragend waar ze die nacht zou slapen. Cis lag voor de hand, zo voor de hand dat David ook op die gedachte zou komen, maar waar moest ze anders naartoe? Ze zou de auto een paar straten verderop kunnen zetten. Ze keek op het dashboardklokje. Met een beetje geluk was Cis intussen thuis.

'We gaan ergens eten,' zei Cis. 'En we gaan met mijn auto, zodat hij ziet dat ik niet thuis ben. En daarna gaan we naar de film. In Cinema draait een Japans drama vol diepe stilten en onuitgesproken bedoelingen. Daar kun je fijn bij piekeren. Denk je dat hij terugkomt?'

Mariëlle stond nog steeds midden in de kleine, rommelige kamer, haar boodschappen onuitgepakt in de plastic draagtassen.

'Ik weet het niet.' Ze voelde zich hulpeloos, alsof ze de regie over haar leven kwijt was.

Cis dreef haar voor zich uit naar de gang. 'Schiet op, want als hij snugger is, staat hij zo voor de deur.'

'Mijn boodschappen,' zei Mariëlle. 'Vlees zit erin, en diepvriesdingen.'

'Wat is je meer waard,' zei Cis nuchter. 'Je veiligheid of je karbonaadje?' Ze liep met de tassen naar de keuken en propte ze in de koelkast.

'Cis,' zei Mariëlle. 'Die reünie waar David naartoe is geweest... Heb jij de krant gelezen de laatste tijd?'

'Nauwelijks tijd voor gehad. Hoezo?'

'Er is daar een leraar vermoord. Tijdens die reünie.'

Cis bleef staan, een arm in de mouw van haar jasje. 'Wat wil je daarmee zeggen?'

'Dat weet ik niet,' zei Mariëlle ellendig. 'Behalve dat het niets voor David was om naar zoiets toe te gaan. En dat hij zich vreemd gedroeg toen hij thuiskwam. En dat de politie nog een keer is langsgekomen en wilde weten wat hij mij over die avond had verteld.'

■

'Mama, daar is David!' riep Maja. Ze stond op een krukje voor het aanrecht en droogde een voor een de theelepeltjes af.

Eva keek op.

Hij had dagen niets meer van zich laten horen, maar daar stond hij voor het keukenraam, en lachend hield hij iets omhoog.

Met het mes dat ze had willen afdrogen nog in haar hand liep ze naar de hal.

Hij deed quasi geschrokken een stap achteruit. 'Ontvang je iedereen zo hartelijk?'

'Ik sta af te drogen.' Ze voelde zich dwaas terwijl ze het zei.

'Je lacht,' zei hij tevreden. 'Ik dacht niet dat je het kon.' Hij stak een pakje naar voren. 'Dit kwam ik vandaag tegen, en ik moest aan jullie denken.'

Ze deed de deur verder open. 'Kom binnen.'

Hij schudde zijn hoofd. 'Ik heb er talent voor om op de verkeerde tijd te komen. Ik was alleen maar in de buurt omdat ik een busje moet terugbrengen naar een vriend.'

'Een kop koffie,' stelde ze voor. 'Als dank voor wat je hebt meegebracht.'

'Je weet nog niet eens wat het is.' Maar hij kwam binnen, zoals ze geweten had dat hij zou doen.

'Een cadeautje!' Maja trok het papier eraf. 'Kijk, mam, een giraf!' Ze aaide het pluchen girafje, dat enorme wimpers had en een onmogelijk klein staartje.

'Met je moeders ogen,' zei David en hij lachte toen hij Eva's blik zag. 'Ik weet wat je denkt, maar toevallig is het waar. En ik zag het ook bij toeval liggen.'

Ze bleef hem aankijken.

'Oké,' zei hij. 'Ik wilde je zien. Is dat wat je wilt horen?'

Ze bracht Maja naar bed en las haar voor terwijl hij in de kamer zat, een vreemde aanwezigheid waarvan ze niet wist of ze die op prijs stelde of niet. Nu moest ze koffie zetten en een conversatie gaande houden, zich intussen afvragend waarom hij gekomen was en wat hij van haar wilde.

Ze sloot zachtjes Maja's deur. In feite wist ze wat hij wilde. De vraag was of zij het wilde.

Maja had aandacht nodig, alle aandacht die ze haar kon geven. Het was het belangrijkste dat ze zich had voorgenomen vanaf de dag van Maja's geboorte; niet opnieuw zou een klein meisje opgroeien, niet wetend of ze gewenst was en intussen volledig afhankelijk van de mensen die verondersteld werden van haar te houden en voor haar te zorgen.

Maar, dacht ze, wachtend tot de koffiekan volliep, heb ik geen recht op een eigen leven? De kwestie was of ze in staat was dat te hanteren. David was een complicatie, en het leven was, zeker nu, al gecompliceerd genoeg. Ze hoorde hem een pagina omslaan van de krant die ze had gekocht. Maar hij was er. Hij was er, en wat hem betrof was hij een nieuwe factor in haar bestaan. Ze zag het aan de manier waarop hij naar haar keek, en het cadeautje voor Maja was niet meer dan een doorzichtige poging via het kind de moeder voor zich te winnen.

Ze schonk koffie in en nam de bekers mee naar de kamer. In de hal bleef ze staan bij zijn suède jasje, rook de mengeling van leer en aftershave. Was ze werkelijk van plan de rest van haar leven als een non door te brengen terwijl Maja iedere dag onafhankelijker werd tot ze haar ten slotte niet meer nodig zou hebben?

Ze wreef haar wang langs de zachte mouw. Ik ben nog jong, dacht ze. Ik ben verdomme nog jong, en ik ben mooi, of in ieder geval vindt hij dat ik mooi ben. Wil ik eindigen als mijn moeder, als een verbitterde oude vrouw die de hele wereld de schuld geeft van alles wat er met haar gebeurd is en van alles wat ze gewenst had dat er zou gebeuren?

Ze duwde de deur open en hij keek op, zoals ze wist dat hij zou doen, en hij glimlachte zoals ze geweten had dat hij zou doen, en ze had zin om te huilen, maar in plaats daarvan zei ze: 'Ik ben vergeten te vragen hoe je je koffie drinkt, maar ik heb geen melk en suiker in huis.'

12

De crematie van Janson was een sobere aangelegenheid. Er ging geen kerkdienst aan vooraf, en de aula van het crematorium was maar voor de helft gevuld.

Er was nauwelijks familie; twee neven van middelbare leeftijd, van wie de ene voortdurend op zijn horloge keek, terwijl de andere met enige gêne een paar huilende meisjes gadesloeg die deel uitmaakten van de delegatie van Jansons school.

De rector was de enige die een toespraak hield, en vanaf zijn plaats op de achterste rij luisterde Vegter naar de formele woorden terwijl hij zijn blik langs de rijen liet gaan. Hij verbaasde zich over de kleding van de leerlingen: de jongens in spijkerbroek, T-shirt en witte sportschoenen, de meisjes met laag uitgesneden truitjes en strakzittende heupbroeken. Een van hen kreeg een papieren zakdoekje aangereikt, waarmee ze de uitgelopen mascara van haar wangen veegde. Ongetwijfeld waren hun emoties oprecht, bedacht Vegter, al werden de tranen waarschijnlijk mede opgeroepen door de plechtstatigheid van de omgeving, waarin de strenge kist, met daarop een paar witte bloemstukken, het centrale punt was.

Hij herinnerde zich begrafenissen van lang geleden; de mannen in donker pak, de vrouwen in het zwart en zonder sieraden, al waren parels toegestaan. Zijn generatie was de laatste geweest die werd opgevoed met een dergelijk gevoel voor decorum. Maar, overwoog hij geamuseerd, misschien was het bevrijdend een crematie te kunnen bijwonen in naveltruitje.

Hij zag de vrouw van de rector in een ongemakkelijke houding op de rechte houten stoel, en toen, tot zijn verrassing, drie rijen achter haar de tweede ex-vrouw van Janson. De te bruine huid van haar gezicht stak onflatteus af tegen het donkergrijs van haar mantelpak. Ze hield de ogen neergeslagen en zelfs van deze afstand zag hij hoe stevig haar handen de zwarte tas op haar schoot omklemden.

Zoals hij al had verwacht, waren noch ex-vrouw nummer een, noch de dochters aanwezig. Scherper kon een breuk niet zichtbaar worden, als degenen die Janson toch het dierbaarst geweest moesten zijn, zich niet de moeite getroostten afscheid te nemen.

'Ik zou willen besluiten met een gedicht van Philip Larkin, waarvan ik weet dat Eric het zeer waardeerde,' zei de rector. Hij schraapte zijn keel.

The trees are coming into leaf
Like something almost being said;
The recent buds relax and spread,
Their greenness is a kind of grief.

Is it that they are born again
And we grow old? No, they die too.
Their yearly trick of looking new
Is written down in rings of grain.

Yet still the unresting castles thresh
In fullgrown thickness every May.
Last year is dead, they seem to say.
Begin afresh, afresh, afresh.

Zijn Engels was keurig, bedacht Vegter, terwijl hij keek naar mevrouw Declèr, wier hoofd lichtjes meedeinde op het metrum. Hij durfde er iets onder te verwedden dat de rector haar hulp had ingeroepen bij de keuze van het gedicht, dat adequaat was, maar niet te persoonlijk.

Na afloop van de plechtigheid wachtte Vegter in het gangpad tot de ex-vrouw van Janson hem passeerde. Een ogenblik herkende ze hem niet, toen gaf ze een knikje. In een zijzaaltje werd koffie geserveerd, maar ze liep door naar buiten en sloeg het pad in dat naar het parkeerterrein leidde. Vegter volgde haar, en ze scheen zijn aanwezigheid te voelen, want ze wierp een blik over haar schouder en bleef aarzelend staan.

Hij glimlachte. 'U wilde ondanks alles toch afscheid nemen?'

'Het leek... juist.' Nerveus verschoof ze de riem van haar tas op haar schouder. 'Al zou ik u niet kunnen uitleggen waarom.'

Hij knikte. 'Ik bedacht daarstraks dat mijn generatie de laatste geweest moet zijn die met dergelijke piëteit is opgevoed. En misschien ook nog de uwe,' voegde hij er galant aan toe.

Er kroop een lachje rond haar mond. 'Wij schelen maar weinig in leeftijd, inspecteur. Maar ik begrijp wat u bedoelt.' Ze haalde autosleutels uit haar tas. 'U bent hier uit hoofde van uw beroep?'

'Gedeeltelijk.'

'Wat hoopte u hier te vinden?'

De vraag verraste hem. Ze had meer pit dan hij had verondersteld. Hij haalde zijn schouders op. 'Routinekwestie.'

'En wat maakt u op uit, bijvoorbeeld, mijn aanwezigheid?'

Vegter registreerde de lichte vijandigheid in haar toon. 'Dat die u kennelijk passend leek,' zei hij rustig.

'Zijn dochters waren er niet,' zei ze. 'Noch zijn eerste vrouw. Is de afwezigheid van bepaalde personen niet van veel meer belang voor uw onderzoek?'

'Dat kan ik op dit moment nog niet beoordelen. Maar ik moet hier zijn om die afwezigheid te kunnen constateren.'

Ze zweeg een moment, knikte toen en draaide zich om. Hij keek haar na zoals ze naar haar auto liep, de rug kaarsrecht, het geblondeerde haar glanzend in de zon, en het trof hem dat ze onder het correcte mantelpak gemakkelijke schoenen droeg, waarvan de hakken enigszins scheef waren gelopen. Ze had weliswaar de behoefte gevoeld de crematie bij te wonen, maar niet ten koste van pijnlijke voeten. De nuchterheid die daarin besloten lag, appelleerde aan zijn gevoel voor humor, en met plotselinge opgewektheid ging hij op zoek naar zijn eigen auto.

Talsma kwam zonder kloppen binnen en gooide de deur achter zich dicht. 'Geen porno.'

Vegter schoof het schrijfblok opzij waarop hij naast het lijstje met feiten en vragen doelloos geometrische figuren zat te schetsen. 'Je zegt het alsof het je spijt.'

'Heden, nee.' Talsma ging zitten en legde wat papieren op het bureau. 'Ik heb genoeg aan mijn eigen vrouw.'

Vegter onderdrukte het beeld dat bij hem opkwam van Akke in een uitdagende pose.

'Maar het verbaast me wel,' zei Talsma. 'Man alleen, nou? Een liefhebber om zo te zeggen. Ik had gedacht dat die pc er stampvol mee zou zitten, maar hij is zo rein als de maagd Maria.'

Vegter knikte naar de geprinte A4'tjes. 'En wat is dat?'

'Wat correspondentie.' Talsma grijnsde zo breed dat Vegter kon zien dat het inderdaad verstandiger zou zijn om de hele boel te verruilen voor een kunstgebit.

'Met wie?'

'Met Etta Aalberg.'

Vegter trok het stapeltje e-mails naar zich toe en begon te lezen. Toen hij klaar was keek hij op.

'Waarom heeft hij dit in godsnaam bewaard?'

Talsma haalde zijn schouders op. 'In feite staat er niks, natuurlijk.'

'Waarom zit je dan te kijken als de kat die de kanarie heeft opgegeten?'

'Omdat ik denk dat een en een twee is.' Talsma keek naar het raam dat openstond en haalde zijn shag uit zijn borstzak. 'Ik loop al dagen rond met die rare bedragen die hij opnam. En ik dacht, als hij die al tien jaar lang opnam, kan hij dat ook dertien jaar gedaan hebben. Dat kunnen we niet controleren, maar stel.' Hij rolde met één hand het shagje op zijn knie, likte het dicht en stak het aan. 'En laten we even aannemen dat het ongeveer dertien jaar geleden is dat Etta Aalberg iets met hem had. Toen was zij tweeëntwintig, en ze is meteen na haar studie op deze school aangesteld. Ik heb de rector gebeld, en ze heeft zelfs haar eindstage daar gelopen, dus misschien is het toen al begonnen.'

Vegter stond op en zette het raam verder open. 'Kun je niet eens iets anders gaan roken dan dat apenhaar?'

'Er gaat niks boven de Weduwe,' zei Talsma. 'Nou, Etta Aalberg heeft zelf verklaard dat ze er geen moeite mee had dat hij met iemand anders trouwde terwijl hij met haar scharrelde. Dus daar kan het 'm niet in gezeten hebben, en ik kan me niet voorstellen dat iemand zich laat chanteren omdat hij bang is dat zijn vrouw erachter komt dat hij een vriendinnetje heeft. Niet meer in deze tijd. Het was trouwens al zijn tweede vrouw, dus je zou zeggen, hij wist van de hoed en de rand.'

'Waar denk je dan aan?'

Talsma liep naar het raam en gooide het peukje naar buiten. 'Hebt u verstand van glaswerk, Vegter?'

'Nee, maar als je die collectie bedoelt...' Hij bedacht dat hij weleens met Stef naar een veiling was geweest. 'Ik heb ooit prijzen gehoord voor bijvoorbeeld vazen van Copier. Duur spul.'

'En staat dat ertussen?'

'Dat weet ik niet. Maar het is zeker geen rotzooi.'

'Ik meen dat de salarissen in het onderwijs niet bijzonder riant zijn,' zei Talsma. 'En zeker niet voor een beginnende leerkracht. Dus als ze die verzameling niet geërfd heeft van een suikertante, dan moet ze die hele kast in tien, twaalf jaar bij elkaar gespaard hebben.'

'Dat zou kunnen.'

'Ja.' Talsma keek alsof hij daar niet in geloofde. 'Maar wat ik dan raar vind, is waarom hij er zo armetierig bij zat. Aan alimentatie gaf hij het niet uit. En een vette spaarrekening had hij ook niet, dat is nagegaan.'

'Dus?'

'Dus wil ik morgen nog wel even een praatje maken met mevrouw Aalberg.'

Vegter knikte. 'Ik wil wel mee.'

'U had nooit bevorderd moeten worden, Vegter.' Talsma lachte. 'Niks voor u, die papierboel.'

Vegter keek op zijn horloge. 'Heb jij Brink nog gesproken?'

'Heeft alles opgenomen, en er wordt al aan gewerkt. Morgen weten we meer.'

Vegter stond op en sloot het raam. 'Dan gaan we nu naar huis.'

Op weg naar beneden kwamen ze Renée en Brink tegen.

'Hij past,' zei Renée.

Vegter knikte. 'Dat is mooi. Morgen verder.'

Ze lachte en liep door. Brink bleef staan.

'Had jij nog iets te melden, Corné?' vroeg Vegter mild.

'Morgen die prints,' zei Brink. 'En ik heb nog een praatje gemaakt met de conciërge.'

'De amanuensis.'

Brink fronste zijn wenkbrauwen. '*Whatever*. Hij werkt al langer op die school dan Janson. Ik heb zijn afdrukken ook laten nemen, tussen haakjes.'

'Ik had niet anders verwacht,' zei Vegter effen.

Brink keek even naar Talsma's stoïcijnse gezicht. 'De amanuensis wist te melden dat Janson een paar weken geleden slaande ruzie had met Etta Aalberg.'

'Op school?'

'Ze stonden na schooltijd in een van de lokalen, en hij wilde daar naar binnen omdat er iets was met een computer. Hij hoorde ze op de gang al schreeuwen en hij wachtte dus met naar binnen gaan tot ze daarmee ophielden.'

'Waar ging dat over?'

'Hij zegt dat hij dat niet precies weet.'

Vegter snoof.

'Wat hij gehoord heeft was ongeveer dat Janson riep dat hij het nog langer verdomde, en dat zij zei dat hij dat zelf moest weten, maar dat dan de gevolgen voor hem waren. Waarop hij zei dat ze een harteloos kreng was, en zij dat zij betere kwalificaties had als het op het hebben van een hart aankwam. De rest is hij vergeten, maar dit is waar het op neerkwam.'

'En toen?'

'Toen kwam Janson naar buiten gestormd en liep hij bijna de amanuensis omver.'

Vegter lachte.

Brink klaarde op. 'Ik dacht dat u het wel zou willen weten.'

'Daar heb je gelijk in,' zei Vegter goedgehumeurd. 'En had jij niet die kras gezien op de zijdeur?'

Brink knikte verwachtingsvol.

'Daar past het uiteinde van Jansons kruk in.'

'Dus toch!' Brink zag eruit alsof hij rechtsomkeert wilde maken naar de school. 'Ik zou morgen graag nog eens buiten rond willen kijken.'

'Heb je eraan gedacht dat die kruk waarschijnlijk in een auto is meegenomen?'

'Ja, maar…' Brink vermeed Talsma's blik. 'Je weet nooit.'

'Ga jij maar lekker kijken, jongen,' zei Talsma vaderlijk. 'Fles beerenburg als je hem vindt.'

Brink had een lachje. 'Mag het ook whisky zijn? Ik hou niet zo van die lokale drankjes.'

'Nog een hokkeling, hè?' zei Talsma toen ze de trap af liepen. 'Het is een beste jongen, alleen weet hij dat zelf nog niet.'

Vegter sloeg vers brood in bij de supermarkt, en, na enige aarzeling, een paar tomaten. Hij liep een rondje om de groenteafdeling, zich zoals altijd achter het karretje voelend als een jonge vader achter de kinderwagen, en probeerde zich te herinneren wat er in Renées salade had gezeten. Bij de avocado's bleef hij staan en hij kneep erin. Ze voelden keihard, en hij vroeg zich af of je zo'n ding eerst zou moeten koken. Misschien was het beter om eenvoudig te beginnen. Hij hield niet echt van komkommer, maar in ieder geval wist hij zeker dat je die rauw kon eten. Hij keek in het karretje. De twee tomaten en de komkommer zagen er verloren uit. Daarom legde hij er een bosje radijs bij. Het schoot hem te binnen dat er ook groene blaadjes op het bord hadden gelegen, en bij de voorverpakte sla koos hij de soort uit die er het meest op leek.

Thuis zat Johan naast zijn lege bakjes, en hij gaf hem water en rammelde met de doos kattenvoer die niet rammelde. Hij vloekte binnensmonds, sneed een boterham in dobbelsteentjes en gooide die in het etensbakje. Johan rook eraan en draaide zijn kop weg.

'Gelijk heb je,' zei Vegter. 'Je bent geen eend.'

Hij sneed de tomaten, bedacht dat hij die had moeten wassen en schilde om het goed te maken de komkommer. Van de radijsjes at hij de helft zo van de bos. De scherpe smaak voerde hem terug naar zijn jeugd. Boterhammen met plakjes radijs, bestrooid met zout.

Toen hij klaar was, zag de salade er professioneel uit en was op zijn minst voldoende voor drie personen.

Hij nam de schaal en twee boterhammen mee naar de kamer en werkte zich manmoedig door de helft van de hoeveelheid heen. Zoals hij al verwacht had, smaakte het naar sla, tomaten, komkommer en radijs en nergens anders naar. Om de schok van al die vitaminen enigszins te verzachten nam hij nog een biertje, hij ging op de bank liggen en negeerde de kamerlinde, waarvan het onderste blad geler leek dan die ochtend.

Zou Janson met geld gerommeld hebben? dacht hij. Leraren die dingen organiseerden, waren meestal ook verantwoordelijk voor de financiële kant daarvan. Of had hij simpelweg ooit een graai in de schoolkas gedaan en wist Etta Aalberg daarvan? De rector zou het zich nog moeten herinneren. Mits het een substantieel bedrag was geweest. Hij zou het Brink morgen laten navragen.

’s Nachts werd hij wakker van Johan die aan de deur van de slaapkamer krabde. Vegter stapte uit bed en deed de deur open. Johan draaide zich om en sukkelde voor hem uit naar de keuken, waar hij naast het bakje met inmiddels uitgedroogd brood bleef staan. Vegter hurkte voor het keukenkastje waarin hij na zijn verhuizing wat blikvoedsel had opgeslagen. Hij had al maanden niet meer in het kastje gekeken en was verbaasd toen hij literblikken doperwten en sperziebonen zag.

Helemaal achterin vond hij een blikje sardines op citroenolijfolie, en na enig nadenken draaide hij het open, spoelde de sardines af onder de kraan en vorkte ze in Johans bakje.

De kat begon onmiddellijk te eten. Vegter bukte zich en aaide de glansloze vacht, waaronder de ruggengraat messcherp uitstak.

Hij liet de deur van de slaapkamer op een kier staan. Vlak voor hij in slaap viel, voelde hij beweging op het voeteneinde van het bed. Johan draaide rond alsof hij pampagras moest plattrappelen, en Vegter luisterde naar het spinnen tot het ten slotte ophield.

13

's Ochtends stapte hij in de hal met zijn blote voeten in een kleverige substantie. Johan wachtte geduldig naast zijn etensbakje tot Vegter klaar was met het opdweilen van de sardines.

'Water en brood,' zei Vegter tegen hem, 'is nog te goed voor je.'

Hij bleef koffie drinkend voor het raam staan tot de buurtsuper open zou zijn. Het regende, een ruisende zomerregen, en aan de overkant bleven alle balkondeuren gesloten, maar de geraniums genoten ervan; de bloemschermen waren nu uitdagend rood, en het natte blad glansde.

Zonder jas liep hij naar de winkel en hij kocht vijf kilodozen kattenbrokjes. Naast de brokken stonden pakjes kattenmelk die hem nooit eerder waren opgevallen. Hij legde er tien van in het karretje. Misschien zou Johan ervan opdikken.

Hij wreef zijn haar droog met de keukenhanddoek terwijl Johan wantrouwig aan de melk rook voor hij ervan dronk.

De telefoon ging, en automatisch keek Vegter op zijn horloge. Maar het was Talsma.

'Ze heeft het eerste lesuur vrij, dus ik heb haar voor half negen besproken. Haalt u dat, Vegter?'

'Wacht buiten op me.' Hij hing op en besloot na het gesprek te ontbijten in het zaakje om de hoek.

De raampjes van Talsma's auto waren beslagen en binnen stond het blauw van de rook. Vegter opende het portier. 'Wat zei ze?'

Talsma stapte uit. 'Ze klonk niet echt verbaasd.'

Etta Aalberg verscheen in de deuropening toen ze het minieme tuinpaadje op liepen. Op de enorme vetplant onder het kamerraam had de regen parelende druppels achtergelaten. Vegter had nog grotere exemplaren in Spaanse tuinen gezien; de zwaardvormige, vlezige bladeren meer dan een meter lang, de stekels venijniger dan doornen. Waar was de zachte kant van deze vrouw? dacht hij terwijl hij keek naar het gesloten gezicht.

'Komt u binnen.' Ze wees hun met haar blik op de deurmat, en gehoorzaam veegden ze hun voeten.

In de kamer zat ze op het puntje van haar stoel, als om aan te geven dat ze in feite geen tijd voor hen had. De handen werden weer in de schoot gevouwen.

'Wij hebben op de computer van Eric Janson correspondentie tussen u en hem aangetroffen,' zei Talsma zonder verdere plichtplegingen.

'Niet tussen mij en hem,' corrigeerde ze effen. 'Van hem aan mij.'

Talsma knikte. 'Kunt u mij uitleggen waar dat over ging?'

Ze trok haar wenkbrauwen op. 'U hebt het niet gelezen?'

Talsma was te oud om zich te laten provoceren. 'Ik zou het graag van u horen.'

'Wij hadden een verschil van mening.'

'Waarover?'

'Over een persoonlijke kwestie.'

Talsma greep in zijn binnenzak. Omstandig zette hij zijn leesbril op, vouwde daarna de A4'tjes open.

Het heeft nu lang genoeg geduurd. Ik weiger hiermee door te gaan. Hij keek haar over de bril heen aan. 'Ik citeer.'

'Dat had ik begrepen.' Van haar gezicht was niets af te lezen, maar haar vingers hadden de ring gevonden en draaiden hem rond en rond.

Je kunt me niet de rest van mijn leven hiermee blijven achtervolgen, las Talsma. *Je hebt meer dan je genoegdoening gehad, letterlijk en figuurlijk.* Zoals altijd als hij iets oplas, werd zijn knauwende accent nog geprononceerder, en met een tekst als deze klonk hij als een lid van de dorpstoneelvereniging. Hij liet het papier ritselen. 'Moet ik doorgaan?'

Ze wendde haar hoofd af. Haar haren waren met een klem op het achterhoofd vastgezet, wat haar profiel zuiverder maakte, de onderlip voller, de hals kwetsbaarder. Een ogenblik schemerde door het masker heen de jeugd die eronder lag, een onschuld als van een madonna. Het was voorbij toen ze hen aankeek, maar het maakte Vegter behoedzamer in zijn oordeel, en met iets van gêne zag hij de vurige plekken zich aftekenen op haar wangen.

'Het was iets persoonlijks,' zei ze heftig. 'En ik voel me niet in het minst verplicht u daar meer over te vertellen. Ik zie niet in wat het zou kunnen bijdragen aan het oplossen van deze... misdaad.'

'We hebben het hier over moord,' zei Talsma kalm. 'Ik hoop dat u dat beseft.'

'Dat doe ik.'

'Maar u blijft bij uw standpunt?'

Ze gaf geen antwoord.

Talsma's blik gleed naar Vegter, die nauw merkbaar knikte.

'De afgelopen tien jaar, en misschien nog langer, nam Eric Janson elke maand een vast bedrag op van zijn bankrekening. Aanvankelijk was dat duizend gulden, later duizend euro. Wij hebben niet kunnen nagaan waar dat voor diende. Misschien kunt u ons dat vertellen?'

Ze schudde haar hoofd.

'Zou u in een rechtszaal onder ede verklaren dat u het niet weet?'

Ze draaide niet meer aan de ring. In plaats daarvan had ze haar handen zo stijf ineengeklemd dat de knokkels wit werden.

'U weet dat het achterhouden van informatie, of het belemmeren van politieonderzoek, strafbaar is?'

Etta Aalberg reageerde niet.

Talsma verschoot zijn laatste kruit.

'Toevallig ben ik een liefhebber van glaswerk,' zei hij met een stalen gezicht. 'Ik heb tijdens ons vorige gesprek uw collectie bewonderd en verschillende kostbare stukken gezien. Een erfenis?'

'Nee.'

'Allemaal van uw salaris bij elkaar gespaard?'

Ze hield haar hoofd zo hoog dat de spieren in haar hals zichtbaar waren. 'Allemaal gekocht van het geld dat ik verdiende.'

En dat, dacht Vegter, kon je op meerdere manieren uitleggen.

Hij stapte uit bij de broodjeszaak en wist daar weerstand te bieden aan een broodje halfom. In plaats daarvan liet hij twee broodjes ham inpakken, waarvan hij er een opat tijdens het wandelingetje naar het bureau.

In zijn kamer rinkelde de telefoon, en hij legde het overgebleven broodje in een la en nam op.

'Brink,' zei Brink. 'Geen van de afdrukken is van een van de docenten.' In zijn stem klonk de teleurstelling door.

Dus geen uit de hand gelopen ruzie met Etta Aalberg, dacht Vegter, en hij corrigeerde zichzelf onmiddellijk. Dat ze weigerde te praten, betekende niets. In ieder geval niet dat ze zich in arren moede moesten vastklampen aan een paar toevallige vingerafdrukken. Hij negeerde de logica die hem vertelde dat ze niets anders hadden – vanaf het begin al niet – om zich aan vast te klampen.

'Ook niet van de amanuensis?'

Brink zweeg even, alsof hij voelde dat hij de vraag niet al te serieus hoefde te nemen. 'Nee.'

'Laat me het rapport even zien.'

Hij nam de laatste hap van zijn broodje toen Brink binnenkwam. 'Ze denken dat die duim en middelvinger bij elkaar horen.'

Vegter knikte en bestudeerde het rapportje terwijl Brink rusteloos ronddrentelde, als een jachthond wachtend op een bevel.

Een mannenhand, rechterduim en -middelvinger, geplaatst zo'n veertig centimeter boven de deurkruk. Gedeeltelijke afdrukken van wijs- en ringvinger. Hij keek naar de deur van zijn kamer en stond op.

'Corné, loop even mee.'

Hij nam Brink mee de gang in en sloot de deur. Hij tikte op het hout.

'Dit is de zijdeur. Jij komt aanrennen. Denk aan die dranger, je moet kracht zetten. Je gebruikt je linkerhand voor de deurkruk, je rechter om te duwen.'

Brink knikte en liep tot halverwege de gang. Terwijl hij kwam aanrennen, keek Vegter jaloers naar het tempo dat hij over die korte afstand kon ontwikkelen.

Brink greep de deurkruk en zette in dezelfde beweging zijn rechterhand tegen de deur. Hij bleef zo staan en keek om.

'Hoe ver schat je dat je hand boven de kruk zit?' vroeg Vegter.

Brink mat. 'Vijftig centimeter.'

Vegter keek naar hem zoals hij daar stond, de smalle heupen, de brede schouders in het korte jasje, het dikke donkere haar krullend in de nek. Er schoof iets langs de randen van zijn geest, een vage herinnering aan iemand die hij kort geleden zo op de rug had gezien. Uit ervaring wist hij dat hij niet moest proberen het beeld helderder te krijgen, omdat het hem dan zou ontglippen. Waarschijnlijk was het niet belangrijk; een van die déjà vu's die niet te herleiden waren. Hij gebaarde Brink naar binnen te gaan en haalde de namenlijst van oud-leerlingen uit een la van zijn bureau.

'Regel wat mensen en zet de boel maar in gang.'

Brink knikte en liep naar de deur.

'Blijf staan,' zei Vegter scherp.

Brink draaide zich verbaasd om. Vegter rommelde in de la tot hij vond wat hij zocht.

'Laat die lijst maar even zitten. Pak de scanner en neem de afdrukken van Bomer. Laat ze direct vergelijken.' Hij gaf Brink de notitie. 'Dit is zijn logeeradres. Talsma weet waar hij werkt. Maak hem niet ongerust, vertel hem dat we alle reüniegangers hieraan onderwerpen.'

Ruim een uur, dacht hij, langer hoefde het niet te duren.

Hij had zich meteen moeten herinneren dat Bomer zijn adres met de linkerhand had geschreven, ondanks het feit dat die in het verband zat. Hij moest een van die mensen zijn die absoluut linkshandig waren. Die hun linkerhand gebruikten om een deur te openen, zelfs al hielden ze, bijvoorbeeld, al een kruk vast. Zoals absoluut rechtshandigen dat met rechts zouden doen.

Terwijl hij zijn post sorteerde op meteen weggooien, waarschijnlijk later weggooien en beantwoorden, vroeg hij zich af of je van docenten kon verwachten dat ze zich een conflict met een leerling van tien jaar of langer geleden zouden herinneren als het ook nog een andere docent had betroffen. Waarschijnlijk niet. Hij overwoog de rector te bellen, maar besloot dat uit te stellen tot na het gesprek met Bomer.

Hij propte de prullenmand vol, maakte van de rest van de post twee nette stapels en ging voor het raam staan.

Het eetcafé had zijn deuren al geopend en de serveerster was bezig de tafels en stoelen op het terras droog te wrijven. Een jong stel kwam aanlopen, de armen om elkaar heen. Ze bleven staan, overlegden en kozen een tafeltje. Het meisje ging zitten, hief haar gezicht op naar de zon en de schoongewaaide hemel, en de jongen boog zich over haar heen en kuste haar vluchtig. Vegter voelde een plotseling verlangen daar ook te zitten, een kop koffie te bestellen, of liever nog een biertje. Maar niet alleen.

Bomer en Aalberg. Hij rekende. Ze was hooguit vier of vijf jaar ouder. Maar zou een vrouw als Etta iets beginnen met een leerling? Het leek niet waarschijnlijk. Aan de andere kant: haar relatie met Janson was ook niet gelijkwaardig geweest, gezien het grote leeftijdsverschil. En Bomer was een mooie jongen.

De telefoon ging, en hij struikelde bijna over de prullenmand in zijn haast om op te nemen.

'Ze matchen,' zei Brink.

Vegter hoorde de triomf in zijn stem. Allemaal zaten ze te wachten op resultaat.

'Haal hem op.'

Toen ze binnenkwamen, viel hem nogmaals de gelijkenis op tussen Brink en Bomer, al was die puur uiterlijk. Waar Brink gretig leek, vol energie, hing om Bomer een waas van indolentie. Languissant, dacht Vegter. Het rijkeluiszoontje dat alles al gezien heeft. Maar waarschijnlijk gespeeld. Hij knikte naar de stoel voor zijn bureau.

'Gaat u zitten.'

Talsma nam een van de rechte stoelen, Brink leunde tegen de muur. Bomer keek van de een naar de ander, een ironisch glimlachje om de lippen. Aan zijn linkerhand was het verband vervangen door een pleister.

Vegter vouwde zijn handen onder de kin en nam hem rustig op, liet de stilte voortduren. Bomer hield het glimlachje intact en was zelfverzekerd genoeg om niet als eerste te gaan praten. Zelfs had Vegter de indruk dat hij in zekere zin van de situatie genoot.

'Ik heb u hier laten komen, omdat wij een onjuistheid in uw verklaring hebben geconstateerd.'

Bomer trok zijn wenkbrauwen op. 'En die is?'

'Ik denk dat u dat wel kunt raden.'

Bomer schudde zijn hoofd. 'Ik zou het niet weten.'

'Waar bent u de school bij aankomst binnengegaan?'

Bomer aarzelde een fractie van een seconde. 'Door de hoofdingang.'

'U was met de auto?'

'Ja.'

'Waar had u die geparkeerd?'

'Op het parkeerterrein opzij van de school.'

'Was het dan niet logischer geweest als u de zijingang had gebruikt?'

'Logischer misschien wel, maar ik was er niet zeker van of de deur open zou zijn. Het zag er daar verlaten uit. En bovendien leek het me aardig naar binnen te gaan zoals ik dat vroeger ook altijd deed.'

Vegter knikte. 'Heeft iemand u binnen zien komen?'

Bomer dacht na. 'Ik liep in de hal een klasgenoot tegen het lijf. Dus ja, ik neem aan dat hij gezien heeft dat ik binnenkwam.'

'U hebt verklaard de school niet te hebben verlaten tijdens de reunie.'

'Dat meen ik me te herinneren, ja.'

Vegter zag de behoedzaamheid waarmee het antwoord werd gegeven. Hij voelt dat daar de kneep zit, dacht hij. Maar hij weet niet waarom.

'Er is bewijs dat u dat wel hebt gedaan.'

'Wat voor bewijs?'

Vegter bleef hem aankijken. 'Ik zou van u willen weten of u bij uw verklaring blijft dat u inderdaad niet buiten bent geweest, noch door de hoofdingang, noch door de zijdeur.'

Bomer hief zijn hand op. Vegter bewonderde zijn reactiesnelheid.

'Ik herinner het me weer. Ik heb mijn agenda uit mijn auto gehaald, omdat ik een afspraak wilde maken met een vroegere vriend. Dat is er niet van gekomen, gezien de gebeurtenissen.' Het glimlachje was terug. 'Ik zou er nooit meer aan gedacht hebben.'

Vegter bleef zwijgen. Het bracht Bomer voldoende van zijn à propos om eraan toe te voegen: 'Normaal gesproken heb ik die agenda natuurlijk in mijn colbert zitten. En intussen had ik mensen gebruik zien maken van de zijdeur, dus...'

Nu maak je het te mooi, dacht Vegter.

'U droeg een colbert, die avond.' Hij liet de zin niet in een vraag eindigen.

Bomer knikte.

'Welke kleur?'

'Donkerblauw.'

'Men heeft u achter Janson aan zien lopen, op weg naar de toiletten.'

Het was pure bluf, en uit zijn ooghoeken zag Vegter Brink een beweging maken. Daar zou hij hem later op aanspreken.

Bomer haalde zijn schouders op. 'Dat zou kunnen. U kunt niet van mij verlangen dat ik nog weet wanneer ik precies naar het toilet ben geweest.'

'Zelfs niet toen u later wist dat Janson in die toiletruimte om het leven is gebracht?'

Bomer schudde zijn hoofd. 'Ik ben niet gelijktijdig met Janson naar het toilet gegaan. Misschien begon ik aan mijn rondje door de school op dat moment. Of misschien was ik op weg om mijn agenda uit mijn auto te halen.'

'Hij moet u zijn opgevallen, al was het maar omdat u hem bent gepasseerd. Hij was de enige die op krukken liep die avond,' zei Vegter met zware ironie.

'Ik kan het me niet herinneren.'

'Heeft iemand u binnen zien komen nadat u uw agenda uit uw auto had gehaald?'

'Dat weet ik niet. Daar heb ik niet op gelet.'

'Wie was die vriend met wie u een afspraak wilde maken?'

'Peter van Mils.'

'Kunt u mij zijn telefoonnummer geven?'

'Dat heb ik niet.' Voor het eerst toonde Bomer emotie. 'Ik vertel u net dat ik die afspraak niet heb gemaakt.'

'Hebt u zijn adres?'

'Nee.'

Vegter draaide zich naar Brink. 'Bel jij die meneer Van Mils even.'

Brink verdween. Vegter vouwde zijn handen, richtte zijn ogen op een punt vlak boven Bomers hoofd en luisterde naar diens ademhaling tot Brink terugkwam.

'Volgens Peter van Mils hebben ze alleen gezegd dat ze eens samen een biertje moesten gaan drinken.'

Vegter liet zijn wenkbrauwen een millimeter klimmen. 'Dat klinkt nogal vaag, meneer Bomer.'

Maar Bomer had genoeg tijd gehad om zijn antwoord te formuleren. 'Dat is precies waarom ik mijn agenda ging halen. U weet hoe dat gaat; je neemt het je wel voor, maar als je geen concrete afspraak maakt, komt er niets van.'

'Heeft iemand u naar buiten zien gaan toen u uw agenda uit uw auto haalde?'

'Dat weet ik niet.'

'Hebt u gesproken met Eric Janson?'

'Wanneer?'

Vegter legde zijn handen plat op zijn bureau. 'Meneer Bomer, u bent hier omdat u een onjuiste verklaring hebt afgelegd. U hebt uzelf daardoor in een lastig parket gebracht.'

Bomer wilde iets zeggen, maar Vegter gaf hem niet de gelegenheid. 'Het lijkt me dus niet het geschikte moment voor onbeschoftheden. Hebt u met Eric Janson gesproken?'

'Heel even.'

'Waar?'

'In de aula.'

'Eric Janson had een papier voor zich liggen waarop met grote letters "ski-ongeval" stond,' zei Vegter vriendelijk. 'Bovendien zat hij daar ongetwijfeld met zijn krukken binnen handbereik. En toch beweert u dat hij u niet is opgevallen toen u op weg was voor uw rondje, of naar het toilet, of om uw agenda op te halen.'

Bomer zweeg.

'Meneer Bomer?'

'Hij is me niet opgevallen. En wie zegt dat ik het was die daar liep? Er waren meer mannen met donker haar en donkere colberts.'

Vegter constateerde met genoegen dat de indolentie was verdwenen. Bomer zag er niet langer uit alsof hij zich amuseerde. Hij zat rechtop, en uit de stand van zijn schouders viel spanning af te lezen.

'Hoe gaat het met uw hand?'

Bomer knipperde met zijn ogen, verrast door deze wending. 'Uitstekend.'

'Hebt u uw vriendin, ik moet natuurlijk zeggen, uw ex-vriendin, nog gesproken nadat u de relatie had verbroken?'

Opnieuw een weifeling. 'Eén keer. Ik had nog wat af te handelen.'

'En dat is naar wederzijdse tevredenheid gebeurd?'

'Dat moet u haar vragen.' Bomer keek demonstratief op zijn horloge. 'Ik heb vanmiddag een bespreking, dus als u geen verdere vragen hebt...'

Zijn timing is in orde, dacht Vegter. Hij schudde zijn hoofd. 'Op dit moment heb ik geen vragen meer. Wel wil ik graag dat u vanmiddag uw paspoort op het bureau inlevert.'

Strikt genomen had hij te weinig grond voor een dergelijke maatregel en was het alleen zijn bedoeling Bomer te prikkelen.

Dat lukte. Bomers stoel bleef louter overeind omdat ook met Brinks reactievermogen niets mis was.

'En nu?' Talsma schoof zonder het te vragen het raam open en begon een shagje te draaien. 'Wat dunkt u, Vegter? Ik voel er een hoop voor hem een beetje in de gaten te houden. Want hij liegt dat hij barst, nou? En het is een arrogant baasje, een van die mensen die denken dat de politie te stom is om voor de duvel te dansen. Dus het zou kunnen dat hij nonchalant wordt.'

'Wat vind jij, Corné?'

'Heeft iemand hem echt achter Janson zien lopen?' vroeg Brink voorzichtig.

Vegter schrapte de reprimande die hij in gedachten had. 'In ieder geval iemand wiens signalement in grote lijnen overeenkomt.'

'Maar u denkt...?' Brink wilde zekerheid.

Vegter zuchtte. 'Geen enkel bewijs, maar ik ben het eens met Sjoerd. Zijn verhaal rammelt.'

'En bovendien hebben we niks anders,' zei Talsma nuchter. 'Moeten we ook een beetje gaan graven?'

Vegter knikte. 'Hij komt straks zijn paspoort inleveren, ga er vanaf dan maar achteraan. Het hoeft niet de klok rond, maar ik wil wel weten wat hij uitspookt. Ik bel de rector en als daar iets uitkomt, laat ik het jullie weten.'

'Mijn herinnering aan David Bomer blijkt overeen te stemmen met die van de docenten die ik hierover heb gesproken,' zei de rector.

'En?'

'Een ogenschijnlijk gemakkelijke leerling. Zeer intelligent, heeft zonder problemen zijn vwo-diploma gehaald, maar in feite een jongen op wie moeilijk vat te krijgen was. Ging volstrekt zijn eigen gang. Niet beïnvloedbaar waar het zijn eigen mening betrof, al is dogmatisch niet het juiste woord. Een van de docenten noemde hem eigenzinnig, maar wat mij betreft is dat ook niet de correcte omschrijving. Ikzelf zou hem bijna autarkisch willen noemen in zijn omgang met medeleerlingen en docenten. Maar wel een jongen die een grote toekomst voor zich zou kunnen hebben, op welk gebied dan ook, mits onder begeleiding van de juiste personen. Tijdens de reünie heb ik hem kort gesproken, en het trof me dat hij tot nu toe niet de carrière heeft gemaakt die je op grond van zijn mogelijkheden zou verwachten.'

'Toe te schrijven aan een gebrek aan adequate begeleiding?' vroeg Vegter, intussen het woord autarkisch, waarvan de betekenis hem was ontschoten, neerkrabbelend op zijn schrijfblok.

'Dat acht ik heel goed mogelijk,' zei de rector, warm lopend voor zijn onderwerp. 'Een interessante jongen, natuurlijk. Kent u de uitspraak van Hitchcock: "Ik zou misdadiger zijn geworden als ik de juiste mensen had ontmoet"? Iets dergelijks bedoel ik.'

'U, of een van de docenten, kunt zich niet een conflict tussen Bomer en Janson herinneren?'

Zijn directheid verraste de rector. 'U gelooft toch niet werkelijk...?'

'Ik geloof nog helemaal niets,' stelde Vegter hem gerust. 'Ik sluit alleen niets uit.'

'Ik heb niets kunnen vinden, ook niet in mijn herinnering, dat daarop duidt.' De rector zweeg even. 'Wat niet wil zeggen dat zo'n conflict er niet geweest zou kunnen zijn. En ook niet dat de oorzaak ervan per se bij David Bomer gezocht zou moeten worden. Eric Janson was voor zijn leerlingen niet de gemakkelijkste docent.'

Hij heeft het al voor het grootste deel verwerkt, dacht Vegter. Hij wist dat het altijd zo ging. Na de aanvankelijke schok gingen mensen op zoek naar een reden om het ongelooflijke te kunnen verklaren, waarna er van de oorspronkelijke lofzang op het slachtoffer dikwijls maar een mager grafschrift overbleef.

'En zijn achtergrond?'

'Enig kind, meen ik. Ouders niet onbemiddeld, maar ook niet gefortuneerd. Hou me ten goede, dit is puur mijn herinnering, want informatie daarover heb ik op dit moment niet.'

Vegter hing op, zocht in zijn kast naar het woordenboek waarvan hij wist dat hij het had uitgeleend en raadpleegde internet. Onafhankelijk, las hij, zelfvoorzienend, zelfgenoegzaam. Zijn respect voor de rector, die hij tot dan toe had beschouwd als een man die zich te gemakkelijk liet overvleugelen, groeide. Zelden had hij in één woord een passender karakterbeschrijving gehoord.

Hij stond op het punt naar huis te gaan, toen de rector belde.

'Toevallig sprak ik net mevrouw Landman, zij gaf biologie en scheikunde, maar is inmiddels gepensioneerd. Zij herinnert zich dat ze ooit een heftige aanvaring met David Bomer heeft gehad. Maar ik denk dat u voor de juiste toedracht beter contact met haar kunt opnemen.'

Vegter noteerde het telefoonnummer en bedankte hem.

Mevrouw Landman sprak het beschaafde Nederlands waar Vegter van hield, maar dat nauwelijks nog scheen te bestaan.

'Zeker herinner ik mij David Bomer,' zei ze, elk woord helder articulerend. 'Een moeilijke jongen, al was daar oppervlakkig gezien weinig van te merken. Hij was populair, maar was in feite een einzelgänger. In diepste wezen een jongen die geen inmenging verdroeg, geen correctie ook.'

'Kunt u mij daar een voorbeeld van geven?'

'Dat kan ik,' zei ze bedachtzaam. 'Maar ik moet er direct bij vertellen dat het voorval voor iemand die er niet bij aanwezig is geweest misschien niet overtuigend is.'

Vegter wachtte.

'Ik had hem iets opgedragen,' zei ze. 'Ik weet niet meer wat, maar dat is in dit geval ook niet van belang. Hoe dan ook, ik vond dat hij die taak niet naar behoren had verricht. Dat vertelde ik hem in het bijzijn van de andere leerlingen, wat niet tactvol was, maar David kon mij irriteren met zijn arrogantie. Natuurlijk voelde hij zich vernederd, ook al omdat een aantal klasgenoten zichtbaar plezier beleefde aan die schrobbering. Hij werd onbeschoft, en om te voorkomen dat de zaak zou escaleren, vroeg ik hem een grote accubak met water te vullen, omdat ik een proefje wilde doen. Ik weet niet wat u zich van uw schooltijd herinnert, meneer Vegter, maar die bakken zijn leeg al behoorlijk zwaar, laat staan gevuld met water.'

'Wat gebeurde er?'

'Hij liet hem op mijn voet vallen.'

'Opzettelijk?'

'Dat ontkende hij natuurlijk. Maar ik had zijn gezicht gezien.' Ze zweeg even. 'Hij keek me aan voor hij het deed, en tot op de dag van vandaag weet ik absoluut zeker dat het opzet was.'

'En uw voet?'

'Ik brak een middenvoetsbeentje en ik had vier zwaargekneusde tenen. Het effect was des te groter omdat het zomer was en ik sandaaltjes droeg.' Ze lachte. 'Alleen een vrouw herinnert zich een dergelijk detail.'

'Wat nam u voor maatregelen?'

'Maatregelen?' Ze klonk lichtelijk verbaasd. 'Ik kon geen maatregelen nemen, ik had immers geen bewijs. Enfin, ik heb twee weken thuisgezeten met die voet, en wat me schokte, meer nog dan het feit zelf, was dat hij bloemen voor me meebracht toen ik weer op school verscheen. En ook toen kon ik aan zijn gezicht zien dat hij ervan genoot. Aanvankelijk dacht ik dat hij te jong was om zijn gelaatsuitdrukking te beheersen, maar later besefte ik dat het zelfs zijn bedoeling geweest moet zijn dat ik het begreep. Ik vond dat een angstaanjagende gedachte.'

'Hoe oud was hij toen dit voorviel?'

Ze dacht na. 'Hij moet zestien of zeventien zijn geweest.'

'Wat is de conclusie die u uit deze gebeurtenis hebt getrokken?'

Het bleef even stil, en Vegter wist dat ze zocht naar de juiste formulering.

'Dat David een gevaarlijke jongeman is als hij gedwarsboomd wordt,' zei ze ten slotte. 'En daaruit voortvloeiend dat ik niet graag zou zien dat hij een invloedrijke positie zou bekleden. Al heb ik van Robert, de rector bedoel ik, begrepen dat daarvan tot nu toe geen sprake is, omdat het met Davids carrière niet erg wil vlotten. Of dat een gevolg is van zijn karakter, zou ik niet kunnen beoordelen. Daarvoor heb ik hem te lang niet gezien.'

Gezegend was een school met zulke docenten. 'U hebt hem op de reünie niet gesproken?'

'Nee. Ik ben daar ook maar kort geweest, omdat ik die avond op mijn kleinzoon moest passen.'

Die kleinzoon bestond nog niet lang, bedacht Vegter, die de trots hoorde in haar stem.

'U was al vertrokken voordat het incident met meneer Janson zich voordeed?'

'Ja.'

'Kunt u zich herinneren of Eric Janson ooit problemen met David Bomer heeft gehad?'

'Nee.' Na enige aarzeling voegde ze eraan toe: 'Al was Eric niet het type om toe te geven dat er een probleem was. Hij huldigde het standpunt dat elke docent zijn eigen boontjes moest kunnen doppen, en hij weigerde zich te bemoeien met dergelijke dingen. Hij had ook een enorme hekel aan de rapportvergaderingen, waarbij uiteraard problemen met leerlingen aan de orde kwamen. Hij vond dat hij er was om les te geven. Ik weet dat het onsympathiek klinkt, maar in de persoonlijke omstandigheden van de leerlingen was hij niet geïnteresseerd. Het ging hem om kennisoverdracht. In feite had hij colleges moeten geven.'

'Ik heb de rector hem een loyaal collega horen noemen.'

'Dat was hij ook.' Ze lachte. 'Dat lijkt tegenstrijdig, maar bij ziekte of iets dergelijks was hij altijd bereid om in te vallen. En voor wat betreft de sportdagen en andere evenementen was hij onbetaalbaar in de zin dat de organisatie daarvan bij hem in goede handen was.'

Er viel een stilte, en Vegter wist dat ze wachtte op een verklaring voor dit gesprek, maar hij wist ook dat ze er niet om zou vragen. Hij bedankte haar en hing op.

Op weg naar huis had hij plotseling geen zin om de avond alleen door te brengen. Hij zou Ingrid vragen te komen eten.

Hij stopte bij een slagerij en kocht vier kalfsoesters. Er was nog salade en verder zou hij improviseren, bedacht hij met plotselinge luchthartigheid.

Thuis legde hij het vlees op het aanrecht en keek op zijn horloge. Ze zou er intussen zijn, het was na zessen.

Haar telefoon ging ettelijke malen over, en hij stond op het punt neer te leggen omdat hij een hekel had aan het inspreken van een boodschap, toen ze opnam.

'Je boft dat ik je hoorde,' zei ze opgewekt. 'Ik stond onder de douche.'

Hij opende zijn mond en sloot hem weer.

'Ben je daar nog?' vroeg ze.

'Ga je uit vanavond?'

'Thom heeft een dinertje van zijn bedrijf.' Ze lachte. 'Dus ik moet er een beetje toonbaar uitzien.'

Thom. Voortaan was er Thom. Hij was het niet vergeten. Hij had alleen maar besloten er niet aan te denken.

'Had je iets bijzonders?' vroeg Ingrid.

'Nee,' zei hij. 'Niets bijzonders. Ik wilde je stem even horen. Maar ik zal je niet ophouden, want je hebt haast.'

In de keuken lagen de kalfsoesters, die er roze en bloot uitzagen. Johan keek verwachtingsvol omhoog. Vegter maakte de verpakking open en sneed een stukje vlees af, dacht toen aan de sardines en gooide het in de pedaalemmer.

Had hij werkelijk geloofd een maaltijd uit zijn mouw te kunnen schudden? Het werd tijd dat hij de dingen onder ogen zag. Toegaf dat Ingrid hem hier niet zou bezoeken als ze het kon vermijden, dat haar onbehagen de losse toon die ze normaliter bezigde en waaruit vertrouwen sprak, onmogelijk maakte. Deze flat was geen thuis maar een verblijfplaats, en meer zou het nooit worden.

Hij leunde tegen het aanrecht en trachtte de vermoeidheid die hem bekroop te negeren. Hij wist dat die het residu was van de woede, de opstandigheid, het verdriet. Rouw was als fantoompijn; een vitaal deel van het bestaan was afgesneden.

In de hal stond zijn tas met daarin voldoende werk om hem door de avond heen te helpen. Hij zou stukken kunnen doornemen, rapporten lezen, tot de apathie had plaatsgemaakt voor de nachtelijke scherpte, die hem weliswaar verhinderde te slapen, maar in zekere zin ook ontspanning bracht, een lucideit die muziek genialer deed klinken en literatuur boeiender maakte, zodat het leven voor even weer de moeite waard scheen.

Op de galerij klonken stemmen, de heldere lach van een vrouw, en de stilte erna was opeens onverdraaglijk.

Brahms. Niet zijn eerste symfonie – te teutoons, te veel Beethoven. Maar de tweede zou passen bij rode wijn.

14

Talsma zat in zijn auto op het parkeerterrein van het verzekeringsbedrijf waar Bomer werkte en hield de ingang in de gaten. Hij had Akke gebeld om te zeggen dat het opnieuw wat later werd, en ze had hem verteld dat hij bofte dat ze stoofvlees aten en dat ze het gas eronder zou uitdraaien.

Bomer was na zijn paspoort te hebben ingeleverd teruggegaan naar kantoor, en inmiddels liep het tegen zessen. De meeste kantoormensen waren stipt om vijf uur naar buiten gekomen, maar Bomer had het kennelijk druk.

Talsma luisterde met een half oor naar de politieberichten en dacht aan het stoofvlees, want hij had honger. Hij keek naar de enorme neonletters op het dak, de marmeren platen waarmee de gevel was bekleed. Marmer, godbetert. Het leken de Romeinen wel. Geen wonder dat je je blauw betaalde aan premie.

De draaideur draaide, en Bomer kwam naar buiten. Talsma wachtte met starten tot de kleine donkere Opel het terrein af reed en liet twee auto's passeren voor hij zelf invoegde.

Bomer reed op zijn gemak naar het adres dat hij had opgegeven als zijn huisadres, vond een parkeerplaats en ging naar binnen.

Talsma keerde aan het eind van de straat en perste de auto in een gaatje schuin tegenover het huis. Hij stapte uit en stak over.

Hij had vier etages geteld, en op de voordeur zaten vier naambordjes en vier bellen. Talsma verbaasde zich erover dat Bomers naam ontbrak, tot hij zich herinnerde dat hij tijdelijk bij een vriend woonde. Hij ging weer in zijn auto zitten en wachtte.

Hij had geen hekel aan wachten. Zijn werk bestond voor meer dan de helft uit wachten, en hij had lang geleden zijn ongeduld afgeleerd. Het was een kwestie van blijven opletten, ook als de verveling, en daarmee de slaperigheid, toesloeg.

Dus volgde hij met belangstelling de worsteling van een jonge vrouw die het onderstel van een kinderwagen in de te kleine kofferbak van haar autootje wilde zetten, terwijl vanuit de wagen zelf een klaaglijk gehuil opsteeg. Daarna keek hij naar twee duiven die elkaar knikkend en koerend het eigendomsrecht van een stukje brood betwistten. Talsma zette in op de kleinste van de twee en voelde zich voldaan toen de grootste het opgaf en mokkend in een boom ging zitten.

Hij keek nog eens om zich heen. Geen slechte buurt. Het was een vooroorlogse wijk, maar de huizen zagen er goed onderhouden uit en van de meeste hadden de tweede en derde etage een klein balkon. Hij dacht aan zijn eigen flat, die, toen hij er pas woonde, aan de rand van de stad had gelegen, met uitzicht over de weilanden. Inmiddels was alles volgebouwd met de eenvormige betonnen blokkendozen die bedoeld waren om zoveel mogelijk mensen te herbergen, en de weilanden waren alleen nog herinnering.

Hij was niet ongelukkig in de stad, maar de dag na zijn pensionering zou hij terugkeren naar Friesland en gaan wonen in zijn geboortedorp, in het huis dat hij van zijn ouders had geërfd en dat al twee jaar op hem wachtte. Akke zou opleven, ook al betekende het dat ze de kinderen minder vaak zou zien. Zij had altijd de ruimte gemist, en de wind om de kop.

De gedachte aan Akke bracht het stoofvlees terug, en hij wilde een shagje opsteken om de honger te verdrijven, toen de deur openging en Bomer verscheen. Hij droeg nu een spijkerbroek en had een ander overhemd aan. Zijn haar, nog enigszins vochtig, krulde op zijn voorhoofd.

Talsma gokte op een afspraakje.

Hij volgde het Opeltje naar een straat die achter de straat van Vegters huis lag. Bomer parkeerde en verdween in de toegangshal van het flatgebouw. Talsma wachtte.

De deur ging weer open en een jonge vrouw met lang donker haar kwam naar buiten, Bomer vlak achter haar. Hij legde een arm losjes om haar schouders terwijl ze overstaken naar zijn auto.

Die laat er geen gras over groeien, dacht Talsma. Net een zwangere vriendin geloosd, nou al een nieuwe. Hij keek op zijn horloge. Bijna zeven uur. Ze gingen ergens eten, en als dat zo was, kon Brink het van hem overnemen.

In het centrum reed Bomer kriskras rondjes over de grachten tot hij ten slotte een parkeerplaats gevonden had. Talsma zat vloekend een paar keer vlak achter hem en zette zijn auto noodgedwongen half op de stoep, bang hen kwijt te raken.

Ze wandelden naar een klein Italiaans restaurant en gingen naar binnen. Opgelucht ging hij terug naar zijn auto en gaf het adres door aan Brink.

■

Het restaurant was volgelopen terwijl zij aten, en nu ze aan de espresso toe waren, was elk tafeltje bezet.

Terwijl ze haar koffie roerde, voelde Eva Davids blik, zoals ze die de hele avond had gevoeld, en ze besloot dat ze de aandacht prettig vond. Toen het eenmaal tot hem was doorgedrongen dat ze liever niet over zichzelf sprak, had hij meer algemene onderwerpen aangesneden en opnieuw verteld over zijn werk, waar hij zeer binnenkort een promotie verwachtte, over de etage van een vriend die hij bewoonde omdat die vriend een jaar in het buitenland verbleef. Nu sprak hij over een duikvakantie die hij wilde boeken, naar Egypte of de Antillen, misschien deze zomer nog, of anders in de herfst.

Het eten en de fles wijn die ze erbij hadden gedronken, maakten haar slaperig, en ze luisterde met een half oor.

'Jij zou me een plezier kunnen doen,' zei hij, en hij lachte toen ze verschrikt opkeek. 'Kun je korting geven op een reis voor een goede vriend, of werkt het zo niet?'

Ze schudde haar hoofd. 'Ik ben bang van niet.'

Hij dronk zijn espresso terwijl hij doorpraatte over duikbestemmingen, koraalsoorten die hij wilde zien, een vervolgcursus omdat hij dieper zou willen duiken, en opeens ging ze rechtop zitten en

zei: 'Hoe weet jij eigenlijk waar ik werk, David?'
Hij trok zijn wenkbrauwen op. 'Hoe bedoel je?'
'Toen je me belde, vanmiddag, hoe wist je waar ik werkte?'
Hij keek verbaasd. 'Dat had je me verteld. Wil je trouwens nog een espresso?'
Ze keek op haar horloge. 'Nee, dank je. Als je het niet erg vindt, zou ik liever naar huis gaan. Ik moet Maja nog ophalen.'
'Ik wil je wel even brengen,' bood hij aan, maar ze schudde haar hoofd.
Haar moeder zou onmiddellijk willen weten wie hij was. Ze had zich al gekwetst getoond toen Eva alleen had willen vertellen dat ze met een vriend uit eten ging.
'Ik haal haar liever zelf op.'
Hij drong niet aan, maar wenkte de ober en vroeg om de rekening.

Voor haar flat stopte hij naast haar auto en stapte uit om het portier voor haar te openen. Ze zocht in haar tas naar haar sleutels en keek naar hem op.
'Dankjewel, David, voor een gezellige avond.'
'Lekker gegeten?'
'Heerlijk.' Ze glimlachte.
'Volgende keer je bordje leegeten.' Hij legde zijn handen om haar gezicht en trok haar tegen zich aan. Opnieuw rook ze het leer van zijn jasje, een vleug aftershave, en daarna de wijn.

Maja viel in de auto in slaap en werd pas wakker toen ze haar al naar binnen had gedragen, uitgekleed en in bed gelegd.
'Met wie was je uit, mam?'
'Met David toch.'
'O ja.'
Eva trok het dekbed steviger om haar heen. 'Ga je weer lekker verder slapen?'
'Ja.' Haar ogen gingen weer open. 'Oma vroeg wie David was.'
'En wat zei jij?'
'Nou, gewoon, David.'

Eva streek over het slaapwarme wangetje en knipte het lampje uit. 'Tot morgen.'

In haar eigen bed, de handen achter haar hoofd gevouwen, probeerde ze haar gedachten onder controle te krijgen. Het was prettig geweest, prettig genoeg om spijt te hebben dat ze Maja niet voor de nacht bij haar moeder had gelaten. David had veel over zichzelf gesproken, maar dat was haar eigen schuld; ze was weinig toeschietelijk geweest, en hij had niet aangedrongen, had haar terughoudendheid gerespecteerd.

Wat zou ze hem ook kunnen vertellen? Er was het probleem. Probleem was niet het juiste woord ervoor, maar het juiste woord ervoor bestond niet.

David zou het probleem niet kunnen oplossen, maar zonder hem bleef het ook bestaan. Misschien mocht ze hem dus toelaten. Misschien kon het.

Ze bedacht dat ze vergeten was een slaappil te nemen. Maar de beelden zouden toch komen, verschijnen voor de ramen van haar geest die niet door de temazepam werden verduisterd, en aankloppen als de nacht het donkerst was en zonder einde leek. En nu had de wijn haar helder gemaakt, een klaarheid die optimisme bracht. Ze wist dat die tijdelijk zou zijn, maar dat betekende niet dat ze er geen gebruik van zou kunnen maken.

Ze zou ze kunnen toelaten, of zelfs oproepen, als experiment, ze kunnen rangschikken en bekijken alsof het een film was die een ander betrof. Het was een angstaanjagende maar tegelijkertijd opwindende gedachte.

Ze legde haar handen op haar buik, die strak was en gevulder dan hij in jaren was geweest. Daarbinnen waren haar ingewanden bezig het eten te verteren, langzaam, methodisch, alles van waarde filterend en transporterend naar de rest van haar lichaam, zodat elk orgaan, elke cel ervan kon profiteren.

Het was voor het eerst sinds lange tijd dat ze op die manier aan voedsel dacht, het zich niet voorstelde als een brijachtige, rottende massa. Ze strengelde haar vingers in elkaar en startte de film, helemaal vanaf het begin, achttien jaar geleden.

15

'En wat deed hij nadat hij haar had afgezet?' vroeg Vegter.

'Hij ging erachteraan.' Brink trok zijn jasje uit en hing het over de stoelleuning. 'Want ze ging niet naar binnen, ze stapte over in haar eigen auto en haalde een kind, haar kind denk ik, op en reed toen naar huis. Ik kreeg de indruk dat ze niet wist dat hij achter haar aan reed, en dat hij ook niet wilde dat ze het wist. Hij hield er voortdurend een paar auto's tussen.'

'En toen?'

'Hij bleef wachten tot ze buiten kwam met het kind en reed er weer achteraan. Maar toen hij zag dat ze naar huis ging, reed hij door naar zijn ex-vriendin.'

'Ging hij daar naar binnen?' vroeg Renée verbaasd.

Brink schudde zijn hoofd. 'Hij zat een tijd in zijn auto op de parkeerplaats en ten slotte ging hij weg. Reed naar het centrum, dronk een biertje in de kroeg en ging naar huis.' Hij geeuwde. 'Toen was het intussen ver na enen.'

Vegter dacht na. 'Heb je gecheckt wie die nieuwe vlam is?'

'Ene E. Stotijn, volgens het naambordje.'

'Stotijn?' Renée ging rechtop zitten. 'Hebt u hier nog de rapporten van de verhoren op de avond van die reünie?'

Vegter haalde ze uit een la, en Renée bladerde tot ze vond wat ze zocht.

'Eva Stotijn. Zij was ook op die reünie. Ik heb haar kort gesproken.'

Vegter rolde zijn pen heen en weer op zijn bureau. 'Zegt ons dit iets?'

Talsma kwam binnen en gooide de deur dicht. 'Hij zit veilig op kantoor.'

'Hooguit dat oude liefde niet roest,' zei Brink.

Talsma trok zijn wenkbrauwen op. 'Waar hebben we het over?'

'We komen er net achter dat hij gisteravond uit was met Eva Stotijn, die ook op de reünie was,' zei Vegter.

'Och heden,' zei Talsma. 'Ja, alles kan.' Hij keek naar Vegter. 'Het zit u niet lekker?'

'Nee.' Vegter haalde zijn schouders op. 'Maar ik weet niet waarom. Misschien is het inderdaad een oude schoolliefde en hoeven we er niets achter te zoeken. Dat is zelfs de meest aannemelijke verklaring. Wat is het voor type, die Stotijn?'

'Een gratenpakhuis,' zei Brink. 'Niet mijn smaak.'

Vegter fronste.

'Een mooie vrouw,' zei Renée rustig. 'Beschaafd. Ik vond haar nerveus, maar dat was iedereen. Ze zag er slecht uit en ze zei dat ze zich de hele middag al niet goed voelde en op het punt stond naar huis te gaan toen Janson werd gevonden. Dat werd bevestigd door een vriendin met wie ze naar de reünie was gekomen.' Ze bladerde weer. 'Irene Daalhuyzen. En ook door die Waterman, met wie ze buiten heeft staan praten. Ze was een luchtje gaan scheppen omdat ze hoofdpijn had.'

'Wat voor indruk kreeg jij?' vroeg Vegter aan Talsma. 'Van Bomer en Stotijn samen, bedoel ik?'

'Het is nog geen stel, leek me. Maar wat hem betreft worden ze dat wel.'

'Waar bleek dat uit?'

'Hij sloeg een arm om haar heen toen ze buiten kwamen. Zij stond dat toe, maar ik had niet het idee dat ze erop zat te wachten. En hij sloofde zich nogal uit, hield deuren open, pakte haar elleboog bij het oversteken, dat werk.' Talsma grijnsde. 'Terwijl het hier toch niet zo'n beleefde jongen was.'

'En jij, Corné?'

'Idem. Er werd even gezoend toen hij haar thuisbracht, maar geen gevoos.'

'Dus moeten we vaststellen dat hij gewoon een oud contact heeft aangehaald?' Vegter zuchtte.

'Er zit voor geen moer schot in,' concludeerde Talsma.

Vegter keek hem aan. 'Jij vindt het geen nut hebben om hem te volgen, Sjoerd?'

'Wis wel,' zei Talsma. 'Hij heeft geen best verhaal. Maar we hebben niks om hem op te pakken. En het is een gladde jongen.'

'Ik sprak een oud-lerares van hem,' zei Vegter. 'Volgens haar heeft hij een keer opzettelijk een accubak met water op haar voet laten vallen omdat hij kwaad op haar was. Die voet was zwaar gekneusd. Later kwam hij met bloemen aanzetten om zijn medeleven te betuigen, maar ze had sterk de indruk dat hij er heimelijk genoegen aan beleefde.'

'Dat bedoel ik,' zei Talsma.

Vegter legde zijn pen neer. 'Ik betwijfel of het zin heeft, en al te lang kunnen we het niet volhouden.'

'Ik doe het wel.' Talsma stond op. 'Ik moet morgen naar de tandarts, dus de eerste paar dagen kan ik toch geen bek opendoen.'

Alleen in zijn kamer ging Vegter voor het raam staan. Hij had zichzelf ervan overtuigd dat het geen nieuwe inzichten zou opleveren als hij meer dan vierhonderd mensen opnieuw liet ondervragen. Intussen was hun herinnering al gekleurd door de tijd. Men zou dingen vergeten zijn, of, erger nog, toevoegen om het verhaal – en daarmee zichzelf – interessanter te maken. Al die mensen waren naar die reünie gekomen met de beste bedoelingen, zich verheugend op het weerzien met oude vrienden, het ophalen van anekdotes en belevenissen. Mensen in feeststemming waren slechte getuigen.

Waarom beet hij zich hier dan nog in vast? Waarschijnlijk betrof het niet meer dan een uit de hand gelopen ruzie. Geen moord, hoogstens doodslag, of misschien zelfs alleen dood door schuld. Ieder ander zou, met zo weinig aanwijzingen, het dossier inmiddels gesloten hebben.

Hij zette het raam wat verder open en vervloekte zijn besluiteloosheid, die voortkwam uit onbehagen, een vermoeden dat hij op het juiste spoor zat, al wist hij niet waarheen het zou leiden.

Hij twijfelde dikwijls aan zijn capaciteiten als politieman omdat hij intuïtief werkte, al had diezelfde intuïtie resultaten opgeleverd die hij met rationeel denken niet bereikt zou hebben. Nu had hij het gevoel dat hij iets zou moeten begrijpen wat voor de hand lag, maar de ervaring had geleerd dat het geen zin had het te forceren.

Hij probeerde zijn gedachten los te laten, keek naar een wagen van de gemeentereiniging die blauwe dieselwalmen achterliet, naar een jongen die zonder helm te hard reed op zijn scooter, zag een jonge vrouw die aan de overkant achter een kinderwagen liep, een peuter aan de hand.

Pas toen ze bijna voorbij was, herkende hij Manon Rwesi. Ze had dezelfde te krappe spijkerbroek aan en een glimmend, goedkoop uitziend jasje. Ze liep langzaam, met een beetje naar binnen gedraaide voeten, en ze wekte de indruk alsof ze niet wist waarnaar ze op weg was. Hij keek haar moedeloze rug na tot ze om de hoek verdween en begreep eindelijk wat hem hinderde.

Als David Bomer de relatie met zijn vriendin verbrak omdat ze zwanger was, wat bracht hem er dan toe om aan te pappen met een vrouw met een kind?

Hij liep naar zijn bureau, zocht de juiste naam en toetste het telefoonnummer in dat erbij stond.

'Irene van Trigt,' zei een opgewekte stem, en een moment dacht hij dat hij zich vergist had, maar besefte daarna dat Daalhuyzen haar meisjesnaam moest zijn.

'Mevrouw Van Trigt, u spreekt met Vegter, recherche. Schikt het u om een paar vragen te beantwoorden?'

'Natuurlijk.' Er klonk iets behoedzaams door. 'U belt in verband met meneer Janson?'

'Ja. We verifiëren opnieuw een aantal zaken. Ik heb begrepen dat u bevriend bent met Eva Stotijn?'

'Bevriend is een groot woord. Vroeger, ja, maar we hadden elkaar uit het oog verloren, al hadden we nu de afspraak gemaakt om het contact te herstellen.'

'Is dat nog niet gebeurd?'

'Nee. Eva zou mij bellen, maar u weet hoe dat gaat.'

'Ik meen dat u samen naar de reünie bent gegaan?'

'Dat was niet zo afgesproken, maar we troffen elkaar toevallig op het metrostation.'

'Maar u bent in de school voortdurend in elkaars gezelschap geweest?'

'Ja. Of tenminste...' Ze aarzelde. 'Natuurlijk hebben we onafhankelijk van elkaar verschillende mensen gesproken.'

'Wat voor indruk maakte Eva op u?'

'Hoe bedoelt u?'

'Precies wat ik zeg,' zei Vegter vriendelijk. 'Was ze opgewekt, verheugde ze zich op de middag?'

Het bleef even stil. Op de achtergrond hoorde hij een hoge kinderstem die iets onverstaanbaars riep.

'Ze was gespannen,' zei Irene ten slotte. 'Of misschien is nerveus een beter woord. Ik had het gevoel dat ze er in feite tegen opzag.'

'Weet u waarom?'

'Dat drong pas later tot me door.' Ze aarzelde opnieuw. 'Ze heeft op school een moeilijke tijd gehad, omdat haar vader... Nou ja, ik kan het u net zo goed vertellen. Haar vader ging wegens fraude de gevangenis in. Haar moeder is daarom van hem gescheiden. Eva heeft zich dat allemaal erg aangetrokken, toentertijd. Het was al geen goed huwelijk, dus ze had het thuis niet erg prettig. Bovendien stierf haar vader na de scheiding, al weet ik niet meer precies wanneer.'

'Maar was dat alles een reden om nerveus te zijn voor die reünie?'

'Voor haar wel. Het was destijds het gesprek van de dag op school. Als ik me goed herinner was het een fraude van forse omvang. Ze was bang dat mensen zich haar zouden herinneren als de dochter van de man die... enzovoort.'

'En was dat zo?'

Irene dacht na. 'Zover ik weet niet. In ieder geval heb ik het haar niet gevraagd, ook al omdat ik merkte dat ze het nog steeds moeilijk vond erover te praten. En zoals ik al zei, we hebben onafhankelijk van elkaar diverse mensen gesproken. Ik had het idee dat het haar meeviel.'

'Maar ze was voldoende gespannen om hoofdpijn te krijgen.'

'Ja, daar klaagde ze al snel over. Ze was zelfs van plan om naar huis te gaan, toen die... gebeurtenis plaatsvond.'

'Kunt u zich herinneren of zij destijds bevriend was met David Bomer?'

'Nee.' Irene begon te lachen. 'Heel even is hij mijn vriendje geweest, maar zover ik weet, heeft Eva nooit iets met hem gehad.'

'Toonde Bomer die avond belangstelling voor haar?'

Ze zweeg even. 'Het zou kunnen. Hij heeft zich bij ons groepje aangesloten nadat... Nou ja. En hij heeft ons met de auto naar huis gebracht.'

Vegter dacht na. 'Heeft hij u als eerste thuis afgezet?'

'Ja. Ik woon het dichtst in de buurt. Ik kwam Eva ook alleen maar tegen op dat perron omdat ik een bezoek aan familie had gebracht.'

'Eva heeft een kind. Was Bomer daarvan op de hoogte?'

'Ik zou het niet weten.'

Hij hoorde aan haar stem hoe verbaasd ze was.

'Ik zou u willen verzoeken dit gesprek als strikt vertrouwelijk te beschouwen,' zei Vegter.

Teleurgesteld ging hij opnieuw voor het raam staan. De kastanje op het parkeerterrein was uitgebloeid, de ijle witte kaarsjes bruin verdord. Hij bedacht dat het bijna zomer was, en vroeg zich af wat hij met zijn vakantie zou gaan doen.

16

'Ze hebben verkering,' meldde Talsma een paar weken later. 'Bomer is blijven slapen.'

Hij was intussen voorzien van een gebit dat – minus de nicotinevlekken – sprekend op het oude leek, en sprak nog steeds alsof hij iets breekbaars in zijn mond bewaarde. Hij deed Vegter denken aan een krokodil die zijn jong vervoerde.

'Heb je daar de hele nacht rondgehangen?'

'Dat zou Akke niet toestaan,' zei Talsma vroom. 'Nee, het licht ging uit, maar hij vertrok niet, en rond enen vond ik het wel mooi geweest.'

'En?'

'Vanmorgen kwamen ze samen naar buiten. Zij ging het kind naar school brengen en hij reed naar zijn werk.'

'Wat spookt hij uit als hij niet bij haar is?'

'Duikt.'

Vegter trok zijn wenkbrauwen op.

'Hij ging 's avonds naar het zwembad,' verklaarde Talsma. 'Ik heb aan zo'n Johnny Weissmuller die daar rondliep wat inlichtingen gevraagd, alsof ik ook geïnteresseerd was. Bomer heeft al een duikdiploma of hoe dat mag heten, en doet nou een vervolgcursus. Dure liefhebberij trouwens.' Hij grijnsde voorzichtig.

'Vandaar,' zei Vegter. 'Hij belde om te vragen of hij zijn paspoort terug kan krijgen.'

Talsma knikte. 'Hij zal op vakantie willen. Wat hebt u gezegd, Vegter?'

'Ik heb hem aan het lijntje gehouden, hem verteld dat het onderzoek nog niet was afgerond.'

‘Hoe reageerde hij daarop?’

‘Hij vond het niet leuk.’

Talsma begon een shagje te draaien, zo diep in gedachten dat hij vergat te vragen of er een raam open mocht. ‘We kunnen niet eeuwig achter hem aan blijven sjouwen,’ zei hij ten slotte.

‘Krijg je er genoeg van?’ Vegter zette het raam nog verder open, zo ver als mogelijk was en trok de lamellen tot op een kiertje dicht. Het was drukkend warm en aan de overkant zat het terras van het eetcafé stampvol. Hij zou het raam dicht moeten laten, zodat het binnen koeler bleef, maar eigenlijk genoot hij van de geluiden die naar binnen dreven. Geluiden waaraan je kon horen dat het zomer was.

‘Genoeg niet,’ zei Talsma. ‘Maar hij gedraagt zich normaler dan u en ik. Werkt, doet boodschappen, gaat wandelen met haar en het kind.’

‘Jij denkt dat we fout zitten.’

Talsma plukte een draadje tabak van zijn lip. ‘Het lijkt erop. Het kan van alles wezen, nou? De reden dat iemand Janson die dreun verkocht, bedoel ik. Bomer is niet in de buurt van Jansons huis geweest, hij bemoeit zich niet met de dochters of een van de ex-vrouwen... Ik heb zelfs even gedacht dat hij misschien wat had met dat magere vrouwmens.’

‘Etta Aalberg.’

‘Ja. Dus op haar heb ik ook een beetje gelet. Ik dacht dat ze Janson misschien samen die centen hadden afgetroggeld. Maar die juffrouw leeft als een non.’

‘Goed.’ Vegter nam een besluit. ‘Stop er maar mee. Je kunt je tijd beter gebruiken. De meldingsplicht blijft, want ik wil weten waar hij uithangt, maar bel hem maar dat hij zijn paspoort kan komen halen.’

‘Vandaag?’

Vegter lachte. ‘Morgen.’

‘Dan moet Brink het doen. Vanaf morgen ben ik op vakantie.’

‘Ga je nog weg?’

‘Friesland.’

‘Schiet het een beetje op met je huis?’

Talsma knikte. 'Nog een paar nieuwe kozijnen, en ik neem een paar kippen straks, dus misschien begin ik aan een hok. Het heeft nog geen haast, natuurlijk, maar och, dan heb ik wat omhanden. En dan volgend jaar de nieuwe keuken.' Hij gooide zijn peukje naar buiten. 'Akke wou wel een bad.' Hij sprak het woord uit alsof het een oneerbaar voorstel betrof.

'Jij niet?' Vegter hield zijn gezicht neutraal.

'Het is geen kwestie van willen,' verklaarde Talsma. 'Die badkamer is anderhalf bij anderhalf, dus ik heb gezegd dat een bad wel kon, maar dan rechtop. Dat begreep ze wel.'

'Doe haar de groeten.'

'Ja.' Hij bleef staan. 'Gaat u nog op vakantie, Vegter?'

'Ik denk het niet.'

'Altijd welkom,' zei Talsma en sloot zachtjes de deur.

Vegter besloot aan de overkant te gaan lunchen. Hij zou op het terras in de zon gaan zitten, een salade eten en er een biertje bij drinken.

Op de trap kwam hij Renée tegen.

'Was je op weg naar mij?'

'Nee. Ik wilde gaan lunchen.'

'Ga mee naar de overkant.'

Ze keek bedenkelijk. 'Ik heb nog een stapel rapporten liggen.'

'Dat kan vanmiddag ook,' zei hij luchthartig. 'Vooruit, het is zomer.'

Ze lachte. 'Ik haal mijn tas.'

'Ik zal proberen een stoel voor je vrij te houden.'

Buiten sloeg de warmte als een klamme dweil in zijn gezicht. Een groep kwetterende Japanners passeerde hem, en op de rand van het trottoir zaten twee jonge Amerikanen met bultige rugzakken een stratenplan te bestuderen. De stad was vol toeristen, en hij rolde zijn mouwen op en stak de straat over met het gevoel een van hen te zijn.

'Buiten of binnen?' De serveerster kende hem inmiddels en wist wie hij was.

'Buiten.'

Het terras zat nog steeds vol, maar ze bracht een klein tafeltje en ging terug om twee stoelen te halen. 'Ik heb geen parasol meer voor u.'

'Dat geeft niet.' Over tien minuten zou hij hier spijt van hebben, maar nu wilde hij de zon op zijn armen.

Ze bracht de menukaart terwijl Renée haar tas op tafel legde en ging zitten, en haastte zich weg.

'Hoe staat het met die ramkraak van vannacht?' vroeg hij.

Ze fronste. 'Alles wat we tot zover hebben is de eigenaar van de shovel. Een bouwbedrijf. Ze hebben het gaas rond het terrein kapotgeknipt om binnen te komen, en daarna de shovel gebruikt om de poort te forceren.'

'Wie appelen vaart...'

Ze lachte. 'Ja.'

Hij gaf haar de menukaart, maar ze gaf hem meteen terug. 'Het enige dat ik met dit weer wil, is een koude salade.'

Er verscheen een Italiaans echtpaar naast hen, druk in gesprek. De man stootte tegen hun tafeltje en excuseerde zich. Renée antwoordde, en de man lachte en ging zitten.

'Je spreekt Italiaans,' zei Vegter.

'Niet echt goed, maar de krant begrijp ik redelijk.'

'Je gaat er ook naartoe op vakantie?'

'Elk jaar. Niet naar de kust, maar naar het binnenland. Ik hou van de geur, en van het eten, en vooral van de traagheid.'

'Ga je alleen?'

Ze haalde een zonnebril uit haar tas en zette hem op voor ze antwoord gaf. 'Dit jaar wel.'

De serveerster verscheen om hun bestelling op te nemen, hem de gelegenheid ontnemend om door te vragen. Hij keek naar de donkere glazen die een groot deel van Renées gezicht verborgen, en opeens lachte ze.

'Mijn vriend bleek een vriendin te hebben. Dus deze keer ga ik weer gewoon met mijn tentje.' Ze schudde een sigaret uit het pakje dat voor haar lag. 'Eigenlijk vind ik het niet eens zo erg. Ik dacht van wel, maar nu ik aan het idee gewend ben, verheug ik me erop.'

Italië.

Hij dacht aan de avonden waarop Stef en hij, de avondlucht als zijde op hun huid, tot ver na middernacht voor hun tent hadden gezeten, lezend en pratend, een fles wijn tussen hen in, terwijl in het sheltertje Ingrid sliep. Hij zou het opnieuw kunnen doen. Een kleine tent kopen, gewoon vertrekken, zonder plan, zonder doel. Hij probeerde het zich voor te stellen, zag zichzelf op een camping tussen gezinnen, jonge stelletjes, en wist dat hij niet de moed had, niet zou proberen iets terug te halen dat voorbij was.

'En jij?' vroeg Renée.

Hun salades werden gebracht, met zijn biertje en haar water, en hij greep zijn glas. 'Ik heb geen plannen.' Hij dronk met diepe teugen.

Ze at het grootste deel van haar salade voor ze vroeg: 'Zit Sjoerd nog altijd op die zaak-Janson?'

'Sinds vandaag niet meer.'

'Het is merkwaardig,' zei ze peinzend. 'Sjoerd heeft er vanaf het begin een hard hoofd in gehad, maar ik dacht dat de zaak snel opgelost zou zijn. Zoveel mensen bij elkaar en toch niemand die iets gezien heeft, terwijl ik verwacht zou hebben dat er wel getuigen waren. Misschien niet meteen, maar je weet hoe zoiets gaat. Als mensen de schok verwerkt hebben, herinneren ze zich vaak dingen waar ze aanvankelijk geen acht op sloegen. Die rector had het destijds over een insluiper en ik begin te geloven dat hij gelijk heeft.'

'Ik niet.' Vegter prikte de laatste koude sperzieboon aan zijn vork. Een prozaïsche groente, dacht hij. Alleen de naam al.

'Jij niet?'

'Ik denk dat het met zijn verleden te maken heeft. Ik ben nog een keer bij die ex-vrouwen langsgegaan, al had dat bij de tweede weinig zin. Die is wat ze lijkt.'

'Heb je dat gedaan?' zei ze verrast.

Hij knikte. 'Maar ik kreeg er niets uit. Ik heb ook overwogen nog eens met de dochters te gaan praten, maar de moeder vroeg me min of meer dat niet te doen. In feite had ik er ook geen reden toe, want ze hebben met het incident zelf niets te maken.'

'Dus?'

Hij haalde zijn schouders op. 'Dus heeft iemand erg veel geluk gehad.'

'Dossier gesloten,' constateerde Renée.

Vegter schudde zijn hoofd. 'Vooralsnog niet. Geluk kan niet eeuwig duren.'

Er stond een boodschap van Ingrid op het antwoordapparaat. Of hij morgenavond kon komen eten om kennis te maken met Thom, of had hij het nog steeds te druk?

Hij trok het pak uit dat hij die dag gedragen had vanwege een vergadering. De kraag was vettig en er zaten knieën in de broek. Terwijl hij zijn das oprolde en in de la legde, zag hij een vlek die alleen te wijten kon zijn aan de saladedressing van die middag.

Johan glipte de kast in, stommelde rond tussen de schoenen, snuffelde misprijzend aan het pak. Vegter ging op het bed zitten en bedacht dat hij intussen in staat zou moeten zijn te onthouden zijn kleren tijdig naar de stomerij te brengen. Hij keek naar Stef die naar hem lachte, een glimlach die elke dag meer aan betekenis verloor. Er zou een tijd komen dat ze alleen nog in anekdotes bestond, alleen nog tot leven kwam in situaties die in zijn geheugen stonden gegrift, totdat ook die herinneringen zouden zijn vervormd en ze een schim werd uit een familiealbum, gereduceerd tot beelden.

Hij trok een dunne katoenen broek aan en een shirt met korte mouwen en nam Johan mee naar de keuken, waar hij hem melk en voer gaf. Met een biertje liep hij het balkon op. Beneden voetbalden jongetjes op het grasveld dat zijn flatblok scheidde van het volgende.

Hij zou Ingrid een restaurant voorstellen. Neutraal terrein.

17

Toen Vegter opstond om hen te begroeten, zag hij aan de manier waarop ze haar kin hoog geheven hield dat Ingrid op alles was voorbereid, en heimelijk deed hem dat genoegen. Het oordeel van de oude man was kennelijk nog niet geheel zonder waarde.

Achter haar liep een jongeman die ouder leek dan Vegter zich had voorgesteld. De ogen achter een dunne goudomrande bril namen Vegter onderzoekend op en zijn handdruk was kort en stevig. Hij trok een stoel achteruit voor Ingrid en bleef staan tot ook Vegter weer zat.

In ieder geval heeft hij manieren, dacht Vegter. De herinnering aan Stefs vader schoot door hem heen, het onverholen wantrouwen waarmee hij was bejegend tijdens hun eerste ontmoeting. Met de arrogantie van de jeugd had hij destijds haar ouders beschouwd als een onvermijdelijke bijkomstigheid, en de vijandigheid van haar vader had hij schouderophalend ondergaan. Nu realiseerde hij zich dat het jaloezie was geweest, zodat hij hartelijker dan in zijn bedoeling had gelegen vroeg wat ze wilden drinken.

'Ik ben vergeten hoe jullie elkaar hebben leren kennen,' zei hij toen de eerste stilte viel.

Thom keek opzij naar Ingrid. 'Dat was puur toeval. Goed beschouwd zijn we in zakelijk conflict met elkaar.'

Vegter trok zijn wenkbrauwen op.

Ingrid lachte. 'Het bedrijf waar Thom werkt wil een aantal werknemers afstoten, en die kwamen voor rechtshulp bij ons.'

'Wat is de reden van die ontslagaanvragen?'

'Tegenvallende resultaten,' zei Thom. 'Als gevolg van bezuinigingen in de medische sector. Het bedrijf fabriceert medische apparatuur.'

Goddank zegt hij niet 'we verkopen', dacht Vegter. 'En wat is jouw rol in het geheel?'

'Ik werk op de afdeling Personeel en Organisatie.'

Vegter keek naar Ingrid. 'Dus jij heult met de vijand. In de politiek zou je daarmee niet wegkomen, meisje.'

Hij zag hoe ze zich ontspande. Ze knipoogde naar hem. 'We praten er nadrukkelijk niet over.'

De huizenjacht hielp hen door het voorgerecht en een groot deel van het hoofdgerecht, en bij de koffie vroeg Ingrid: 'Wat ga je doen met je vakantie?'

'Niets.'

'Dus je blijft weer de hele zomer in die flat zitten?'

'Zo erg is dat niet.'

'Je zou er eens uit moeten,' zei ze. 'Waarom boek je niet iets?'

Vegter maakte een afwerend gebaar en zag hoe Thom even zijn hand op de hare legde. 'Kunt u zeilen?' vroeg hij opeens.

Vegter knikte.

'Een vriend van mij heeft een boot. Bootje, moet ik zeggen. Hij vaart ermee op de Waddenzee, scharrelt daar wat rond zoals hij het noemt. Maar hij gebruikt het maar een paar weken per jaar en leent het uit aan iedereen die er zin in heeft.'

Het was lang geleden dat hij gezeild had. Tot de eerste paar jaar na Ingrids geboorte hadden ze met vrienden gezeild, daarna was de klad erin gekomen.

'Wat is het voor boot?'

Thom lachte. 'Ik ben geen zeiler, dus om eerlijk te zijn weet ik dat niet precies, alleen dat hij klein is, en oud. Er zit een kajuit op, en er hangt een motor aan. Hoeveel zeil hij voert weet ik ook niet. Maar hij is door één man te zeilen.'

'Johan zou bij mij kunnen,' zei Ingrid aanmoedigend.

'Laat me erover denken,' zei Vegter, en hij wenkte de ober voor de rekening.

■

'Een scheutje wijn had niet misstaan.' David legde zijn mes en vork neer. 'En de volgende keer moet je sjalotjes nemen. Gewone ui is eigenlijk te grof.'

Eva schoof haar bord van zich af. 'Kook jij morgen,' stelde ze voor.

Ze stond op om haar sigaretten en een asbak te halen en zag hoe hij zijn wenkbrauwen fronste. Hij had er een hekel aan als ze meteen na het eten rookte. Plotseling geïrriteerd zei ze: 'Vond jij het ook vies, Maja?'

'Nee hoor,' zei Maja. 'Want het vlees was niet rood. Krijgen we een toetje, mam?'

'We krijgen ijs,' zei Eva.

'IJs!' Maja gleed van haar stoel. 'Mag ik het pakken?' Zonder het antwoord af te wachten holde ze naar de keuken en kwam terug met de ijstaart die Eva die middag had gekocht. 'Dit is ijs, hè mam?'

Eva zette de asbak op de grond. 'Pak de blauwe bordjes maar. En lepels.'

'Niet voor mij.' David schoof zijn stoel achteruit.

'Hou je niet van ijs?'

'Jawel. Maar niet nu.'

Zwijgend liep ze naar de keuken en hield een mes onder de warme kraan. Ze sneed twee porties af en gaf Maja haar bordje.

David zat op de bank en bladerde door de krant. 'Gaan we nog iets doen, vanavond?'

Ze schudde haar hoofd. 'Ik kan niet om de haverklap Maja naar mijn moeder brengen. Het is trouwens ook veel te warm in de stad.'

'Ik dacht aan een terrasje. Desnoods nemen we haar mee.'

Ze weifelde. 'Dan wordt het veel te laat, ze moet morgen naar school. Laten we het maar niet doen.'

'Huismusje.' Hij ritselde met de krant.

Ze gaf geen antwoord, maar at met trage happen het ijs, dat te zoet was en te koud.

'Eva,' zei David.

Ze lagen in bed, en Eva sliep al bijna. De ramen stonden wijd open, maar desondanks was het benauwd in de kamer, en het dekbed lag opgeknoedeld aan het voeteneind. Ze hoorde aan zijn stem dat hij haar iets wilde vertellen en draaide zich loom naar hem toe.

'Wat is er?'

'Er is een probleempje.'

'Wat dan?'

'Michel komt terug.'

'Wanneer?'

Hij gaf niet direct antwoord. Ze keek naar hem, zoals hij met zijn armen achter zijn hoofd naar het plafond staarde.

'Wanneer?'

'Over een week. Ik kreeg vandaag een mail. Dat het werk eerder was afgerond dan hij gedacht had.'

'Had je daarom zo'n slecht humeur?'

'Sorry.' Hij stak een hand uit en streelde haar bovenarm.

'Maar je hoeft toch niet meteen weg? Hij zou pas over een paar maanden terugkomen! Dus hij moet toch begrijpen...'

Hij viel haar in de rede. 'Hij heeft daar een vrouw ontmoet. Die wil hij meenemen. Duizend excuses, natuurlijk, maar intussen wil hij dat ik vertrokken ben zodra hij terug is.'

Eva was nu klaarwakker. 'Waar zit hij ook alweer?'

'Australië. Heeft daar een nieuwe poot van het bedrijf opgezet. Een tijdje geleden mailde hij al dat het opschoot, maar daar heb ik niet echt acht op geslagen. Ik dacht dat het zo'n vaart niet zou lopen.' Hij lachte verontschuldigend naar haar. 'Stom.'

'Kun je niet gewoon iets huren?' Terwijl ze het vroeg, wist ze dat het onzin was. Binnen een week vond je geen woonruimte. En al was dat wel het geval, dan zou het toch minstens een maand of langer duren voor je die kon betrekken.

David zuchtte. 'Ik heb vandaag al hier en daar geïnformeerd, maar die huren...'

'Je maakt toch binnenkort promotie?' Ze probeerde zich voor te bereiden op de vraag waarvan ze niet wilde dat hij hem zou stellen, omdat ze het antwoord nog niet wist.

'Ik moet wachten op de volgende ronde. Ze hebben een vent benoemd die er nota bene korter werkt dan ik.' Zijn stem was verongelijkt, en Eva verbeet een glimlach. Zo klonk Maja als ze haar zin niet kreeg.

'En wat gaven ze op als reden?'

Hij trok abrupt zijn hand weg. 'Ik heb geen zin om daar nu over te praten. Maar als jij me hier niet wilt hebben...'

'Zo kun je dat niet stellen,' protesteerde ze. 'Maar hoe lang kennen we elkaar nu helemaal?'

'Wat mij betreft lang genoeg.'

Er lag een klank in zijn stem die ze niet kende, en ze ging rechtop zitten en sloeg haar armen om haar knieën. 'Ik wil hier graag over nadenken, David. Ik moet immers ook rekening houden met Maja.'

'Je doet niet anders.'

Ze verstrakte. 'Ik vind het niet prettig dat je dat zegt. Hoe je het zegt.'

'Het is waar. Je maakt er een verwend klein mormel van.'

Ze dacht aan Maja, die 's ochtends al voor acht uur opgewekt de deur uit stapte op weg naar school, daarna nog tot tegen zessen op de naschoolse opvang zat, en desondanks een vrolijk, tevreden klein meisje was. Hoe kon hij beweren dat ze haar verwende? Al had ze het gewild, ze had er niet de tijd voor. Ze zou hem niet duidelijk kunnen maken dat ze soms niet eens de moed had haar na te kijken als ze met haar rugzakje om dat grote, lege schoolplein op liep. Hij had geen kinderen, wist niets van het eeuwige schuldgevoel.

'Ik kan dit maar op één manier uitleggen, David,' zei ze langzaam. 'We hebben het hier eerder over gehad. Ik heb voor haar gezorgd, alleen, vanaf haar geboorte. Misschien hebben we daardoor een sterkere band dan wanneer ze ook een vader gehad zou hebben. Ze is van mij afhankelijk, en tot op zekere hoogte ik ook van haar. Ze is het beste dat me overkomen is, al dacht ik daar destijds anders over, en ik ben van plan het goed te doen.' Ze lachte even. 'Het zou het eerste zijn dat ik werkelijk goed deed. Ik weet dat het bot klinkt, maar ik kan het niet helpen: Maja komt voor mij altijd op de eerste plaats.'

'Dat had ik al gemerkt,' zei hij effen. 'Niet dat het van belang is.'

Ze begreep hem niet. 'David...'

Hij stak opnieuw zijn hand uit en volgde de lijn van haar heup naar haar dij en terug. 'Ik probeer je te vertellen dat er geen keus is.'

'Voor jou niet, bedoel je,' zei ze stroef. 'Je woont daar al meer dan een halfjaar, zei je. Ik begrijp je probleem wel, maar je had eerder in actie kunnen komen.'

Er klopte iets niet, maar ze wilde er niet over nadenken; het was te laat en te warm, en ze had slaap. 'Ik ben het er niet mee eens dat je op deze manier iets probeert te forceren waar ik nog niet aan toe ben.'

Ze hoorde zelf dat het onvriendelijk klonk, maar had geen zin zich te excuseren. De hele avond had hij zich gedragen als een dreinend kind, en ze wilde zich niet laten manipuleren. Ze was al aan alle kanten gebonden en ze was niet van plan het beetje vrijheid dat ze had op te geven. Nog niet. Of misschien wel helemaal niet, dacht ze in een vlaag van wrevel. Wat bezielde hem haar zo voor een voldongen feit te stellen?

Hij probeerde haar naar zich toe te trekken, maar ze bleef rechtop zitten, waakzaam, in een poging zijn stemming te peilen.

Hij zuchtte in gespeeld ongeduld. 'Ik had gehoopt dat je redelijk zou zijn. Dat het niet nodig zou zijn om je op een andere manier te overtuigen. Maar nu jij opeens van mening bent dat we elkaar nog niet lang genoeg kennen... Weet je dat ik het nog steeds een merkwaardig idee vind, dat wanneer jij die moord niet had gepleegd, wij elkaar misschien helemaal niet opnieuw hadden ontmoet?'

Ze viel.

Ze viel in een lichtloze schacht, sneller, steeds sneller, zodat haar adem werd afgesneden en haar oren suisden, tot ze met een klap landde op de bodem van haar bestaan.

Haar brein registreerde de woorden, maar kon ze niet bevatten. Het kon niet gebeuren, niet zo lang nadien, nu ze zich iedere dag een beetje veiliger begon te voelen, niet langer schrok van de telefoon, niet meer bevroor als de bel ging. Hij blufte. Hij moest bluffen, want ze zou de consequenties niet kunnen verdragen als het niet zo zou zijn.

Ze werd zich ervan bewust dat ze moest reageren, maar ze kon geen woorden vinden, en daarom bleef ze kijken naar het gordijn, dat bolde in de warme nachtwind, tot ze dacht haar stem onder controle te hebben. 'Ik weet niet waar je het over hebt.'

'Ach kom, Eva.' Hij klonk vermoeid, alsof ze hem teleurstelde.

Haar nekspieren waren zo stijf dat ze zich moest inspannen om haar hoofd te kunnen draaien. Ze zag de glinstering van zijn ogen, zag zijn borstkas op en neer gaan, heel licht, heel beheerst. Door het donker dreef zijn stem naar haar toe.

'Eigenlijk ben ik heel nieuwsgierig naar de reden.' Zijn hand bleef haar strelen, achteloos als aaide hij een kat – een gebaar dat je voor je eigen genoegen maakte, zonder je af te vragen of de kat het op prijs stelde. 'Je moet hem gehaat hebben. Of klinkt dat te melodramatisch?'

Ze probeerde te lachen. 'Hou hiermee op, David. Ik heb niets met die moord te maken.'

'O jawel.' Hij klonk geamuseerd. Niet zij was de kat, maar hij. Zij was de muis waar hij mee speelde.

'Je hebt bijna overal aan gedacht,' zei hij goedkeurend. 'Al was het natuurlijk ook weer niet al te ingewikkeld. Je had die kruk in de toiletten moeten laten. Dat was een vergissing. Even schoonvegen zou genoeg zijn geweest. Ik neem aan dat je in paniek raakte. Maar toen je hem dan per ongeluk had meegenomen, heb je kans gezien hem ergens te verstoppen. Ik had graag gezien waar, maar ik was net te laat. En daarna heb je keurig een rondje om de school gelopen en een praatje met die patjepeeër gemaakt. Hoe heet hij? Zijn naam is me even ontschoten.'

Ze zei niets. Hij knipte ongeduldig met zijn vingers en ze besefte dat hij werkelijk een antwoord van haar wilde.

'Eddy.' Ze schudde zijn hand af, maar hij legde hem opnieuw op haar dij en hervatte de luie streling.

'Eddy. Je rookte gezellig een sigaretje met hem en toen ging je weer naar binnen, samen met Eddy, en begaf je weer in het feestgedruis. Dat was een slimme zet.' Hij zweeg even, als een cabaretier die de exacte timing voor de clou bepaalt. 'Wat je over het hoofd zag, was dat er iemand in een van de toiletten zou kunnen zijn. Je had de deuren moeten checken. Bezet of vrij, weet je wel? Al betwijfel ik of je het met die kruk van mij gewonnen zou hebben, want je had niet meer het voordeel van de verrassing.'

Ze had het zo koud dat haar vingers en tenen gevoelloos waren. Ze boog zich naar voren, stram als een oude vrouw, en trok een punt van het dekbed om zich heen. De vertrouwde geur ervan, warm, intiem, maakte dat ze bijna haar zelfbeheersing verloor. Ze spande haar spieren en klemde haar kiezen op elkaar om het beven tegen te gaan, terwijl achter haar David zijn kussen verschikte en behaaglijk zijn benen strekte.

Lange tijd was er geen geluid dan zijn rustige ademhaling, maar ze wist dat hij niet sliep.

Een brommer scheurde de stilte stuk, en pas toen het geknetter was weggestorven, voelde ze David bewegen. Hij sprak zo zacht dat het niet meer dan fluisteren was.

'Laat me morgenochtend je beslissing weten, wil je?'

Ze had eerder zo gelegen, wachtend tot de tijd verstrijken zou, niet in staat een gedachte af te maken. Hoe was het mogelijk dat het lichaam roerloos bleef, terwijl de geest rondraasde, botsend tegen de onmogelijkheden, op zoek naar een uitweg?

Naast haar sliep David, volmaakt ontspannen. Ze lag zo ver mogelijk bij hem vandaan, maar niettemin was zijn warmte voelbaar. Gisteren nog vertegenwoordigde hij hoop en vertrouwen, nu alleen wanhoop en angst.

Er was geen spijt. Ze had Jansons dood niet gepland, in zekere zin had die haar verrast, had Janson haar opnieuw, al was het voor de laatste maal, kwaad gedaan.

Ze was naar de reünie gegaan om zichzelf te bewijzen dat ze sterk genoeg was, dat ze eindelijk, na al die jaren, in staat was hem aan te kijken zonder onmiddellijk te krimpen tot een object zonder wil en waarde. Stukje bij beetje had ze haar leven opnieuw opgebouwd, en dit had de ultieme test moeten worden. Daarna zou ze er ten slotte een streep onder kunnen zetten, het definitief achter zich kunnen laten. Het, in dat gruwelijke jargon van de psychiater, een plek kunnen geven. Ze was nerveus geweest, maar ook vol zelfvertrouwen, en ze had zich Janson voorgesteld als een bijna oude man, grijs, kalend misschien, met de gebreken die bij zijn leeftijd hoorden, ongevaarlijk nu, en misschien zelfs een beetje pathetisch.

Geduldig had ze gewacht tot de gelegenheid zich zou voordoen hem onder vier ogen met haar aanwezigheid te confronteren. Ze had er niet op gerekend dat hij voortdurend een groep mensen om zich heen zou hebben, daarmee zijn rol van populaire, joviale leraar bevestigend, had zich vergist in de vitaliteit die hij nog altijd uitstraalde, en naarmate de tijd verstreek, werd ze onzekerder.

Toen ze hem ten slotte aantrof op een plaats waar ze hem niet had verwacht, had toch – tegen alle rede in – de oude paniek de overhand gekregen. Daar was hij, overweldigend dichtbij, zo dichtbij dat hij haar zou kunnen aanraken. Maar het was vooral zijn geur, een mengeling van zweet, sigaren en aftershave, die haar had verlamd. De geur die zich destijds aan haar lijf leek te hechten, die ze nog rook zelfs nadat ze minutenlang onder de douche had gestaan en zich tot bloedens toe had schoongeboend met een harde badborstel.

Alle ingestudeerde zinnen losten op, ze kon alleen maar naar hem kijken, terwijl ze zich net zo voelde als toen: een konijn gevangen in het licht. En natuurlijk had hij volkomen verkeerd gereageerd.

Ze had het arrogante lachje van dat zelfvoldane gezicht geslagen, het gezicht dat na al die jaren zo schokkend weinig veranderd was. Ze had het onherkenbaar willen maken, de vlezige neus waaruit snuivende geluiden kwamen als hij opgewonden werd, de volle, weke lippen die over haar huid hadden gegraasd, de onderkin die verdween als hij na eindeloze minuten zijn hoofd achteroverwierp tegen de hoofdsteun van de achterbank.

Dat allemaal had ze willen wegvagen. Maar weer had hij van haar gewonnen, want hij viel meteen, begon meteen te vallen. Eén klap, en hij zakte eenvoudig in elkaar. Het had haar verbaasd dat het grote, zware lichaam zo kwetsbaar bleek, en later, toen ze in staat was eraan te denken, had het bijna ironisch geschenen. Al die macht en autoriteit in een ogenblik gereduceerd tot een hoop zielloos vlees.

Want dat had ze direct geweten. Ze had het aan zijn ogen gezien, maar ook het kraken gehoord toen de kruk de zijkant van zijn hoofd raakte.

Hij viel op zijn zij, een arm gestrekt onder zijn hoofd, alsof hij gemakkelijk wilde liggen; genotzuchtig tot in de dood. Hij had nog een been opgetrokken, maar daarna lag hij stil.

De eerste keer was hij gevallen omdat ze de kruk onder zijn arm vandaan had gerukt. Door de heftigheid van de beweging raakte hij uit balans en hij probeerde zich vast te grijpen aan de wasbak, maar miste. Hij deed een stap naar achteren, zijn volle gewicht op het geblesseerde been. Zijn enkel klapte onder hem vandaan en hij viel. Languit viel hij, en ruggelings. Hij had zijn hoofd naar haar toe gekeerd, niet begrijpend wat hem overkwam, en was opgekrabbeld, een uitdrukking van komische verontwaardiging op zijn gezicht.

'Zeg jongedame...'

Het was alles wat ze nodig had. 'Dankjewel, jongedame,' zei hij vroeger als hij zijn broek dichtritste. Dertien was ze, en toen ze achttien was, had hij haar nog steeds zo genoemd.

Altijd had hij vermeden haar bij de naam te noemen, zelfs in de klas, en ook na de lessen, als hij haar opwachtte in het blauwe autotje en het portier voor haar opende. 'Ga je mee, jongedame?' Pas later had ze begrepen dat het zijn manier was om te voorkomen dat ze te veel een persoon zou worden, met een gezicht en een identiteit, en ze had zich afgevraagd of het een laatste restje schaamte was.

Nuchter bekeken was het dus geen wonder dat hij haar, toen ze plotseling tegenover hem stond, niet had herkend, dat hij, toen ze haar naam noemde, zijn schouders had opgehaald. 'Namen zeggen me niet zoveel.'

Al bleef dat, natuurlijk, zijn eigen schuld.

18

’s Ochtends kwam David fluitend uit de badkamer terwijl Eva aan tafel een boterham voor Maja in vieren sneed. Hij kuste haar in de hals. ‘Wil je koffie of thee?’

‘Thee.’ Het kostte haar al haar wilskracht om zich niet om te draaien en haar nagels over zijn gezicht te halen. Hoe kon het dat het haar opnieuw overkwam? Ze had zich voorgenomen nooit meer iemands bezit te zijn. Het was de reden waarom ze had gebroken met Maja’s vader. Lag het toch aan haarzelf? Misschien was het een karakterfout, was ze gevoelig voor macht, een geboren slachtoffer.

‘En de kleine dame?’ David trok Maja aan haar staartjes. ‘Melk of thee?’

‘Melk,’ zei Maja. ‘Nee, thee!’

‘Thee met melk,’ besliste hij, en Maja schaterde.

‘Dat is heel vies, gekkie!’

‘Dat is helemaal niet vies. Wacht maar.’ Hij goot melk in een beker en vulde die bij met de hete thee.

Maja proefde en rimpelde haar neus. ‘Ik vind het niet lekker.’

‘Je lust thee en je lust melk,’ zei David. ‘Dus thee met melk lust je ook.’

Maja schudde koppig haar hoofd en schoof de beker weg.

David zette hem terug. ‘Opdrinken.’

‘Mam...’ Maja’s lip trilde.

‘Pak de melk maar.’ Eva liep naar de keuken, keerde de beker om boven de gootsteen en spoelde hem schoon. Ze vulde hem met melk en gaf hem aan het kind. Haar ogen ontmoetten die van David. ‘Zou je de opvoeding aan mij willen overlaten?’

Hij reageerde niet, maar belegde een boterham met kaas en begon te eten.

Ze bleef naar hem kijken. 'Je vakantie, David. Ik wil graag weten wat je daarmee doet.'

'Die hing af van die promotie,' zei hij luchtig. 'Dus dit jaar geen Cariben. Enfin, ik kan in Nederland ook duiken. Tenzij jij me het ontbrekende kunt lenen?'

'Nee,' zei ze. 'Dat weet je.'

'Het was ook maar een grapje.' Hij lachte.

'Dat was het niet.' Ze keek naar haar bord. Eén boterham zou ze naar binnen moeten kunnen krijgen. Het was een van de besluiten die ze 's nachts had genomen. Zoveel hadden de talloze bezoeken aan de psychiater toch opgeleverd dat ze niet opnieuw in de oude fout zou vervallen: stoppen met eten, alsof ze door zoveel mogelijk van haar lichaam te laten verdwijnen het probleem kon oplossen. Zelfhaat was niet langer nodig, want ze had geen schuld. Toen niet, en nu niet.

Het was al licht geweest toen ze tot die conclusie was gekomen, en de opluchting was als een golf over haar heen gespoeld, een golf die de verloren jaren even aan het zicht had onttrokken, en, toen ze weer tevoorschijn kwamen, minder troebel had doen lijken.

Bovendien was Maja er nu. Maja was haar bestaansreden, en niet alleen omdat ze van haar afhankelijk was.

Ze sneed een stukje brood af en stak het in haar mond, waar het onmiddellijk veranderde in een kleffe substantie die aan haar verhemelte bleef plakken.

'Waarom zijn we allemaal boos?' vroeg Maja.

'We zijn niet boos,' zei David. Hij dronk zijn koffie. 'Hoe kom je daarbij?'

'Mama is boos.'

'Nee,' zei Eva. Ze probeerde te kauwen. 'Ik ben niet boos. Eet je boterham op, anders kom je te laat op school.'

David keek op zijn horloge en schoof zijn stoel naar achteren. 'Ik heb vanmiddag een vergadering die waarschijnlijk uitloopt. Kunnen we wat later eten?'

Ze volgde hem naar de keuken, waar hij onverstoorbaar de flacon insuline uit de koelkast pakte.

'Ik heb nagedacht.'

Hij knikte en liep naar de badkamer, haalde de strip met spuiten uit zijn toilettas. Ze keek toe hoe hij twee spuiten uit de folie brak, ze voltrok met insuline en ze tegen het licht hield om te controleren of het aantal milliliters klopte. Hij duwde de hulsjes terug op de naalden en stak de spuiten in de binnenzak van zijn jasje. 'En?'

'Twee maanden,' zei ze.

Hij trok zijn wenkbrauwen op. 'Hoe bedoel je?'

'Dan moet je woonruimte gevonden hebben.'

Hij draaide zich om, legde een vinger onder haar kin, dwong haar hem aan te kijken. 'Ik heb je overvallen, ik zou het ook liever anders hebben gezien. Maar ik zit in een noodsituatie, dat begrijp je toch wel?'

Ze deed een stap achteruit om zich aan zijn aanraking te onttrekken, leunde tegen de wastafel. 'Laten we elkaar niets wijsmaken, David. Je geniet hiervan.'

Hij deed geen moeite het te ontkennen. 'In zekere zin heb ik bewondering voor je. Ik heb nooit eerder een vrouw ontmoet die zo rigoureus is, zo onafhankelijk.' Hij lachte. 'Heel opwindend.'

Hij meende het. Hij was ziek genoeg om te denken dat hij haar een compliment maakte. Voor hem waren mensen pionnen in een schaakspel; als ze je niet langer van nut konden zijn, offerde je ze op.

'Twee maanden is te kort,' zei David. 'Dat moet je zelf ook inzien. In feite ben ik ervan overtuigd dat je er over een halfjaar heel anders tegenover staat. Wij zijn uit hetzelfde hout gesneden. Je zou kunnen zeggen dat niets ons nu meer in de weg staat om elkaar beter te leren kennen.'

Ze haalde moeizaam adem. 'Ik denk dat ik je al goed genoeg ken.'

Zijn blik veranderde. 'Ik geloof dat je je daarin vergist.' Hij liep langs haar heen.

Ze wachtte tot de voordeur achter hem dichtviel voor ze in beweging kwam.

■

In de brievenbus lag een kaart met daarop een zeilboot met spierwitte zeilen, varend op te blauw water onder een te blauwe lucht. Vegter draaide hem om. Talsma had alleen zijn naam erop gezet.

Hij nam de kaart mee naar boven en legde hem op tafel, een vrolijke blauwe vlek die hem eraan herinnerde dat hij nog een week te gaan had voor hij weer aan het werk mocht. En er was niets meer te doen.

Hij had de keuken schoongemaakt, ramen gelapt en de vloeren gedweild. Hij had zelfs een zak aarde gekocht en met koppige volharding de kamerlinde, die inmiddels uitsluitend bestond uit een kale stam, in een grotere pot op het balkon gezet. Hij had een paar boeken gekocht en gelezen en zijn cd's op alfabetische volgorde gelegd, en nog was er maar een week verstreken.

Hij liep het balkon op, waar het heet was, maar waar Johan desondanks lag te soezen. Vegter keek naar de aarde in de pot, die alweer droog leek, en liep terug om de gieter te vullen. Hij begoot de plant tot het water onder uit de pot kwam en besloot de gieter ernaast te laten staan als geheugensteuntje. Toen hij zich bukte om hem neer te zetten, viel hem een groen puntje op dat uit de stam ontsproot. Hij hurkte en bekeek het aandachtig. Het was ontegenzeggelijk het begin van een nieuw blad. Hij liet zijn blik langs de stam omhoog glijden, en ontdekte er nog twee.

Dwaas verheugd ging hij naar de keuken om een flesje bier te halen, zette een stoel op het balkon en zocht in de boekenkast tot hij *Het nieuwe kamerplantenboek* had gevonden.

Hij legde zijn voeten op de balustrade, sloeg het boek open en las dat volgens Kromdijk de *Sparmannia africana* een rusttijd nodig had van ongeveer eind mei tot eind juni.

Alle grote, groene bladeren zullen afvallen, doch dat is juist hetgeen u moet zien te bereiken.

Hij lachte hardop en nam een slok van zijn bier. Johan werd even wakker en knipoogde met beide ogen naar hem.

'Nu jij nog,' zei Vegter en hij verdiepte zich weer in het plantenboek met een gevoel alsof hij een beloning had gekregen.

's Avonds belde hij Ingrid en vroeg of het bootje nog vacant was. En of ze voor Johan en de kamerlinde kon zorgen.

■

Eva had opzettelijk vroeg gekookt, zodat zij al klaar waren met eten en ze de tafel hadden afgeruimd toen de bel ging.

Maja zat op de bank, in afwachting van haar favoriete kinderprogramma, haar pyjamaatje al aan. 'Mama, daar is David!'

Een ogenblik overwoog ze hem niet binnen te laten, ongeacht de consequenties, maar ze wist dat die gedachte irreëel was. Hij trok aan de touwtjes, zij was de marionet.

Hij volgde haar naar de keuken. 'Ik zou graag de reservesleutels hebben. Dit is te lastig.'

Ze schudde haar hoofd. 'Die krijg je niet.'

'Niet?' Hij liep langs haar heen en trok de la onder het aanrecht open. Met gefronst voorhoofd keek hij op. 'Ze lagen altijd hier.'

'Klopt.' Ze leunde tegen de deurpost, haar armen over elkaar.

Er trok een lachje om zijn mond. 'Je hebt ze verstopt. Maakt niet uit, ik vind ze wel.' Hij keek naar de pannen die op het gasfornuis stonden, het vuur eronder uit. 'Ik dacht dat ik gezegd had dat ik later zou zijn.'

'Dat betekent niet dat wij ook later zouden moeten eten. Je kunt het opwarmen.' Ze draaide zich om.

Met één stap was hij bij haar, een harde hand om haar bovenarm. 'Luister goed, Eva,' zei hij zacht. 'Ik zeg dit maar één keer. Je behandelt me zoals je dat vóór gisteren deed. Misschien is het nog niet helemaal tot je doorgedrongen dat dat het verstandigste is.'

Ze wilde zich lostrekken, maar hij hield haar moeiteloos tegen. 'Voor jou hangt hier alles van af. Niets houdt me tegen om naar de politie te gaan, en hoe zou het dan met Maja moeten?'

Ze gaf geen antwoord en hij liet haar los. 'Geef me nu die sleutels.'

'Daar moet ik voor naar beneden, naar de box.'

'Doe dat dan,' zei hij ongeduldig.

Toen ze terugkwam, stond hij in de pannen te roeren. Zwijgend legde ze de sleutels op het aanrecht en liep naar de kamer, waar Maja met rode slaapwangen zat te kijken. Eva ging naast haar zitten en sloeg een arm om de smalle schoudertjes.

’s Avonds probeerde ze een boek te lezen terwijl David een sportprogramma volgde. Pagina na pagina sloeg ze om zonder dat er een woord tot haar doordrong. Hij stond op om iets te drinken te halen. ‘Wil jij ook?’

De absurditeit van zijn hoffelijkheid maakte haar bijna aan het lachen. Ze schudde haar hoofd.

Hij kwam terug met een fles witte wijn. Ze keek naar hem terwijl hij de fles op zijn gemak ontkurkte, de wijn in een glas schonk dat onmiddellijk besloeg. Haar wijn, door haar gekocht, net als het eten dat ze al die keren voor hem had gekookt, de drankjes in de kroeg die ze had betaald omdat hij regelmatig te weinig geld bij zich bleek te hebben. Hij zou haar leegzuigen, zoals een spin een vlieg.

De hele dag, terwijl ze in een waas van ongeloof en verbijstering aan opgewekte mensen reizen verkocht naar zonnige bestemmingen, had ze naar mogelijkheden gezocht om zich uit deze situatie te bevrijden. Maar er was niets. Niets dat ze kon doen of bezat om hem af te kopen. Zelfs had ze overwogen met Maja naar haar moeder te gaan, al was dat het laatste wat ze wilde, maar dan zou hij de flat voor zich alleen hebben en ermee kunnen doen wat hij wou. En hoe zou ze het aan haar moeder kunnen verklaren? Die had intussen kennis met hem gemaakt en vond hem een charmante jongen. Haar moeder hield van mannen, al besefte ze dat zelf niet, en ze was gevoelig voor vleierij. David had haar onmiddellijk ingepalmd.

Haar moeder zou denken dat de verkeerde denkbeelden, zoals zij ze noemde, en waarvoor ze zoveel geld aan de psychiater had moeten spenderen, waren teruggekomen. Van Janson had ze nooit geweten. De psychiater ook niet, omdat Eva het niet had kunnen vertellen, maar had voorgewend dat de eetstoornis werd veroorzaakt door de slechte huiselijke omstandigheden. Zowel zij als haar moeder had de sessies weggegooid geld gevonden, zij het om verschillende redenen.

David zou het trouwens niet toestaan. Het leek onmogelijk, maar hij scheen werkelijk te geloven dat ze hieraan zou kunnen wennen. Hoe kon iemand met zijn intelligentie zo naïef zijn? Maar het was geen naïviteit, het was een volkomen gebrek aan inlevingsvermogen, een totale onverschilligheid voor andermans gevoelens.

De gedachte schonk haar een grimmige voldoening. Niet zij was degene met een karakterfout, maar hij. Ergens in zijn ontstaansproces was iets misgegaan, waren de hersencellen die empathie zouden moeten herbergen niet gevormd.

Ze had zijn ouders nooit ontmoet, omdat hij naar zijn zeggen geen contact met hen wilde. Hadden zij dit gebrek herkend? Voor het eerst bedacht ze dat het zo zou kunnen zijn dat zij geen contact met hun zoon wensten.

David zette zijn glas terug op tafel en zakte nog wat verder onderuit op de bank, legde een kussen in zijn nek. De indolentie die hij uitstraalde deed haar hoofdhuid prikken. Indolentie was niet het juiste woord, en ze tastte haar geheugen af tot ze de goede omschrijving had gevonden. Ennui. Eerder al had hij haar in kleding en uiterlijk doen denken aan een Engelsman, en nu besefte ze dat hij leek op een jongeman van oude adel: rijk, verveeld, alles gezien, alles gedaan, voortdurend op zoek naar nieuwe prikkels, of, in zijn woorden, uitdagingen. Al moesten die op zijn weg komen, want moeite ervoor deed hij niet. In diepste wezen was hij lui. Ze dacht aan de klaaglijke toon waarop hij had gezegd dat zijn promotie niet doorging, en betwijfelde of er überhaupt sprake van promotie was geweest.

Ze sloeg de zoveelste ongelezen pagina om, staarde naar de volgende. Het duurde even voor het tot haar doordrong dat ze naar het woord afspraak keek, en plotseling herinnerde ze zich wat haar had gehinderd bij hun eerste etentje. Ze had hem gevraagd hoe hij wist waar ze werkte en hij had geantwoord dat ze hem dat had verteld. Dat was niet zo. Hij moest haar hier, bij haar huis, 's ochtends hebben opgewacht en zijn gevolgd naar het reisbureau.

De enormiteit ervan drong langzaam tot haar door. De enormiteit die eruit bestond dat deze situatie vanaf het begin de opzet was geweest, dat ook de ontmoeting in de supermarkt niet toevallig was, maar gepland. Het idee moest nog tijdens de reünie bij hem zijn opgekomen, waarom zou hij anders zijn mond hebben gehouden tegenover de politie? Al de avond erna had hij met bloemen voor de deur gestaan. 'Voor de schrik.' Vervolgens had hij haar een tijdje met rust gelaten, omdat hij had aangevoeld dat hij het spel rustig moest spelen, de dingen niet moest forceren.

Het was warm in de kamer, nog steeds benauwd, maar nog altijd had ze het koud, een kou die in haar botten leek te schuilen en haar trager maakte, haar spieren liet verstijven, haar deed krimpen.

Ze had haar intuïtie moeten volgen. Al tijdens dat eerste etentje had die haar verteld dat David uitsluitend in zichzelf was geïnteresseerd. Maar ze had het weggeredeneerd; ze was gewend de rol van luisteraar te spelen, en gesloten als ze was had hij immers wel over zichzelf moeten praten. Vanaf het begin leek het een natuurlijke rolverdeling, en ze had zich gekoesterd in zijn onverholen bewondering, had zich mooi gevoeld, en jong. Begeerd. De ochtenden waren niet langer het verplichte begin van een dag die leek op alle voorgaande, maar hielden de belofte van het onverwachte in.

Met pijnlijke eerlijkheid vroeg ze zich af in hoeverre ze zichzelf had weten te misleiden. Er was na lange tijd een man geweest die het huis met zijn stem, zijn geur, zijn aanwezigheid had gevuld, en met ironie bedacht ze dat het waarschijnlijk nauwelijks verschil had gemaakt als hij een horrelvoet had gehad.

David geeuwde, dronk zijn glas leeg en stond op. 'Ik ga naar bed.'

Het bloed steeg naar haar hoofd. Ze bleef doodstil zitten, alsof ze onzichtbaar kon worden door niet te bewegen, haar blik op haar boek gevestigd, al zijn bewegingen registrerend. Had iemand naar binnen gekeken, hij zou een huiselijk tafereeltje hebben gezien. Een man die zich uitrekte, zijn glas naar de keuken bracht, zijn jasje van de stoelleuning nam – de normale handelingen van iemand die gaat slapen na een welbestede dag.

Ze had haar oude slaapzak uit de box gehaald en in de meterkast in de hal gepropt, vast van plan de nacht op de bank door te brengen. Het zag ernaar uit dat ze het respijt kreeg waarop ze hoopte.

19

Vegter had de box uitgekamd op zoek naar spullen die hij op de boot zou kunnen gebruiken. Er was meer dan hij verwacht had, en hij kon zich niet herinneren het allemaal te hebben meeverhuisd. Daar zou een nuchtere afweging mee gepaard zijn gegaan: nut of nostalgie. Ingrid moest hier de hand in hebben gehad. Zij had destijds de zolder leeggeruimd, omdat daar ook nog dingen van haar lagen opgeslagen.

Hij hield de slaapzak omhoog, inspecteerde hem op beschadigingen, controleerde de rits. Er steeg een muffe geur uit op, maar het materiaal voelde zacht en donzig onder zijn vingers, en hoewel het een ruime tweepersoons slaapzak was, woog hij bijna niets. 'Legerkwaliteit,' zei Stef voldaan toen ze ermee thuiskwam. 'Nu zullen we het nooit meer koud hebben.' Hij had gezegd dat het slecht was voor de liefde als er niet langer een reden was zich aan elkaar te warmen, maar ze had medelijdend haar hoofd geschud. 'Integendeel. Jullie mannen begrijpen er niets van.'

En ze had gelijk gehad. Zijn gedachten dreigden af te dwalen, en hij hing de slaapzak over de balustrade van het balkon en liep terug naar de hal, waar hij het kampeergasstel aandachtig bekeek, de gedeukte aluminium pannen, de olielamp die zelfs nog een restje olie bleek te bevatten.

Maar pas toen hij aan tafel een boodschappenlijstje begon te maken, kwam het gevoel van verwachting terug waarom hij zichzelf eerder had uitgelachen. Nu liet hij het toe, een kinderlijke opwinding bij het vooruitzicht weer een dek onder zijn voeten te hebben.

De telefoon ging, en even overwoog hij hem te laten rinkelen. Toen bedacht hij dat dit de eerste keer was sinds lange tijd dat hij bang was te worden opgeroepen. Het was rustig geweest op het bureau toen zijn vakantie begon, geen grote zaken die zijn aanwezigheid vereisten.

'Vegter.'

'Die Bomer van de zaak-Janson staat aan de balie,' zei Brink. 'Hij wil zijn paspoort terug. Zegt dat het nou wel lang genoeg geduurd heeft.' In zijn stem klonk door dat hij de redelijkheid van het verzoek inzag.

'Dat zou Talsma...' begon Vegter, en hij onderbrak zichzelf. 'Het is in orde. Check wel zijn adres. Ik wil dat hij traceerbaar blijft.'

Brink hing op, en terwijl Vegter terugging naar zijn boodschappenlijstje, vroeg hij zich af waarom hij het idee niet van zich af kon zetten dat Bomer iets achterhield. Was dat alleen omdat hij weigerde toe te geven dat deze zaak onoplosbaar was gebleken? Alles wat ze hadden geprobeerd was vastgelopen, en toch was hij ervan overtuigd dat ze niet te maken hadden met moord met voorbedachten rade. Het glimlachje rond Bomers mond had hem verteld dat hij meer wist dan hij losliet. Sterker nog, het was Bomers bedoeling geweest dat hij dat zou begrijpen. Het was jammer dat hij niet meer had gehad om hem onder druk te zetten, en dat Bomer te intelligent was om zich te laten intimideren.

Hij keek naar het lijstje, waarop hij nog niet verder was gekomen dan een kratje bier, en schudde de wrevel van zich af. Roekeloos noteerde hij een fles whisky en een paar flessen witte wijn, en hij besloot de wekker nog een uur vroeger te zetten dan hij van plan was geweest.

■

Eva bracht Maja naar bed, opgelucht dat er weer een dag voorbij was, al was die opluchting op niets gebaseerd. De intimiteit van het ritueel van tandenpoetsen en uitkleden, van de bungelende beentjes op de wc, Maja's al slaperige stemmetje dat nog gauw iets moest vertellen, dwong haar haar aandacht daarop te richten, leidde haar af van het feit dat er weer een avond volgen zou van zwijgen en stijgende spanning.

Ze schrok toen de voordeur dichtsloeg en haperde midden in een zin van het verhaal over het olifantje dat op zoek was naar zijn roots.

Maja tilde waakzaam haar hoofd op. 'Gaat David weg?'

'Ik denk dat hij nog even een boodschap moet doen. *En toen zei het olifantje...*'

Maar Maja liet zich niet afleiden. 'Worden jullie niet meer vrolijk?'

'Waarom denk je dat?' Eva verachtte zichzelf om haar lafheid. Als kind was ze woedend geworden om haar vaders ontwijkende antwoorden wanneer de sfeer in huis om te snijden was geweest. Nu deed ze precies hetzelfde.

'Jullie kijken boos. Jullie kijken de hele tijd zó.' Maja rimpelde haar neus.

'Ik was een beetje boos op David,' gaf Eva toe.

'Waarom?'

Ze deed het boek dicht, hield een vinger tussen de bladzijden. 'Dat weet ik niet meer. Soms ben je zomaar boos. Het gaat wel weer over.'

'David is ook boos op jou,' constateerde Maja. 'Om zijn trui. Deed je dat expres, mama?'

'Natuurlijk niet.' Ze weigerde zijn kleren voor hem te wassen en te strijken, en die ochtend had hij met een lamswollen trui voor de wasmachine gestaan. De wasmachine was oud en de programmering niet erg duidelijk. Ze had Davids onzekerheid gevoeld toen ze langs hem liep, en nadat hij ten slotte een programma had gekozen, had ze net zo lang getreuzeld tot hij was vertrokken. Daarna had ze de machine stopgezet en vervolgens op zestig graden ingesteld. Het was een kinderachtige vorm van wraak, maar hij had haar dag gekleurd, en toen David 's avonds vloekend de trui uit de trommel had gehaald, had ze een dwaze voldoening gevoeld. Het was een dure trui, zoals al zijn kleren van goede kwaliteit waren, en nu was hij niet groter dan een kleutertruitje en stijf als een plank.

Het lachje waarmee ze langs hem liep terwijl hij daar stond met die trui in zijn handen, had onmiddellijk zijn wantrouwen gewekt. Ze was bang geworden toen hij razend van woede de trui op het aanrecht had gesmeten en had geëist dat ze hem zou vergoeden.

Koeltjes had ze hem erop gewezen dat hij zelf de trui in de machine had gestopt en dat hij zijn kleren ook naar de stomerij zou kunnen brengen. Daarop had hij haar glas wijn van het aanrecht geslagen, de trui in de pedaalemmer gepropt en de keukendeur zo hard dichtgetrapt dat die nu scheef in de hengsels hing.

Maja zat in haar kamertje te spelen, en was in huilen uitgebarsten. Dat en Davids onbeheerste agressie had haar doen besluiten voorzichtiger te zijn.

Maja legde haar hoofd weer neer, haar ogen strak op Eva gevestigd. 'Waarom blijft David zo lang?'

'Omdat hij nog geen eigen huis heeft.'

'Alle grote mensen hebben een huis,' zei Maja stellig.

'David niet. Daarom woont hij nu bij ons.'

'O.' Maja pakte haar beer, die als Polyfemos maar één oog had, en trok hem bij zich onder het dekbed.

Eva sloeg het boek weer open. 'Zal ik nu weer verder lezen?'

Maja schudde haar hoofd. 'Ik vind het olifantje niet zo leuk.'

Eva kuste haar warme wang en stond op. 'Ga dan maar lekker slapen.'

Ze deed het licht uit en wilde de deur sluiten toen Maja zei: 'Gaat hij nooit meer weg?'

David behandelde Maja met een achteloosheid alsof ze een huisdier was; het was er, het bestond, maar je hoefde er geen aandacht aan te besteden. Het was dom geweest te hopen dat ze zijn onverschilligheid niet zou hebben opgemerkt. Kleine kinderen vertrouwden op hun intuïtie, ze lieten hun oordeel nog niet vertroebelen door de ratio.

'Jawel,' zei Eva. Ze deed haar best overtuigend te klinken. 'Ik weet alleen nog niet wanneer.'

Ze maakte een beker thee, ging op de bank zitten en probeerde zich opgelucht te voelen omdat ze alleen was, probeerde de krant te lezen, zette de televisie aan, maar kon zich niet concentreren, keek de vertrouwde kamer rond met het gevoel of ze een vreemde was.

Dure dingen bezat ze niet, daarvoor was haar budget te beperkt geweest, zeker toen Maja op komst was en ze zich had gerealiseerd dat ze haar alleen wilde opvoeden. Maar alles wat er stond, had ze met zorg gekozen en opgeknapt: de kleine witgeschilderde boekenkast, de eettafel die ze van een dikke waslaag had ontdaan, de grote stoel met oren die ze in een moedige bui had overtrokken met rood velours. Het dikke witte kleed had ze zelf geknoopt tijdens de lange stille avonden, wanneer er niets meer te doen viel dan af en toe naar de babykamer lopen om te controleren of alles in orde was.

Haar kamer, haar huis, haar leven. Ze dronk de hete thee en trok haar voeten onder zich, maar bleef het koud hebben. Na weken bewoog ze zich nog altijd in een soort luchtledig, waarin alles – geluiden, gevoelens, gebeurtenissen – vertraagd doordrong.

Ze zette de beker op tafel en trok de plaid die over de rugleuning hing om zich heen. Als ze haar gedachten maar onder controle kon krijgen. Ze had geleerd problemen te analyseren, in het bijzonder die van haarzelf. Maar ze had nooit eerder iemand als David ontmoet.

Opnieuw keek ze naar de meubels, in een poging de rustige tevredenheid op te roepen die ze haar altijd schonken, maar de meubels weigerden meer te worden dan dode dingen, inwisselbaar en zonder speciale betekenis. Op de kast stond zwijgend de telefoon, en rusteloos bewoog ze haar benen onder de plaid, hopend dat hij zou rinkelen, dat er iemand was wie het iets kon schelen hoe het met haar ging, dat desnoods haar moeder zou bellen met een van haar litanieën.

Ze had gedacht eenzaamheid te kunnen hanteren, maar ze besefte dat deze vorm van een andere orde was dan de verlatenheid van vroeger. Destijds was die in zekere zin haar eigen beslissing geweest, nu was er geen keus. Was dat waar David op speculeerde? Verwachtte hij dat ze deze totale afzondering, het afgesneden zijn, ten slotte niet langer zou volhouden? Ze begreep dat zijn intelligentie verder reikte dan de hare, of in ieder geval zijn raffinement en berekening. Was hij altijd zo geweest?

Ze bedacht dat Irene hem goed had gekend en in een opwelling pakte ze het telefoonboek. Met de telefoon kroop ze terug onder de plaid en toetste het nummer in.

Ze luisterde naar de beltoon tot die door de klik van het antwoordapparaat werd afgebroken en een vriendelijke mannenstem haar vertelde dat ze haar boodschap na de pieptoon kon inspreken. In plotselinge paniek verbrak ze de verbinding en gooide de telefoon op de tafel. Spijt en opluchting streden om voorrang. Ze zou niet in staat geweest zijn tot een luchtig gesprek, maar hoe zou ze over David kunnen beginnen, wat had ze gedacht dat Irene haar zou kunnen vertellen? 'Haal me in godsnaam hieruit, ik ben bezig gek te worden.' Dat was alles wat ze had willen zeggen, maar het zou beter zijn toe te geven wat ze allang wist, dat wat ze te jong had geleerd opnieuw waar bleek: er was niemand die haar kon helpen.

Te bedenken dat dit uiteindelijk voor iedereen gold, bood geen troost. Ze sloeg haar armen om zich heen en wiegde heen en weer, vechtend om haar beheersing niet te verliezen. Ze huilde niet. Ook vroeger had ze zelden gehuild. Huilen was luxe, en luxe maakte zwak.

Ze werd wakker toen de kamerdeur openging en David het licht aandeed. Slaapdronken kwam ze overeind, armen en benen verward in de plaid. Ze streek haar haren uit haar gezicht terwijl hij met een lachje om zijn mond naar haar stond te kijken.

'Wachtte je op mij?'

Ze schudde haar hoofd. Hij liep de kamer door en ging naast haar zitten, en ze begreep dat de bank een vergissing was, dat ze in de stoel had moeten gaan zitten, maar ze had zich voor even veilig gevoeld en er niet op gerekend in slaap te vallen.

Ze maakte aanstalten om op te staan, maar hij trok haar terug en sloeg een arm om haar heen. Vergeefs worstelde ze om los te komen, en uiteindelijk gaf ze haar verzet op, bleef half van hem afgewend zitten, met gespannen spieren en zichzelf vervloekend om haar stommiteit.

Maar toen hij een hand om haar kin legde en haar hoofd naar zich toe draaide, zag ze dat het geen verschil zou hebben gemaakt. Zijn ogen schitterden en ze rook de alcohol in zijn adem, besefte dat hij te veel had gedronken.

'Zullen we proberen om weer gewoon te doen?' Zijn stem was hees, alsof hij de hele avond in een rokerige kroeg had doorgebracht.

Ze trachtte een luchtige toon aan te slaan. 'Daar geloof ik niet in, David.'

'Ik wel.' Hij verplaatste zijn hand naar haar nek en trok haar hoofd naar zich toe.

'Niet doen.' Haar ene arm zat klem tussen hem en de bank, met de andere probeerde ze hem van zich af te duwen, maar hij pakte haar pols en draaide haar arm op de rug.

Ze keek hem strak aan, probeerde hem met haar blik te fixeren. 'Ik wil dit niet, David.'

'Waarom niet?' Hij lachte scheef, zijn wangspieren niet gehoorzamend aan zijn wil. 'Je hebt nog iets goed te maken.' Zijn tong struikelde over de woorden.

Praten zou niet helpen, hij was te ver heen.

Zijn lippen gleden over haar hals, en met zijn vrije hand schoof hij het truitje van haar schouder, probeerde haar borsten te bereiken. Het bekende gevoel van hulpeloosheid werkte verlammend, en ze kneep haar ogen dicht. Het zou niet zo erg zijn als met Janson, dacht ze, en ze wist dat dat niet waar was.

Hij voelde de verandering in haar gemoedstoestand, trok een borst omhoog, uit het truitje, en boog zijn hoofd ernaartoe.

Ze zag zichzelf alsof ze van bovenaf toekeek; een pop waarmee hij naar believen kon spelen. Walging die niet alleen hem betrof, golfde omhoog. Hij was Janson niet, en zij was niet langer een onzeker kind. Nee, godverdomme. Nee.

Ze wrong haar arm los, trok haar knie op en stootte hem tegen de binnenkant van zijn dij. Ze zou niet sterk genoeg zijn, ze had nooit geleerd te vechten, het was niet meer dan uitstel van het onvermijdelijke.

Maar hij was verrast, en de alcohol vertraagde zijn reactie, zodat ze de kans kreeg hem van zich af te stompen en overeind te krabbelen, wetend dat ze het uiteindelijk zou verliezen. Omdat ze nergens heen kon, Maja niet alleen kon laten.

Hij stond ook op, zijn schouders naar voren gebogen, de handen afhangend naast zijn zijden. Zijn adem ging zwaar, zijn haar hing over zijn voorhoofd. Nooit eerder had ze hem zo gezien; aangeschoten, redeloos. Hij dronk zelden veel, omdat alcohol zijn bloedsuikerspiegel ontregelde en hij er een hekel aan had vaker aan zijn diabetes te worden herinnerd dan nodig was.

Er was geen tijd om na te denken. Ze deed een stap naar achteren, kromde haar rug als een blazende kat. 'Raak me niet aan, David.'

Hij sloeg haar, een snelle korte slag tegen de zijkant van haar hoofd. Terwijl ze achteruit struikelde, de tafel probeerde te ontwijken en dwars over de bank viel, bedacht ze dat ze bofte dat de klap niet vol in haar gezicht was geweest. Ze rolde om, trok haar benen op, vastbesloten hem in zijn kruis te trappen zodra hij dichterbij kwam.

Maar hij stak zijn handen in zijn zakken, een ironisch lachje om zijn mond, opeens volslagen nuchter.

'Nooit gedacht dat ik een vrouw zou slaan.' Hij draaide zich om en liep de kamer uit.

Ze verroerde zich niet, ze kon het niet geloven, maar ze hoorde de deur van de koelkast en daarna van de badkamer, hoorde zelfs de rits van de grote toilettas en besefte dat hij zijn laatste injectie ging klaarmaken, zoals hij dat altijd deed voor hij naar bed ging.

Voorzichtig ging ze rechtop zitten, trok haar truitje recht en sloeg de plaid weer om zich heen. Met suizende oren betastte ze de pijnlijke plek op haar slaap. In de badkamer werd de kraan opengedraaid, de elektrische tandenborstel zoemde. De man die bezig was haar leven te vernietigen, achtte het tegen zijn erecode vrouwen te slaan, en na een poging tot verkrachting poetste hij gewoon zijn tanden.

Ze begon geluidloos te lachen, met schokkende schouders, tot ze de plaid tegen haar wijd open mond moest drukken om geen geluid te maken.

20

Het was een kleine, houten boot, overnaads gebouwd. Vegter schatte hem op hooguit zes meter. De romp was lang geleden donkerblauw geschilderd, grootzeil en fok waren van ouderwets bruin katoen en waren vele malen gerepareerd. De spiegel was vervangen, evenals her en der delen van het gangboord en de kuip. De kajuit was verveloos, piepklein en zo laag dat alleen een kind er rechtop in zou kunnen staan. Aan het deurtje ontbrak het slot.

Het geheel maakte de indruk alsof het met krammen bij elkaar werd gehouden. Vegter was verrukt. Hij zette zijn tassen op een van de bankjes en klom terug in de kuip.

Er hing een oude 4pk-buitenboordmotor achter het bootje, en even was hij verbaasd dat die niet binnen was gelegd, tot hij bedacht dat dat geen zin had. Hij gaf een paar rukken aan het startkoord, en tot zijn verrassing begon de motor onmiddellijk te pruttelen. Hij luisterde er even naar, vond dat het gezond klonk en draaide de knop om. Hij herinnerde zich de vriend die een haat-liefdeverhouding had met zijn buitenboordmotor en regelmatig verkondigde dat er maar twee mogelijkheden waren: of het nigus zat erin, of ze liepen als een tierelier.

De motor had een tank van zo'n twintig liter die halfvol leek te zitten toen hij erop klopte. Vegter keek naar de lucht, die blauw was, bijna even blauw als op Talsma's kaart, en daarna keek hij op zijn horloge. Hij was van plan geweest eerst te gaan lunchen, maar plotseling kon hij niet langer wachten. Zo snel als mogelijk was, maakte hij de boot zeilklaar en gooide hem los.

Hij had de wind goed ingeschat, en met halftij dreef hij midden op het wad, scharrelend tussen slikken en schorren en hopend dat hij zo ondiep stak als hij dacht.

De zee was bespikkeld met zeilen, maar het bootje voer overal tussendoor, alsof het zelf zijn weg zocht. Vegter had geen flauw idee waar hij zat en waar hij zou belanden, want hij had er de stroomatlas die in de kajuit lag niet op nageslagen. Het deed er ook niet toe.

Puur om het genoegen en volledig overbodig trimde hij het grootzeil, beseffend dat het lang geleden was dat hij zich zo volkomen vrij had gevoeld. Hoe had Anthony van Kampen het gezegd? 'Het schijnt namelijk zo te zijn, dat een Nederlander iets begrijpt van het grote geheim van de zee.' En dat, dacht Vegter terwijl hij over een zeegat hobbelde en voelde hoe zijn schouders al begonnen te verbranden, zou best eens waar kunnen zijn.

Hij had hardnekkig de tonnen genegeerd, en drie uur later viel het bootje droog. Vegter liet het anker zakken en wachtte tot de eb al het water had weggezogen. Hij rommelde rond tot hij een emmertje gevonden had en stapte overboord. Ver weg zag hij op een kluitje een paar drooggevallen schepen, en ook de mosselprikken waar hij langs was gevaren. Hoewel hij voor meerdere dagen eten bij zich had, lokte een maaltje verse mosselen hem meer dan een blik ravioli met kaassmaak.

Op zijn gemak wandelde hij over de smalle plaat, die als een bultrug uitstak boven het omringende water. Vogels, op zoek naar voedsel, hipten over de ribbels die de zee in het zand had geperst. Zijn kennis van vogels was niet groot, maar behalve de onvermijdelijke meeuwen herkende hij scholeksters en grutto's.

De mosselprikken stonden op grotere afstand dan hij had gedacht, en onderweg veranderde hij van plan en begon kokkels te rapen.

Hij struinde een groot deel van de plaat af. De vogels waren klaar met foerageren, en het sliffen van zijn blote voeten en het gedempte ruisen van de golven verderop benadrukten meer de stilte dan die te verstoren.

De wind was weggevallen, en toen Vegter met zijn emmertje terugsjokte naar de boot, bedacht hij dat hij de hele nacht zou kunnen blijven liggen, tenzij hij op de motor zou gaan varen.

Eenmaal terug aan boord was hij duizelig van de honger. Hij keerde een van de supermarkttasjes om en keek nadenkend naar de diverse soorten groente die hij in zijn overmoed had gekocht.

Hij had Stef weleens mosselen zien koken en herinnerde zich vaag dat het een kwestie was van groente snijden, een beetje water in een pan en de mosselen op de groente leggen. Of kon het ook met witte wijn, moest het zelfs met witte wijn? Hij besloot er een experiment van te maken.

Een halfuur later zat hij op het dak van de kajuit, dronk lauwe witte wijn, at de kokkels die bijna perfect waren en keek naar de voortdurend veranderende kleuren van het wad.

's Avonds trok de vloed aan het bootje, dat zich krakend en kreunend verzette. Het anker krabde, en Vegter vroeg zich af of hij toch niet beter een andere overnachtingsplaats kon zoeken. Maar de schepen die ook waren drooggevallen, waren inmiddels verdwenen, de zee was leeg en hij lag ruim buiten de betonning. Dus bleef hij waar hij was, dronk oploskoffie en een laatste glas wijn en zag hoe de vlammend rode zon het water raakte en er ten slotte in verdween. *De zon en de zee springen bliksemend open: waaiers van vuur en zij...* Hij lachte zichzelf uit, deed toch een halfhartige poging zich meer dan die eerste twee regels te herinneren en bleef uiteindelijk tevreden zitten kijken naar de met roze en goud doorschoten hemel.

Pas toen hij op het harde smalle bankje een gemakkelijke houding probeerde te vinden, drong het tot hem door dat hij de hele dag niet één keer aan zijn werk had gedacht. Daarna schoot hem te binnen dat Marsman het niet over de zonsondergang maar over zonsopgang had gehad, en grinnikend viel hij in slaap.

21

'Ik zou een terrasje willen pakken, vanavond,' zei David.

Ze zaten aan tafel en aten een koude salade omdat Eva te lusteloos was geweest om te koken. De weinige energie die ze had, scheen door de hitte te worden opgeslorpt. Op het reisbureau was het rustig, mensen vertrouwden erop dat de warmte zou aanhouden en investeerden niet in buitenlandse vakanties. Ze had gemakkelijk vrije dagen kunnen opnemen, zodat Maja niet de hele zomervakantie naar haar moeder gebracht hoefde te worden, al zou ze de zes weken niet helemaal kunnen overbruggen. Overdag ging ze dikwijls met haar naar het park of het zwembad, en de overige middagen liet ze haar onder de parasol spelen op het balkon.

Ze keek niet op van haar bord. 'Moet je doen.'

Nog altijd verraste haar zijn onverstoorbare botheid. Een terrasje pakken, hij wilde een terrasje pakken. Geloofde hij werkelijk nog steeds dat ze wel zou bijdraaien, gezellig met een glaasje wijn erbij over koetjes en kalfjes zou praten?

'Ga ik dan naar oma?' vroeg Maja. Ze prikte in haar bord rond, schoof de tonijn en de olijven opzij.

'Nee,' zei Eva. 'David gaat alleen.' Ze bracht haar vork naar haar mond, kauwde op de tonijn en telde. Nog vier happen.

'O. Want ik wil wel weer een keertje naar oma.'

Vroeger had ze geklaagd dat het saai was bij oma, maar nu had ze al een paar maal gevraagd wanneer ze weer bij oma mocht logeren, en als David thuiskwam, verdween ze onmiddellijk naar haar kamertje en rommelde daar rond tot ze geroepen werd voor het eten.

'Straks ga je een heleboel dagen naar oma. Als ik weer moet werken, weet je nog wel?'

Maja knikte. Ze schoof een stukje tomaat op haar vork, liet het eraf vallen en koos een ander stukje. 'Want David kan niet op mij passen, hè mam?'

Ze had zich aangewend om over hem te praten alsof hij er niet was, daarmee feilloos haar moeders gedrag imiterend.

'Nee,' zei Eva effen. 'David kan niet op jou passen.' Ze nam nog een hapje tonijn.

David sneed een olijf in tweeën. 'Dat kan ik wel, maar dat mag ik niet van je moeder.'

'David,' zei Eva waarschuwend.

Maja's vork viel op de grond, maar voor ze van haar stoel kon klimmen, had David hem opgeraapt en op haar bord gelegd. 'Eten en je mond houden.'

'Ik lust dit niet.' Maja keek vanonder haar oogharen naar Eva.

Het was de derde opeenvolgende dag dat ze weigerde haar bord leeg te eten, en Eva vroeg zich af of het de warmte was of een gevolg van de spanning die er hing zodra David er was. Zelf at ze alleen het hoognodige, al zorgde ze ervoor dat ze het weinige dat ze op haar bord schepte, opat om het goede voorbeeld te geven.

'Eet dan maar alleen de sla en de tomaatjes,' stelde ze voor.

'Niets daarvan.' David greep de vork, laadde hem vol vis en hield hem Maja voor. 'Schiet op, doe je mond open.'

Maja's ogen werden rood. 'Mama!'

'Hou op, David.' Eva probeerde zich te beheersen. 'Ik vertel haar net dat ze die tonijn niet hoeft.'

'O jawel,' zei hij. 'Het wordt tijd dat ze leert dat de wereld niet om haar draait.' Hij duwde de vork tegen Maja's lippen, die ze stijf op elkaar geklemd hield. Ze deinsde achteruit en sloeg met haar handje tegen de vork. Het stuk tonijn viel op de grond.

David schoof met zoveel vaart zijn stoel naar achteren dat hij kantelde. In twee stappen was hij om de tafel heen, hij raapte het stuk vis op en trok Maja's hoofd achterover.

'En nou godverdomme eten en geen gezeik.'

Maja opende haar mond om te gaan huilen, en zijn grote hand propte de vis naar binnen. Ze kokhalsde, stukjes tonijn over tafel sproeiend.

Eva vloog overeind. Ze tilde het benauwd hoestende kind van haar stoel en rende ermee naar de badkamer. Ze maakte een washandje nat en veegde het gezichtje schoon, klopte op de smalle rug tot het hoesten over was.

Maja huilde onbedaarlijk, en Eva ging op de vloer zitten en nam haar op schoot, woordjes fluisterend in het vuurrode oortje tot het jammeren overging in snikken. Ze trok een handdoek van het rek, vouwde hem dubbel en zette het kind erop. 'Blijf maar even hier zitten, ik kom zo terug.'

Ze liep naar de kamer, waar David kalm zat te eten, en steunde haar handen op de tafel om het beven te bedwingen. 'Hoe voelt het om een kind van vier te terroriseren?'

Hij trok een wenkbrauw op. 'Niet zulke grote woorden gebruiken. Dit is een kwestie van opvoeden. Het kleine kreng windt je om haar vinger.'

Hij had zijn mes losjes vast, en ze moest zich beheersen om het niet uit zijn hand te rukken en in blinde drift over zijn gezicht te halen. Haar adem kwam in horten en stoten, maar ze bleef hem aankijken. 'Waag het niet haar ooit nog aan te raken.'

'Wat wou je ertegen doen?' Hij lachte, het arrogante lachje dat haar razend maakte. Het lachje dat haar vertelde dat alles wat ze zei of deed hem volkomen onverschillig liet omdat hij zich onaantastbaar achtte, meester van de situatie.

Ze boog zich zo dicht naar hem toe dat ze de lichtere vlekjes in zijn irissen kon zien en de olijven in zijn adem kon ruiken. 'Je weet waartoe ik in staat ben,' zei ze vlak. 'Dus je bent gewaarschuwd.'

Er veranderde iets in zijn blik. Een moment was hij onzeker, van zijn stuk gebracht, en wilde triomf sloeg door haar heen. Diep in zijn hart was hij laf, bang voor lichamelijk geweld.

Hij gaf geen antwoord, maar legde zijn mes en vork neer, stond op en liep de kamer uit. Ze hoorde hem zijn autosleutels pakken van het tafeltje in de hal, daarna viel de voordeur achter hem dicht.

Ze ging terug naar de badkamer. Maja sloeg haar armpjes stijf om haar hals. 'Is hij weg?'

'Ja.' Ze droeg haar naar de keuken, zette haar op het aanrecht en schonk een glas vruchtensap in. 'Kun je het zelf vasthouden?'

Ze knikte. Eva tilde haar op de grond en nam haar mee naar de kamer. Maja keek schuw naar haar bord.

'Ik vond het ook een beetje vies,' zei Eva luchtig. 'Ik geloof dat alleen David het lekker vond.'

Maja dronk het glas leeg met grote, hikkende slokken. 'Ik vind David niet meer zo lief, mama.'

Het ontkennen zou betekenen dat ze het kind in de steek liet, het bevestigen zou de vraag oproepen waarom ze hem dan nog langer liet blijven.

'Ik ook niet.' Eva trok haar op schoot en begroef haar gezicht in het bezwete halsje. 'Misschien had David een beetje een slecht humeur. Dat heeft iedereen weleens.'

Ze dreef haar nagels in haar handpalmen en klemde haar kiezen op elkaar tot haar gezicht vertrok en haar kaakgewricht pijn deed. Morgen en overmorgen en de dag daarna zou ze weer een maaltijd bereiden, ook voor hem, de tafel dekken en weer afruimen, opgewekt met Maja babbelen, spelletjes met haar doen, haar voorlezen en haar knuffelen, alles om voor haar het leven zo normaal mogelijk te laten lijken. En straks zou ze weer werken, 's ochtends in vliegende haast Maja afleveren, haar moeders zuchten trotseren, een loyale collega zijn, een enthousiaste werkneemster. Dat alles zou ze kunnen, omdat het moest, maar iedere dag als ze thuiskwam zou hij daar zijn, een luis, een parasiet. Soms verbeeldde ze zich dat ze kon zien hoe hij opzwol, zich volzuigend met haar energie, haar geestkracht. Ze had zichzelf uitgehongerd tot ze minder dan vijfendertig kilo woog, maar nooit had ze zich zo uitgeput gevoeld als nu.

Ze liet haar kin op Maja's kruin rusten, snoof de geur van pasgewassen kinderharen op en deed haar ogen dicht.

Maja greep een lok van haar haar, zoals ze deed toen ze nog heel klein was, en leunde tegen haar aan. 'Blijft David nog lang bij ons logeren?'

'Ik weet het niet,' zei Eva. 'Misschien gaat hij wel gauw weg, hè?'

Ze sloeg haar armen steviger om het kleine lichaam en wiegde het tot ze voelde dat het zich ontspande. Pas toen de kamer in schemer was gehuld, stond ze op en droeg het slapende kind naar haar bed.

22

Vegter schoof de papieren van zich af, stond op en ging voor het raam staan, waar niets te zien viel dan de neergelaten luxaflex van het eetcafé – de terrasstoelen binnengezet, de stoep schoongespoten, de overwerkte serveerster uitrustend na een lang seizoen. In de goot ritselden de gele bladeren van de kastanjeboom, de lucht hing laag en beloofde regen.

De zomer was voorbij, de horden toeristen waren vertrokken, ervaringen rijker en illusies armer, een stapel aangiften van onopgeloste berovingen, hele en halve verkrachtingen en zakkenrollerij achterlatend. De eindeloze stroom bussen die het centrum verstopte was opgedroogd, de meeste terrassen waren gesloten, het eerste politieke schandaal was achter de rug. De stad bereidde zich voor op herfst en winter.

Hij was rusteloos, en begreep zichzelf niet. De week op het bootje, met als enige gezelschap de wind en de vogels, had hem iets over zichzelf geleerd waarmee hij had gedacht zijn voordeel te kunnen doen: hij kon alleen zijn mits hij werkelijk alleen was, kon voor zichzelf zorgen, was niet zijn vermogen kwijtgeraakt het detail van groter waarde te achten dan het geheel.

Hij was teruggekomen met het voornemen het anders te gaan doen – vol energie, met vage plannen voor een verhuizing. Misschien kon hij toch buiten de stad een huisje vinden met een stukje grond. Hij zou het zelf kunnen opknappen, zonder haast, de weekends en vrije dagen vullen met cement en specie en de geur van versgezaagd hout. Er zou iets zijn om aan het einde van een werkdag naar te verlangen.

Maar het nieuwe elan bleek niet opgewassen tegen de dagelijkse routine en de grijsheid van het bureau, en de inschrijving bij een paar makelaars kwam hem inmiddels als belachelijk voor.

Hij begon zijn bureau op te ruimen: rapporten, notulen van vergaderingen die geen ander doel dienden dan het vergaderen zelf, aankondigingen voor nog meer vergaderingen, uitslagen van onderzoeken waarvan de relevantie hem op dit moment ontging.

Hij sloot het raam, keek op zijn horloge en besloot een biertje te drinken bij Ingrid, die op vrijdag meestal vroeg thuis was.

Op de trap schoot hem te binnen dat ze met Thom een huis zou gaan bezichtigen dat er in de brochure veelbelovend had uitgezien. Besluiteloosheid overviel hem. Hij zou terug kunnen gaan en alsnog de stapel ongelezen rapporten doorwerken, het beginnende weekend kunnen uitstellen, maar er was niets dat niet tot maandag zou kunnen wachten.

Op het parkeerterrein hurkte Renée naast haar auto en bekeek de band van het linker achterwiel.

'Lek?' vroeg Vegter.

'Wel zodra ik ermee ga rijden.' Ze wees naar een diepe snee in het loopvlak. 'Ik reed er vanochtend mee door het glas van een ingeslagen raampje, ik zag het net te laat.'

Hij bukte zich. 'Je hebt ook niet veel profiel meer.'

'Nee. Volgende week wordt hij gekeurd en dan laat ik er nieuwe banden op zetten.' Ze opende de achterklep en ging op zoek naar de krik.

Vegter stopte zijn autosleutels terug in zijn jaszak. 'Laat me je even helpen. Met z'n tweeën gaat het sneller.'

Ze verwisselden het wiel, en hij tilde het oude voor haar in de kofferbak, hoewel, dacht hij toen hij zijn rug strekte, zij daar waarschijnlijk minder moeite mee gehad zou hebben dan hij.

Ze sloeg de klep dicht en keek naar hem op. 'Bedankt voor je hulp.'

'Ga mee een biertje drinken,' zei hij.

Er gleed iets over haar gezicht wat hij niet kon benoemen, en onhandig voegde hij eraan toe: 'Soms heb ik geen zin het weekend alleen te beginnen.'

Ze lachte. 'Dat is een geldige reden. Maar ik zou graag mijn auto meenemen, ik heb straks een afspraak.'

Hij knikte, in stilte haar tact bewonderend. 'Ik kom nog zelden in de kroeg, weet jij iets geschikts?'

Ze dacht even na. 'Ken je The Tumbler, schuin tegenover de Cinema?'

'Nee, maar ik vind het wel.'

Onderweg probeerde hij haar gezichtsuitdrukking te interpreteren, hopend dat het geen tegenzin was, maar een mengeling van verbazing en verlegenheid. Een snelle lunch kon als puur zakelijk worden gezien, maar een borrel op vrijdagmiddag? Enfin, ze was mans genoeg om te weigeren. Hij zette de radio aan, liet de ruitenwissers zwiepen omdat de wolken de dreiging in daden hadden omgezet, en besloot nu eens niet alles te rationaliseren, maar zich te verheugen op een uurtje in prettig gezelschap.

The Tumbler had zich gespecialiseerd in whisky. Renée had sneller een parkeerplaats gevonden dan Vegter en lachte om het gezicht waarmee hij de rijen flessen achter de bar bekeek.

'Ze hebben meer dan alleen whisky.'

Ze zat aan een tafeltje dat half schuilging achter een raamwerk waarin een enorme foto van een van de Schotse meren hing.

Hij trok zijn jasje uit en hing het over de stoelleuning. 'Wat wil je drinken?'

'Dat biertje.'

Hij lachte en liep naar de bar. Terwijl hij op zijn bestelling wachtte, keek hij om zich heen. Het was niet druk, de tafeltjes waren voor de helft bezet met voornamelijk mannen in pak, dassen losgetrokken, hemdsmouwen opgerold. Een tent voor zakenlui, concludeerde hij. En gelukkig geen muziek.

Hij nam de biertjes mee terug naar hun tafeltje en hief zijn glas.

Ze knikte. 'Op een goed weekend.'

Hij keek naar haar terwijl ze haar glas in één keer voor de helft leegdronk, het schuim van haar mond veegde met de rug van haar hand. Het koperen haar hing los en stroomde over haar rug, en ze had de groengrijze ogen die hoorden bij een huid die te blank was om diepbruin te kunnen worden, al had de zon een grillig patroon van sproeten achtergelaten. Ze was groot, maar droeg haar lengte goed en met de soepelheid van de jeugd.

Het feit dat hij al die details opmerkte, bracht hem in verwarring. Hij had nooit bijzonder veel oog voor vrouwen gehad, maar Renée had iets puurs, een frisheid die door de mannenwereld waarin ze zich bewoog eerder werd benadrukt dan tenietgedaan, en die hem pijnlijk bewust maakte van zijn traagheid, het overhemd dat rond zijn middel spande, het begin van levervlekken op zijn handen.

Het drong tot hem door dat ze wachtte tot hij het gesprek zou beginnen, en lukraak zei hij: 'Ik heb je nooit gevraagd hoe de solovakantie is bevallen.'

'Uitstekend.'

'Waar zat je?'

'Umbrië, Toscane. De meeste mensen werken Italië van noord naar zuid af, ik doe het omgekeerd.'

'Perugia?' gokte hij.

'Onder andere. Assisi ook gezien, natuurlijk, Etruskische graven bewonderd, en verder veel gelezen, veel geslapen, lekker gegeten.'

'Geen kerken, geen musea?'

Ze schudde haar hoofd. 'Behalve dan in Assisi, daar kun je er niet omheen.' Ze aarzelde even. 'En jij?'

'Ik heb een zeilbootje geleend. Het type Moeders Angst. Daar heb ik een week mee op de Waddenzee rondgedreven.'

'Je bent toch weggeweest,' zei ze verrast. 'Ik dacht dat je weer niet...' Ze zweeg abrupt.

De vorige zomer was ze een van de slachtoffers geweest van zijn tomeloze werkdrift. Na Stefs dood had hij iedereen verbijsterd door de dag na de crematie op het bureau te verschijnen. Vanaf dat moment had hij als een bezetene gewerkt. Toen hij merkte dat hij werd ontzien, had hij zich gestort op onopgeloste zaken en zijn naaste medewerkers bedolven onder archiefwerk, wat in de meeste gevallen geen enkel resultaat had opgeleverd. Voor hem was het de manier geweest om te ontsnappen aan de eindeloze lege uren thuis, in combinatie met de hoop dat hij zou kunnen slapen als hij maar moe genoeg was. Ze moesten hem vervloekt hebben.

Hij veinsde haar verlegenheid niet te zien. 'Dat bootje was puur toeval. En puur geluk, letterlijk en figuurlijk.'

Ze glimlachte. 'Geen mensen.'

'Alleen wind en water. Mits je buiten de vaargeul blijft.'

'Dat moet niet moeilijk zijn geweest,' zei ze, doelend op zijn doorgaans onorthodoxe werkwijze.

Hij lachte mee. 'Misschien hebben we allebei een louterende ervaring opgedaan.'

'O ja.' Ze dronk de rest van haar bier. 'Voor mij gaat dat zeker op. Ik vond het heel verfrissend om te ontdekken dat ik genoeg heb aan mezelf.' Er zat iets gedecideerds in het gebaar waarmee ze het glas neerzette.

'Misschien is dat gemakkelijker als je jong bent,' zei hij, haar daarmee tonend dat hij de boodschap, als het een boodschap was, had begrepen.

'Het is ook een kwestie van willen,' zei ze nadenkend. 'Ik heb gemerkt dat ik nog steeds goed alleen kan zijn, er dus zelfs van kan genieten. Al moet je oppassen dat het kringetje niet te klein wordt. Ik heb oude contacten hersteld, maar wel een schifting gemaakt. Je hebt de neiging mensen te verwaarlozen als je een partner hebt.'

Goddank gebruikte ze niet het woord relatie. Hij knikte.

'Al is dat ook afhankelijk van de partner.' Opeens lachte ze voluit. 'Ik heb geloof ik erg veel woorden nodig om te zeggen dat ik in feite opgelucht ben dat er een punt achter is gezet, al was de manier waarop niet aangenaam.'

'Waarom opgelucht?'

'Ik moest te veel inleveren. Het rare is dat ik me daarvan pas echt bewust werd...' Ze onderbrak zichzelf. 'Je herinnert je die David Bomer van de zaak-Janson?'

'Zeker.' Vegter dronk zijn glas leeg en wees naar het hare, maar ze schudde haar hoofd.

'Hij had zijn vriendin aan de dijk gezet omdat ze zwanger was, en aanvankelijk verbaasde ik me erover dat ze daar zo kalm onder bleef, tot ze uitlegde dat ze blij was dat ze haar vrijheid terug had, omdat ze het gevoel had gemanipuleerd te worden. Of misschien is overheerst een beter woord. Hoe dan ook, het zette me aan het denken, en uiteindelijk kwam ik tot dezelfde conclusie. Dus nu ben ik al maandenlang schaamteloos egocentrisch.'

Ze keek hem recht aan, haar ogen bijna doorzichtig helder. 'Al begrijp ik heel goed dat mijn situatie niet vergelijkbaar is met de jouwe.'

Hij haalde zijn schouders op, plotseling kopschuw. 'Het zal het verschil in jaren zijn,' zei hij, in het midden latend of hij daarmee leeftijd of de duur van een relatie bedoelde.

Ze bloosde, en hij besefte dat ze zijn antwoord als een afwijzing van haar vertrouwelijkheid opvatte. Hij kreeg niet de kans het recht te zetten, want ze keek op haar horloge en schoof haar stoel achteruit.

'Dank voor het biertje.' Ze pakte haar jasje en was verdwenen voor hij had kunnen opstaan.

Zijn botheid verwensend keek hij naar de bar en overwoog een whisky. Achter hem voerde iemand met doordringende stem een telefoongesprek, en plotseling voelde hij zich niet langer op zijn gemak tussen al die snelle jongens in pak, stond hun luidruchtige zelfverzekerdheid hem tegen. Hij zou thuis een borrel drinken. Twee borrels.

23

Eva stond op het punt de deur uit te gaan, toen de telefoon ging. Heel even weifelde ze. Maja wachtte in de hal, spijkerjackje aan, rugzak om, helemaal klaar om herfstblaadjes te gaan verzamelen voor het werkstuk dat ze op school ging maken.

Ze liep terug naar de kamer.

'Ma-am!'

'Ik kom eraan.' Ze nam de hoorn op. 'Eva Stotijn.'

'Eva, je spreekt met Irene.'

Eva had een ogenblik nodig om zich Irene voor de geest te halen.

'Irene, hoe gaat het met je?' Moest ze zich verontschuldigen omdat ze geen contact had opgenomen? Al zou ze naar waarheid kunnen zeggen dat ze het geprobeerd had.

'Prima, dank je.'

'Ik had je zullen bellen...' begon Eva, maar het was niet nodig.

'Ik bel je met een reden,' zei Irene zakelijk. 'Ik heb er lang over nagedacht, maar ik vind toch dat je het moet weten.'

'Wat bedoel je?'

'Ik ben gebeld door die inspecteur Vegter, naar aanleiding van de... van dat incident met Janson. Heb jij... zie jij David regelmatig?'

O god. Niet vandaag. Niet na het ontbijt dat voor het eerst als vroeger was geweest. Met zijn tweetjes aan tafel, met beschuitkruimels en klodders jam en versgeperst sinaasappelsap, terwijl de cd-speler kinderliedjes door de kamer liet schallen, de zon door de ramen scheen en David ver weg was, al vroeg vertrokken om ergens in Zeeland te gaan duiken met een vriend. Een zondagochtend waarop het leven even was zoals het behoorde te zijn.

'Waarom vraag je dat?'

'Omdat die man me uithoorde over David. Ik kreeg de indruk dat hij wist dat jullie elkaar ontmoetten.'

Eva zei niets.

'Het is een beetje moeilijk uit te leggen.' Irene klonk nerveus. 'Hij begon over jou. Hoe je je gedroeg op de reünie, dat je je kennelijk niet goed had gevoeld, en of ik daar de oorzaak van wist. Ik heb hem uitgelegd dat ik begrepen had dat je ertegen opzag in verband met het verleden.' Ze haalde hoorbaar adem. 'Ik heb daarom heel even je vader gememoreerd, maar ik had niet het idee dat dat was waarom het ging, want daarna begon hij over David. Of ik dacht dat hij in jou geïnteresseerd was.'

'Ma-ham!'

'Ik kom,' riep Eva.

'Bel ik ongelegen?' vroeg Irene.

'Nee nee, ga door.'

'Ik bel je omdat ik geloof dat dat hele gesprek eigenlijk ging om David. De laatste vraag die die Vegter stelde, was of David al op de reünie wist dat jij een kind had.'

'En wat zei jij?'

'Dat ik dat niet wist. En toen vroeg hij of ik het gesprek als vertrouwelijk wilde beschouwen.' Irene lachte, voor het eerst een beetje zichzelf. 'Dat heb ik ook gedaan, tot nu toe. Maar het bleef me dwarszitten. Dus ik vroeg me af...' Haar stem stierf weg.

Eva keek naar Maja, die met haar rode laarsjes aan in de deuropening stond, en overwoog in een flits welk antwoord ze zich kon veroorloven. 'Ik heb hem een aantal malen gezien, maar dat is alles.'

'Je krijgt de vreemdste gedachten,' zei Irene verontschuldigend. 'Ik ben bang dat mijn fantasie een beetje op hol is geslagen. Ik dacht, stel je voor dat David iets met die hele toestand te maken heeft, en dat jij... Enfin. Maar hou dit voor je, wil je?'

'Natuurlijk. Ik zou niet willen dat jij hierdoor in de problemen kwam.'

'Nou ja,' zei Irene. 'Aan zo'n inspecteur heb ik eigenlijk ook geen boodschap. Of misschien moet ik zeggen dat ik jou belangrijker vond dan een gedane belofte.'

'Dankjewel.' Eva deed haar best om haar stem luchtig te laten klinken.

'Ach, misschien blaas ik de hele zaak op. En als jij David toch al niet meer ziet, is het van geen belang, gelukkig. Hoe gaat het met je, trouwens?'

'Prima. Ik had je zullen bellen, maar daar kwam van alles tussen.'

'Zo gaan die dingen,' zei Irene nuchter. 'Ik had jou ook kunnen bellen. Enfin, in ieder geval heb ik nu een schoon geweten.'

Eva lachte mee. 'Nogmaals bedankt.'

In het park zocht ze haar weg tussen de plassen die de regen van die nacht had achtergelaten, terwijl Maja voor haar uit holde, kledderig blad oprapend, haar laarsjes tot bovenaan bespat met modder.

De politie moest Davids gangen hebben nagegaan. En dus ook de hare. Had iemand hem gezien toen hij de toiletten verliet en haar achternaliep naar de zijingang? Hij moest zich gehaast hebben in zijn poging haar in te halen, misschien had hij zelfs gerend, en dat zou een vreemde indruk hebben kunnen maken. Maar David had geen kruk bij zich gehad, en hij had haar verteld dat hij niet wist waar die gebleven was. Daarover kon hij de politie niet hebben geïnformeerd. Wat was dan in godsnaam de reden waarom zij wilden weten of hij van Maja's bestaan op de hoogte was geweest? Ze keek naar de eenden die kleumend naast de vijver zaten en huiverde. Hield het dan nooit op?

Maja kwam naar haar toe gerend op soppende laarsjes en liet haar de plastic tas zien, half gevuld met blad waaraan de geur van verrotting hing.

'Heb ik zo genoeg, mam?'

'Dat lijkt me wel.'

'Maar ik moet er een hele doos mee volplakken,' zei Maja ongerust.

'Dit is wel genoeg voor twee dozen.' Eva nam haar bij de hand. 'Kom, laten we nog een stukje wandelen, en dan gaan we daarna je blaadjes drogen en thee drinken met iets lekkers erbij.'

De wind duwde in hun rug terwijl ze de straat in liepen, en joeg het afgevallen blad hoog op. David had zich eens het adres laten ontvallen toen ze hem pas kende, en hoewel ze er nooit was geweest, had ze het onthouden.

Ze drukte op de bel waarvan ze dacht dat die bij de juiste etage hoorde.

'Gaan we op visite?' vroeg Maja.

'Nee,' zei Eva. 'Ik moet alleen even iets vragen.' Ze zou haar hier niet alleen achter moeten laten, maar ze kon haar ook niet mee naar boven nemen. Weliswaar was ze te klein om te begrijpen waar het om ging, maar ze was oud genoeg om vragen te stellen. 'Ga jij maar even in de portiek zitten, dan kun je alvast je blaadjes bekijken. Ik ben zo terug.'

Maja knikte aarzelend, en Eva had al spijt van haar opwelling. De voordeur sprong open en ze stapte de schemerige hal in. Ze keek om. Maja hurkte neer en rommelde in de modderige tas.

'Wie is daar?'

Ze sloot de deur achter zich en haastte zich de trappen op.

Boven stond een jonge man in kamerjas en op blote voeten. Uit de kamer achter hem kwam het geluid van een klagende jazztrompet. Hij nam haar van top tot teen op met een glimp van onbeschaamdheid.

'Is David Bomer thuis?' vroeg Eva.

'David?' Hij lachte. 'Die woont hier allang niet meer.'

Ze keek teleurgesteld. 'Ik wist wel dat hij zou gaan verhuizen toen u uit het buitenland terugkwam, maar...'

Zijn blonde wenkbrauwen gingen omhoog. 'Buitenland? Ik heb niet in het buitenland gezeten. David heeft hier maar heel kort gewoond, gelogeerd kan ik misschien beter zeggen, omdat zijn relatie plotseling spaak liep. Ik denk dat er een misverstand is.'

'Dat moet dan wel.' Ze deed alsof ze zijn vragende blik niet zag. 'Ik bel hem wel een keertje, zo belangrijk is het niet.'

Hij leunde op zijn gemak tegen de deurpost en hield zijn hoofd flirtend schuin. 'Dus ik heb niet te maken met een boze ex?'

Ze lachte mee met rubberen lippen. 'Nee, zeker niet.'

Zijn blik dwaalde naar haar middel en terug. 'Dat dacht ik ook eigenlijk al niet.'

Ze begreep dat het een vreemde indruk zou maken als ze niet meer uitleg gaf. 'Ik had ooit een cd van hem geleend, en ik moest nu toevallig in de buurt zijn.' Ze gebaarde naar haar schoudertas en begon achteruit naar de trap te lopen.

'U hebt zijn nummer?' vroeg hij gedienstig. 'Ik kan u ook zijn nieuwe adres geven.'

'Graag.'

Hij noemde haar eigen straat en huisnummer, en ze slaagde erin niet met haar ogen te knipperen.

'Hij heeft geboft dat hij zo snel iets anders vond.'

Hij lachte en maakte aanstalten de deur te sluiten. 'Volgens hem is het een kwestie van de juiste mensen kennen.'

'Ongetwijfeld.' Ze dwong zich rustig naar beneden te lopen en de deur beheerst achter zich dicht te trekken.

In de portiek zakte ze met slappe knieën naast Maja neer, die een berg bladeren uit de tas had geschud en ze nu probeerde droog te poetsen met haar mouw.

'Ben je klaar, mam?'

'Ja.'

'Wat ging je daar doen?'

'Even iets vragen. Voor mijn werk. Zullen we je blaadjes thuis drogen?'

Ze zette thee en schudde koekjes op een schaaltje terwijl Maja tevreden haar blaadjes uitspreidde op een oude krant.

'Kijk mam, deze vind ik de mooiste.' Ze hield een verfomfaaid rood blad omhoog.

'Ik ook.' Dus daarom had die inspecteur gevraagd of David wist dat zij een kind had. De ex over wie die jongen het had, moest zwanger zijn geweest. Zijn taxerende blik had niets aan duidelijkheid te wensen overgelaten.

Ze hielp Maja de bladeren te sorteren terwijl ze intussen haar horloge in de gaten hield, waarvan de wijzers onverbiddelijk verder kropen, haar eraan herinnerend dat deze ene dag van vrijheid alweer bijna voorbij was. Wat schoot ze op met de wetenschap dat David zijn vriendin met een kind had laten zitten? Het bevestigde alleen maar wat geen nieuws meer was: dat hij alles had gearrangeerd en geregisseerd. Het was zinloos hem ermee te confronteren. Nog altijd hield hij alle kaarten stevig in zijn hand.

Maar 's avonds deed ze het toch. Maja lag allang in bed toen hij thuiskwam en de kist vol natte duikspullen in de hal zette. Hij haalde de kapstok leeg, sleepte de kist eronder en begon hem uit te pakken: pak, shorty, vest, schoenen, handschoenen. Plassen vormden zich op de tegelvloer, plassen die zij zou moeten opdweilen.

Met stijgende woede keek ze ernaar. Ze had een hekel aan het lugubere zwarte neopreenpak, aan het zware, dikke vest dat eruitzag alsof het kogels moest weren, aan de muffe geur, rubber en zout, die bleef hangen ook als alles na dagen eindelijk droog was. Ze haatte de zorg waarmee hij de bril schoonspoelde onder de kraan, hem op een van haar schone theedoeken legde om te drogen, duikhorloge en -mes ernaast, maar het meest haatte ze het air van trots waarmee hij terugkwam, alsof hij iets had gepresteerd wat voor een gewone sterveling niet was weggelegd. De eerste keer had ze geëist dat hij de spullen op het balkon zou hangen, maar hij had kalm uitgelegd dat dat niet ging vanwege de zon.

Ze keek naar de natte vloer, luisterde naar het druppen van het pak in de kist, dat ze ook 's nachts nog hoorde, vanaf haar slaapplaats op de bank. 'Is je vriendin al bevallen?'

Tot haar voldoening zag ze dat hij schrok. Maar hij herstelde zich onmiddellijk. Er kroop een lachje rond zijn mond. 'Je bent op onderzoek uitgegaan, merk ik.'

'Er per toeval achter gekomen dat de politie in je geïnteresseerd is.'

'En wie of wat vertegenwoordigt dat toeval?'

'Dat gaat je niet aan.'

Hij lachte en gooide onverschillig de flippers op de vloer. 'Overigens moet ik je corrigeren. Ze waren niet in mij geïnteresseerd, maar in jou.'

'Dat lieg je.' Nooit wist ze wanneer hij loog, nooit had ze iemand ontmoet die zo volmaakt onverschillig tegenover de waarheid stond. Behalve dan Eric Janson.

'Dat is de vraag,' zei hij luchtig. 'Denk daar maar over na.' Hij liep langs haar heen en verdween fluitend de badkamer in.

In machteloze razernij vloog ze naar de keuken, rukte een kastje open, pakte een paar dweilen, trapte het deurtje weer dicht.

In de hal dweilde ze met verbeten gebaren de vloer, schopte de duiklamp opzij, hopend dat het lampje kapot zou gaan, gooide de dweilen in de kist, waarin een laagje water stond, smeet duikbril en mes erbovenop. In een opwelling bukte ze zich en haalde het mes er weer uit, schoof de vergrendeling naar beneden en trok het uit de houder. Het had een vlijmscherp snijblad met aan de andere zijde een zaagkant met grove tanden. Het zag eruit als wat het was: een doelmatig en gevaarlijk wapen.

Ze bedwong de neiging het pak aan flarden te snijden tot er niets van over was dan een berg stinkend, zwart rubber. Maar ze zou hem er niet mee treffen, hij had het gehuurd. Ze zou het moeten vergoeden, en, dacht ze met plotselinge zelfspot, met een mond meer om te voeden had ze daar het geld niet voor.

Op loden benen leunde ze tegen de muur en staarde naar het manhaftige duikpak dat de kleine hal domineerde als een moderne ridderuitrusting. Hoe lang kon dit nog duren, hoe lang kon ze het nog verdragen? Ze verbeterde zichzelf onmiddellijk: het was geen kwestie van kunnen, maar van moeten. Ze had geen keus. Hoe lang nog voor het David zou gaan vervelen? Soms zat hij 's avonds op de bank, rusteloos met zijn vingers trommelend op de leuning, om dan plotseling op te staan en te verdwijnen en pas 's nachts weer terug te komen.

Telkens laaide dan de hoop weer op; misschien kreeg ook hij er genoeg van, misschien begonnen de voortdurende vijandschap waarmee ze hem bejegende en de sabotage bij alles wat ze noodgedwongen voor hem moest doen, effect te hebben. Al had ze geleerd niet te ver te gaan.

Ze moest volhouden, lijdzaam verzet blijven plegen. In groter verband had de geschiedenis geleerd dat dat de bezetter uiteindelijk het meest ontmoedigde.

Ze bukte zich om het mes terug te leggen, en terwijl ze dat deed, drong voor de eerste maal tot haar door dat het weleens gevaarlijker zou kunnen zijn als David vertrok dan wanneer hij bleef. Als hij haar niet langer nodig had, was er geen enkele reden meer waarom hij niet met zijn verhaal naar de politie zou gaan. Dit was een vijand die na capitulatie weleens meer schade zou kunnen aanrichten dan tijdens de bezetting.

In de badkamer werd de douchekraan dichtgedraaid, en weer keek ze naar het mes in haar hand. Zachtjes trok ze het over haar pols en ze zag hoe zelfs bij die lichte druk er een dunne rode lijn op haar huid achterbleef.

Ze stak het mes terug in de houder en gooide het in de kist. Daarna liep ze Maja's kamer binnen, sloot de deur en ging naast het smalle bed op de vloer zitten. Ze pakte het warme handje dat ontspannen op het dek lag en voelde hoe de kleine vingers zich troostend om de hare sloten.

24

De eerste herfststorm striemde de regen tegen de ramen van zijn kamer. Met zijn handen in zijn zakken stond Vegter te kijken naar de gele bladeren van de kastanje, die door de lucht wervelden in een dans waarvan de wind de choreografie bedacht. De bijna kale zwartglimmende takken van de boom staken naargeestig af tegen de grauwe lucht, maar toen hij er die ochtend onderdoor was gelopen, had hij gezien dat de nieuwe uitlopers al zichtbaar waren. Bomen gaven de moed niet op.

De telefoon ging en hij nam op en luisterde. Zijn wenkbrauwen gingen omhoog. 'Laat iemand hem ophalen.'

De recherchekamer was bijna leeg. Renée werkte een rapport uit, Talsma had een oude krant gevonden en zat met een stompje potlood het cryptogram op te lossen. Hij keek op toen Vegter binnenkwam. 'Hemels grapje. Tien letters.'

'Engelenbak,' zei Vegter verstrooid.

Talsma telde. 'Verdomd.' Verheugd begon hij het in te vullen.

'Er is nieuws in die zaak-Janson.' Vegter ging op de hoek van het bureau zitten. 'Ze hebben de andere kruk gevonden.'

De punt van het potlood brak af. Talsma smeet de krant in de prullenmand. 'Niet in de school,' zei hij beslist.

'Een leerling vond hem onder een van de bomen opzij van de school en was zo snugger hem naar de amanuensis te brengen.'

Talsma volgde zijn blik naar het raam, waar een kastanjeblad een moment tegen het glas bleef kleven voor het werd weggeblazen, en vloekte met overtuiging. 'Ik heb zelfs in die verrekte dakgoten gekeken.'

Renée lachte.

'Hier ga ik nou helemaal van uit de schroeven,' verklaarde Talsma.

Vegter haalde zijn schouders op. 'Niets aan te doen. Ze komen hem zo brengen.'

Talsma draaide zich naar Renée. 'Als je dit aan Brink vertelt, mag je niet op mijn afscheidsfeestje komen.'

'Dat is pas over twee jaar.'

'Nou en?' Hij keek Vegter aan. 'Het heeft natuurlijk geen nut meer om hem te laten onderzoeken. Ze kunnen hem net zo goed meteen een sopje geven.'

Ze bestudeerden de kruk toen die keurig in plastic verpakt op een bureau lag, en vergeleken hem met de andere.

'Het is hem,' zei Talsma overbodig, daarmee demonstrerend dat hij nog steeds niet over de schok heen was.

De kruk was vuil – de ene kant vertoonde een groen waas van mos en over de hele lengte verspreid zaten resten vogelpoep.

Brink was binnengekomen en keek vol interesse mee. Hij wees naar het mos. 'Met die kant heeft hij naar het noorden gehangen.'

'Padvinder geweest?' vroeg Talsma humeurig.

Brink genoot zichtbaar. 'Misschien heeft het mos ervoor gezorgd dat niet alles eraf is geregend.'

'Reken er niet op.' Talsma haalde de krant uit de prullenmand, streek hem glad en keerde terug naar zijn cryptogram.

'Als je iets niet weet, vraag je het maar.' Brink wilde zijn finest hour ten volle uitbuiten.

'Hemels grapje,' zei Talsma. 'Tien letters.'

Vegter lachte en liep naar de deur. Brink keek hem argwanend na, griste de krant uit Talsma's handen, keek en gooide hem terug op het bureau.

25

Eva werd pas echt wakker toen het huilen doordringender werd, al had ze het in haar slaap al verweven in een verwarde droom. Ze schoot in haar ochtendjas en struikelde over het uiteinde van de ongelijk hangende ceintuur.

Op blote voeten liep ze door de gang, hopend dat David deze keer zou doorslapen, dat hij niet vanuit de slaapkamer zou schreeuwen of ze godverdomme dat kind niet stil kon houden.

In Maja's kamertje deed ze het bedlampje aan en legde een vinger op haar lippen. 'Sst, niet zo hard huilen. Wat is er, liefje?' Ze wist wat er was, al speelde ze verbazing.

Het gezichtje was een en al snot en tranen. 'Ik moest plassen, maar ik wist het niet.'

Eva streek de vochtige pieken van het warme voorhoofd. 'En toen was de plas er al.'

Maja knikte en keek angstig naar de deur.

Eva sloeg het dekbed terug. De scherpe lucht van urine kwam haar tegemoet. 'Het hindert niet. Kom, we gaan je even wassen, daarna trek je lekker een schone pyjama aan, en intussen maak ik je bed droog.'

In de badkamer draaide ze de warme kraan open, pakte zeep en een washandje, trok de doorweekte pyjamabroek uit. Maja leunde tegen haar aan, een duim in haar mond.

Eva liet haar op een handdoek staan, waste de kleine billen, beet zachtjes in het parmantige buikje, net zo lang tot er een lachje verscheen op het witte gezicht.

Deze week was het de vierde keer, het werd al routine. Ze had geprobeerd het te voorkomen door haar te laten plassen voor ze zelf ging slapen, maar dat had niet geholpen.

Ze droogde haar af, sloeg het badjasje om haar heen en nam haar mee terug naar haar kamer. Ze gaf haar een schone pyjama, in de hoop dat ze door het aantrekken ervan voldoende zou worden afgeleid om haar duim te vergeten, maar terwijl ze het bed afhaalde, ging Maja op de grond zitten met de duim alweer stevig verankerd in haar mond.

Eva rolde het natte beddengoed op en bracht het naar de badkamer. De deur van de slaapkamer ging open.

'Wat is er nou weer aan de hand?'

'Niets. Ga slapen.'

Hij kwam de gang in, keek naar de slordige stapel wasgoed in het bad. 'Kun je dat niet in de wasmachine stoppen? Het stinkt.'

Ze liep zwijgend langs hem heen.

'Ik moet verdomme vroeg op.'

'Dan zou ik maar weer naar bed gaan als ik jou was.'

Maar hij liep haar achterna, en op de drempel van Maja's kamer bleef ze staan.

'Ga weg, David.'

'Mama!'

'Ik kom.' Ze sloot de deur, leunde ertegenaan. 'Wil je nu weggaan?'

'Dat kind stelt zich aan.'

Ze wist nog hoe Maja trots bij haar in bed was geklommen nadat ze voor het eerst 's nachts droog was gebleven. 'Mama, kijk!' Ze herinnerde zich hoeveel geduld het had gekost haar het duimen af te leren.

'Dat kind wordt ziek van jou.' Haar stem was laag van ingehouden drift. 'Zoals ik ook ziek word van jou. Letterlijk ziek. Hoor je me? Hoor je me?' Ze spuwde de woorden naar hem toe. 'Niet zij stinkt, David, maar jij. Jij stinkt naar rotting en bederf, en ik word misselijk van je, tot kotsens toe.'

Hij deed een poging om langs haar heen te dringen, maar ze versperde hem de weg, bevrijd van haar fysieke angst voor hem, alleen nog bang voor wat hij Maja kon aandoen. 'Waag het niet haar kamer binnen te gaan en haar de stuipen op het lijf te jagen.'

Hij draaide zich om.

'Lafaard,' zei ze, elke letter duidelijk articulerend.

Hij verdween in de slaapkamer en smeet de deur achter zich dicht.

Later zat ze op de bank in de kamer, in het donker, luisterend naar de stilte, de slaapzak om zich heen geslagen, de asbak op haar schoot, rokend tot haar keel rauw was en haar ogen brandden, rokend tot ze opnieuw het besluit nam dat ze al eerder had genomen.

26

De melding kwam even over zevenen binnen. Het was toeval dat Vegter op het bureau was. Hij had zichzelf afgeleerd ieder weekend te werken, maar er waren een paar dringende zaken waarvan hij zich had voorgenomen ze deze zondag af te handelen.

Hij belde de politiepost in Zeeland terug en had een lang gesprek. Daarna belde hij het betreffende ziekenhuis en sprak met de dienstdoende arts om een zo helder mogelijk beeld te krijgen van wat er gebeurd was.

Nadat hij had neergelegd bleef hij lange tijd zitten zonder iets te doen. Wat was het waardoor deze zaak hem bleef bezighouden? Ogenschijnlijk stonden de gebeurtenissen los van elkaar, maar steeds meer raakte hij ervan overtuigd dat ze in elkaar grepen als de tandwielen van een raderwerk. Het was alsof hij een voorstelling achter gesloten gordijnen bijwoonde; hij kende het stuk, hij kende alle acteurs, hij wist alleen niet welke rol ze speelden.

Ten slotte pakte hij opnieuw de telefoon en vroeg Talsma de ouders in te lichten, omdat Talsma daarvoor de meest geschikte persoon was, voor zover iemand geschikt kon zijn om ouders te vertellen dat hun kind dood was.

'Moet ik ook naar het meisje?' vroeg Talsma.

'Nee,' zei Vegter. 'Dat doe ik zelf.'

Hij belde aan. Hoewel de verlichte rechthoek van het keukenraam aangaf dat er iemand thuis was, duurde het lang voor hij voetstappen hoorde en het licht in de hal aanfloepte.

De jonge vrouw met het smalle gezicht die in de deuropening verscheen, kwam hem vaag bekend voor, en hij realiseerde zich dat zij degene was die hij dikwijls op haar balkon had gezien. Hoewel het mild was voor eind november, droeg ze boven haar spijkerbroek een dikke zwarte trui met een hoge col.

'Mevrouw Stotijn?'

Ze knikte, haar blik strak op hem gevestigd. Er lag angst in, en hij begreep dat ze zich al uren ongerust moest hebben gemaakt.

'Inspecteur Vegter, recherche.'

Ze werd zo wit dat hij bang was dat ze flauw zou vallen, en hij deed een stap naar voren en greep haar bij de arm. Ze maakte zich echter onmiddellijk van hem los, en hij excuseerde zich.

'Ik zou graag even binnenkomen.'

'Wat wilt u me vertellen?' Haar ogen waren enorm en verraadden dat ze het antwoord al wist.

Dat zou het voor hem gemakkelijker moeten maken, dacht hij terwijl hij de hal in stapte, maar dat deed het niet. Het wende niet, het wende nooit.

Ze maakte geen aanstalten de deur te sluiten, bleef hem aankijken. Hij duwde ertegen tot hij de klik van het slot hoorde. 'Ik ben bang dat ik slecht nieuws voor u heb.'

'David.' Het was geen vraag.

Hij knikte. 'Zullen we naar binnen gaan?'

Maar ze bleef staan, versperde hem de weg. 'Hij is dood.'

Hij knikte weer, op alles voorbereid, al wist hij dat het brein in de meeste gevallen uit zelfbescherming de informatie vertraagd opnam. Daarna werd het onvoorspelbaar, en in de loop der jaren had hij alle varianten gezien; van hysterische ontkenning tot een snelle berusting. Het leek erop dat Eva Stotijn tot de laatste categorie behoorde, want ze bleef ijzig kalm, al hadden zelfs haar lippen geen kleur meer.

'Dus het is voorbij.'

De woorden echoden in zijn hoofd. Ergens, ooit, had iemand hetzelfde gezegd, op dezelfde constaterende toon. Maar het was niet het geschikte moment om zich af te vragen wanneer en waar.

'Ik denk dat u beter even kunt gaan zitten.' Hij maakte een gebaar in haar richting, maar zorgde ervoor haar niet aan te raken.

Als een robot liep ze voor hem uit, het halletje door, de smalle gang door, de kamer in, die warm en behaaglijk was ingericht.

Hij verwachtte dat ze op de bank zou gaan zitten, maar ze nam de ouderwetse fauteuil, en hij ritste zijn jack los en schoof prentenboeken en speelgoed opzij, koos het deel van de bank dat het dichtst bij haar was.

Ze zat kaarsrecht, haar handen op de knieën, en opnieuw flitste er een herinnering door hem heen waarvan hij wist dat die verband hield met de vorige.

'Ik neem aan dat u wist dat meneer Bomer vandaag ging duiken met een vriend?'

Ze bewoog haar hoofd en hij vatte dat op als een bevestiging. 'Het schijnt dat meneer Bomer tijdens de duik onwel is geworden.' De afstandelijke taal was bedoeld om hemzelf tegen al te veel betrokkenheid te beschermen. Een bevriend chirurg had hem eens verteld dat hij nooit tegen een patiënt zou zeggen: 'Uw been moet worden geamputeerd,' maar altijd: 'Het been.'

'Die duikvriend... Kent u die overigens?'

Ze schudde haar hoofd.

'De vriend heeft hem onder water uit het oog verloren.' Wat nu kwam was het moeilijkste deel, maar het moest verteld. 'Nu is het zo dat meneer Bomer had voorgesteld tot veertig meter te duiken, waar zijn vriend bezwaar tegen had gemaakt. Aanvankelijk maakte die zich dus geen al te grote zorgen toen hij meneer Bomer uit het oog verloor, omdat hij dacht dat meneer Bomer toch naar grotere diepte was gedoken.'

De waarheid was dat de vriend kwaad was geweest. Tijdens een vorige duik was hij Bomer ook kwijtgeraakt, en hij had deze keer met een buddylijn willen duiken, maar Bomer had dat geweigerd, met als verklaring dat hij het benauwend vond om aan iemand vast te zitten. Bomer had getracht hem te overreden, had gezegd dat hij in topconditie was, hoewel hij wist dat het hem als diabeticus werd afgeraden dieper dan vijfentwintig meter te duiken.

De vriend was bang geworden toen hij nergens meer de lichtbundel van Bomers lamp zag en het tot hem doordrong dat Bomer niet zo stom zou zijn opzettelijk dieper te duiken dan de zuurstofsamenstelling in zijn fles hem feitelijk toestond.

Hij was hem gaan zoeken door langzaam steeds dieper af te dalen, maar had hem niet kunnen vinden. Op veertig meter was hij zich beroerd gaan voelen en had de moed verloren. Hij was zo snel mogelijk naar de oppervlakte gegaan in de hoop hulp te vinden en zonder de voorgeschreven pauzes in acht te nemen, daarmee zijn eigen gezondheid opnieuw in gevaar brengend. Vegter wist weinig van duiken, maar genoeg om te weten wat een teveel aan stikstof in het lichaam kan veroorzaken.

'Duikers hebben meneer Bomer uiteindelijk gevonden. Hij bleek op de bodem te liggen, boven op zijn lamp. Hij...'

Ze viel hem in de rede. 'Ik wil dit allemaal niet weten.'

Ze perste de woorden naar buiten, en hij keek naar haar handen, die ze nu stijf ineengestrengeld hield, de knokkels wit in het vriendelijke licht van de leeslamp naast haar stoel.

Hij zuchtte onhoorbaar. De arts had hem verteld dat duiken voor diabetici verhoogde risico's inhield en dat het hun pas sinds enkele jaren was toegestaan. Hij zou haar de details besparen, en ook het feit dat David Bomer zijn dood deels aan zichzelf te wijten had, omdat hij als relatief onervaren duiker kennelijk niet de veiligheidsvoorschriften in acht had genomen. Het paste bij de arrogantie van de man.

Hij keek haar scherp aan. 'U was op de hoogte van zijn diabetes?'

Ze knikte en probeerde een sigaret op te steken. Toen het niet lukte, legde ze hem terug op tafel.

Hij besloot het hierbij te laten. In feite wist ze nu toch het hele ellendige verhaal, al was het in grote lijnen. De ervaring had hem geleerd dat ze het uiteindelijk altijd wilden weten. De achterblijvers, zoals hij ze voor zichzelf noemde, worstelden de rest van hun leven met de waaromvraag, en concrete informatie over het hoe scheen te helpen bij het accepteren van het onherroepelijke.

Een ogenblik doemde het beeld van Stef op, zoals hij haar had gezien nadat ze hem hadden gealarmeerd en naar het ziekenhuis gebracht, waar ze niet in een van de kamers voor de levenden lag, maar al was verbannen naar de kelder. Hij duwde het onmiddellijk weg, zoals hij ook weigerde zich het zoemen van de koelinstallatie te herinneren.

'Mevrouw Stotijn, is er iemand die ik kan waarschuwen?'
Ze draaide haar hoofd naar hem toe. 'Waarschuwen?'
'Iemand die vannacht bij u zou kunnen blijven,' zei hij geduldig.
'Dat is niet nodig.'
Hij drong niet aan, al had hij liever gezien dat er een buurvrouw kwam. En had ze niet nog haar moeder?
'Zijn spullen,' zei ze opeens.
'U bedoelt?'
'Zijn duikuitrusting. Ik zou die liever niet hier...'
'Nee nee,' zei hij haastig. 'Ik heb begrepen dat daarvoor gezorgd wordt.'
Ze leek opgelucht.
In de gang klonk gerucht, en de deur kierde open. Het kleine meisje dat hij eerder ook op het balkon had gezien, kwam binnen. Ze droeg hetzelfde lichtblauwe pyjamaatje en hield een versleten beer tegen zich aan geklemd.
'Mama...'
Eva stond op. Ze tilde het kind op en drukte het tegen zich aan. 'Was je wakker geworden?'
'Ja.'
'Maar je had al geplast, weet je nog wel?'
'Ja.' Ze keek met grote ogen naar Vegter. 'Wie is dat?'
'Dat is... een meneer van mijn werk.'
Het gezichtje zag wit van de slaap. Een kleine hand lag vertrouwelijk in haar moeders hals. 'Waar is David?'
'David is er niet.' Eva draaide zich om naar Vegter. 'Ik breng haar terug naar bed.'
Ze liet de deur openstaan, en Vegter hoorde op de gang het slaperige stemmetje. 'Is David er morgen weer?'
'Nee, morgen ook niet.'
'Wanneer dan?'
Vegter luisterde scherp. Dit was het moment waarop ze haar zelfbeheersing zou kunnen verliezen. Ze zei iets, maar sprak zo zacht dat hij het niet verstond. Het antwoord van het kind kwam direct.
'Komt hij nooit meer?' Er klonk verbazing in door.
Opnieuw zei Eva iets op sussende toon.

'Zijn we dan weer samen?'

De onmiskenbare blijdschap in de stem van het kind bevreemdde Vegter, tot hij zich herinnerde dat Bomer niet van kinderen hield. Hier was alvast iemand die niet om hem zou treuren, dacht hij cynisch.

Er ging een deur dicht, en even later kwam Eva weer binnen. Ze keek naar hem alsof ze niet had verwacht hem nog aan te treffen. Het gaf hem een merkwaardig gevoel van overbodigheid, en hij stond op en legde zijn kaartje op tafel.

'U kunt mij altijd bellen als u nog vragen hebt. En mocht er iets zijn wat wij voor u kunnen doen...'

Ze schudde haar hoofd en liep voor hem uit naar de hal. Een ogenblik stonden ze onhandig tegenover elkaar, Vegter met het idee dat hij tekortschoot zonder dat hij wist op welke manier. Hij stak zijn hand uit. 'Ik moet u mijn oprechte deelneming betuigen.'

Haar ogen verwijdden zich als in schrik. Ze raakte zijn hand nauwelijks aan, maar draaide zich om en trok de deur voor hem open.

Hij draalde op de galerij. Het zou niet verwonderlijk zijn als ze al in de hal in huilen zou uitbarsten. Die onnatuurlijke kalmte kon niet eeuwig duren, en er was het kleine meisje om rekening mee te houden. Maar het licht ging uit en alles bleef stil.

27

Toen de bel eindelijk ging, kon Eva zich er niet meteen toe brengen open te doen. Ze kende de persoon niet die daar stond, maar wist wat hij vertegenwoordigde. Ze keek op haar horloge, alsof het van belang was de tijd te registreren, en ten slotte kwam ze in beweging, stond op en liep naar de deur.

De grijzende man in het degelijke windjack die haar onderzoekend aankeek, kwam haar bekend voor, en toen hij zijn naam noemde, drong het tot haar door dat hij degene was die destijds het onderzoek in de school had geleid.

Ze probeerde van zijn gezicht af te lezen wat hij haar zou vertellen, maar slaagde er niet in. Pas toen hij de hal in stapte en ze medeleven in zijn ogen zag, wist ze dat het in orde was.

Ze herinnerde zich haar angst voor de scherpte van die blauwe blik, voor de kalme efficiëntie van zijn aanpak. Ze herinnerde zich hoe nietig ze zich had gevoeld tegenover het bureaucratische apparaat dat door haar toedoen in werking was gesteld, en vooral herinnerde ze zich de paniek, vermengd met spijt. Geen spijt omdat ze Janson had gedood, maar spijt omdat daardoor Maja's toekomst onzeker was geworden.

Toen bleek dat niet hij maar de jonge roodharige vrouw met de vriendelijke sproeten haar zou verhoren, was iets van de angst weggeëbd, al had ze niet de fout gemaakt haar te onderschatten. Maar uit alles sprak dat er geen aanleiding was haar te verdenken, zelfs niet nadat ze haar verhaal had verteld.

Ze had beseft de feiten niet te kunnen verdraaien; ze had met Eddy gesproken, buiten bij het fietsenhok, en Eddy zou dat bevestigen, wat misschien zelfs in haar voordeel zou kunnen zijn. Haar weloverwogenheid had haar verbaasd en ze was er dankbaar voor geweest.

Sindsdien had ze zichzelf talloze malen door die gang zien rennen, de kruk in haar hand, uit alle macht duwend tegen die deur die tergend langzaam openging, zelfs toen ze uiteindelijk beide handen had gebruikt. En daarna, buiten, de wanhoop en de besluiteloosheid. Over vingerafdrukken had ze niet nagedacht, het enige dat ze wist, was dat de kruk moest verdwijnen, nooit meer teruggevonden mocht worden. Er was geen sloot, er waren geen struiken, geen tuinen. Er was de dakgoot, maar het deel van haar hersens dat nog steeds haar handelingen coördineerde, had haar verteld dat dakgoten met enige regelmaat worden schoongemaakt.

Ze had zichzelf vervloekt dat ze niet met de auto was gegaan; ze had de kruk in de kofferbak kunnen leggen en hem later op weg naar huis ergens in de berm, een container, een gracht kunnen dumpen.

Er bleef niets over dan de bomen. Twee keer had ze moeten gooien voor de kruk bleef hangen tussen het frisse jonge blad. Ze had zelfs nog even gewacht, omdat ze het blad had zien bewegen in de wind en doodsbang was dat de kruk meteen weer naar beneden zou vallen.

Pas na dagen had ze zich gerealiseerd dat hij in de herfst zichtbaar zou worden, als hij al niet voor die tijd uit de boom zou waaien, maar ze had niet de moed gehad terug te gaan. Ze wist niets van sporenonderzoek, en haar pogingen om daarover meer aan de weet te komen, hadden weinig opgeleverd. Ze had in de bibliotheek gezocht terwijl Maja in de bak met prentenboeken rommelde, ze had het internet erop nagevlooid, maar het weinige dat ze erover kon vinden had haar voornamelijk angst aangejaagd.

Al waren beide media nuttig gebleken toen ze informatie over diabetes zocht. Het was verbazend hoe gemakkelijk het was daaromtrent kennis te verzamelen, en schokkend te leren dat een teveel aan insuline in het lichaam niet getraceerd kon worden na de dood. Even had dat de oplossing geleken, tot ze inzag dat het niet mogelijk was David zichzelf een te hoge dosis te laten toedienen. Ze had de nauwgezetheid gezien waarmee hij zijn spuiten vulde; een afwijkende hoeveelheid vloeistof zou hem onmiddellijk opvallen.

Maar te weinig kon wel, en het uiteindelijke resultaat zou hetzelfde zijn. Het viel nauwelijks te geloven dat het zo eenvoudig was, maar toen ze de insuline in de spuiten die hij alvast had klaargelegd om mee te nemen, had vervangen door water, had dat weten haar gesterkt om door te zetten. Ze had alles gelezen over hypo- en hyperglykemie en begrepen hoe gemakkelijk diabetici ontregeld raakten. Dat gold zeker bij zware lichamelijke inspanning, als ze zich daar niet op hadden voorbereid door hun dosis insuline aan te passen.

Als het niet effectief was, of niet voldoende effectief, zou hij geen enkele grond hebben haar van iets te beschuldigen. En als de effectiviteit afdoende bleek, zou er geen bewijs zijn dat er was geknoeid.

Niettemin was er die hele martelende zondag, gevuld met ondraaglijk normale handelingen, het passieve wachten op zijn terugkeer, of op de bel. Ze was vertrouwd met angst, maar deze was van een soort die alle warmte aan haar lichaam leek te onttrekken. De hele dag had ze thee gedronken in een vergeefse poging warm te worden. Al die eindeloze uren had ze vermeden zich een voorstelling te maken van hoe zijn dood zou zijn, als dat was wat er zou gebeuren, niet de beelden toegelaten van de ondoorzichtige, koude wereld die hij moest hebben ervaren, de slapte, de verwarring, de desoriëntatie en ten slotte de bewusteloosheid. Er was geen ruimte voor. Ze had al haar wilskracht nodig om zich te kunnen concentreren op het beheersen van haar angst en op de rol die ze moest spelen, als en wanneer de politie kwam.

En hier was hij, deze inspecteur Vegter, en het enige dat ze in zijn blik las, was mededogen en begrip.

De opluchting was zo groot dat ze even dacht dat ze flauw zou vallen, en daarna had ze zich moeten inspannen om niet in een hysterisch schateren uit te barsten, al begreep ze vaag dat geen enkele reactie hem zou verbazen.

Ze kapte hem af toen hij in details wilde treden, en Maja's interruptie bood haar de gelegenheid daaraan te ontsnappen. Het slaapwarme lijfje tegen het hare en de vertrouwde handelingen van in bed leggen en instoppen, hielpen haar haar kalmte te hervinden.

Een tintelende blijdschap stuwde het bloed naar haar hoofd bij Maja's angstig verheugde vraag of ze nu voortaan weer samen waren. Er zouden opnieuw slapeloze nachten komen, nachten vol calvinistische gewetenswroeging, maar nu was er alleen de overtuiging dat ze uit noodzaak had gehandeld.

Licht als een veertje was ze teruggegaan naar de kamer, bijna verbaasd daar nog die politieman aan te treffen die er geen vermoeden van had dat ze Maja en zichzelf een toekomst had teruggegeven.

Zijn formele condoleance en onhandige bezorgdheid bij het afscheid hadden haar verrast. Ze had hem zelfs nog op de galerij horen aarzelen, en het verwarde haar dat ze daardoor was geraakt. Deze man, zo'n man, zou ze graag hebben gekend.

28

Talsma kwam binnen en gooide de deur achter zich dicht. 'Ik ben een lul.'

Vegter trok in milde verbazing zijn wenkbrauwen op. Zijn weekend was uitermate aangenaam verlopen, zelfs zo aangenaam dat hij deze maandagochtend een gezonde tegenzin had bespeurd om aan het werk te gaan.

Ingrid en Thom hadden het huis gekocht waarop ze hun zinnen hadden gezet, maar er moest het nodige aan gebeuren, en ze had hem gebeld met de vraag of hij wilde komen helpen. Hij had tegengesputterd dat hij zich niet wilde opdringen, waarop ze hem aan het verstand had gebracht dat het tegendeel het geval was; hij zou zich wat haar betrof wel iets meer als vader mogen gedragen.

Het gevolg was dat ze twee dagen in volle harmonie behang hadden verwijderd en oude verflagen afgekrabd, de werkzaamheden gelardeerd met bier, wijn en Chinese afhaalmaaltijden. Na dit weekend had hij het gevoel dat hij het met Thom zou kunnen vinden als hij hem beter leerde kennen. De jongen sloeg geen wartaal uit, dat was al heel wat.

'Sinds wanneer doe jij aan zelfkennis?'

'Sinds nu.' Talsma pakte een stoel, draaide hem om en ging er schrijlings op zitten, zijn ellebogen op de rugleuning. 'Dat lieg ik. Sinds die kruk. Dat kreng zit me al twee weken dwars. U weet hoe dat gaat, Vegter, het blijft maar malen in de kop.'

Vegter knikte. Zoals ze hadden verwacht, waren er geen bruikbare sporen meer op de kruk aangetroffen. 'En?'

'Nou lunchte ik daarstraks met een van de technische jongens, dus ik zat een dik halfuur boven de soep en de kroketten al die computerverhalen aan te horen, omdat die figuren nergens anders over kunnen praten, nou? Om een lang verhaal kort te maken: ik heb samen met hem nog eens de pc van die Janson bekeken.' Talsma zuchtte diep.

'En?'

'Stervensvol kinderporno.'

Vegter vloekte.

'Precies.' Talsma wreef met beide handen over zijn gezicht. 'Je laat er een programmaatje op los, zo noemt zo'n jongen dat, en dan haal je alles boven water wat iemand denkt verwijderd te hebben.' Hij haalde zijn shag tevoorschijn, draaide er een, stak hem op en dacht er toen aan het raam open te zetten. 'We zijn bezig met die Melling, dat weet u, maar dit stelt de zaak-Janson wel in een ander daglicht, dus ik vond het welbestede tijd.'

'Ik ga ernaar kijken,' beloofde Vegter.

Talsma knikte. 'Misschien heeft er nog meer op dat ding gezeten dan wat we nu gevonden hebben, maar er zal ook wel wat overschreven zijn. Ik heb godverdomme al die tijd geweten dat er iets niet lekker zat, en nou dit.'

'Je hoeft niet helemaal door het stof,' zei Vegter. 'Ik had ernaar behoren te vragen. Uiteindelijk is het mijn verantwoordelijkheid.'

Talsma keek niet alsof hem dat opluchtte. 'Normaal gesproken laat ik er natuurlijk altijd een van die jongens naar kijken. Het is er gewoon tussendoor geglipt. Ook al omdat die Janson de boel zo keurig op orde had. Een nette man.' Er krulde een schamper lachje rond zijn mond. 'We hebben nooit een motief gezien. En ik heb me laten afleiden door zijn e-mails aan die Aalberg. Geloofde dat we daar wel verder mee zouden komen.'

'Waar staat die pc nu?'

'Op de recherchekamer. Maar als ik u was, zou ik er niet te lang naar kijken. Ik ga mijn ogen met zeep wassen.'

'Je bent een poëet,' zei Vegter.

Talsma gooide zijn peukje uit het raam. Bij de deur draaide hij zich om. 'Misschien wordt het tijd dat ik met pensioen ga. Versjes schrijven.'

Vegter bekeek de beelden met stijgende afkeer. Renée kwam binnen, wierp een blik over zijn schouder, draaide zich om en ging achter een bureau zitten.

Vegter sloot de pc af en stond op. 'Dit is de computer van Janson.'

Een ogenblik zei ze niets. Maar ze was snel, zoals hij gehoopt had. 'De dochters.'

'En die niet alleen.'

'Nee,' zei ze. 'Nee, dat denk ik ook niet.' Ze keek naar de stapel papieren op het bureau. 'Wilt u dat ik meega?'

Hij schudde zijn hoofd. 'Jij hebt andere prioriteiten. En ik ga eerst wat zaken op een rijtje zetten.'

Al lag de nalatigheid in eerste instantie bij Talsma, het zou niet fair zijn een blunder van dit formaat helemaal op hem af te schuiven.

In zijn kamer sloot hij het raam. Het schemerde al, hoewel het pas tegen vieren was, en de natte straat glom in het vale licht van de lantaarns. Auto's sisten voorbij, een fietser probeerde te voorkomen dat zijn paraplu zou omklappen, maar slaagde daar niet in. *Een ellendige novemberavond, met een motregen die de dappersten van de straat veegt.*

Hij zou Elsschot weer eens herlezen. Met een goede bourgogne erbij zou dat een paar aangename avonden opleveren. Afwezig keek hij naar een oude man die weifelend aan de rand van het trottoir stond, niet zeker of hij snel genoeg zou kunnen oversteken. Een jonge vrouw achter een met plastic overtrokken wandelwagen bleef naast hem staan. Ze zei iets tegen hem en de oude man knikte. Samen staken ze over. Vegter dacht aan Manon Rwesi. Ze had iets gezegd dat zijn aandacht had getrokken, al zou hij niet meer weten wat het geweest was. Hij zou het rapport nalezen. Maar dat kon wachten. De ex-vrouw kon ook wachten. Eerst zou hij de rector bellen en vragen of die hem wilde ontvangen.

Het huis was onveranderd, al wierp het glas-in-loodraam met dit weer geen dansende vlekken op de marmeren vloer. De rector was in hemdsmouwen en droeg een versleten manchesterbroek, en Vegter herinnerde zich dat hij inmiddels met pensioen was.

In de kamer stak mevrouw Declèr haar hand naar hem uit, en hij schrok van de lichamelijke verandering die ze had ondergaan. De etiquette schreef voor dat hij vroeg hoe het met haar ging, maar hij besloot de etiquette aan zijn laars te lappen. Ze zou zich in verlegenheid gebracht voelen.

Naast de bank waarop ze zat stond een rolstoel, en hij moest glimlachen toen hij zag dat daarin een plaid lag met felgekleurde strepen in plaats van de gebruikelijke Schotse ruit.

Haar ogen begonnen te schitteren. 'Aan alles zit een vrolijke kant.'

Hij ging zitten. 'Mits men bereid is die te zien.'

De rector zette ongevraagd een rode port voor hem neer en gebaarde naar buiten, waar de regen langs de ramen joeg. 'In dit jaargetijde beschouwen wij port als een noodzakelijk medicijn.'

Vegter keek de behaaglijk ouderwetse kamer rond en knikte. 'Al moet ik zeggen dat u zich goed hebt verschanst.'

'Wat wilt u van mij weten?'

'De toiletten waar Eric Janson is gevonden.' Vegter nipte van zijn port en zette het glas terug op tafel. 'Zijn dat altijd de herentoiletten geweest?'

De rector zweeg een ogenblik. 'Nee,' zei hij toen. 'Er is een grote verbouwing geweest, en onderdeel daarvan was dat er twee toiletgroepen zijn verwisseld. Wat nu de herentoiletten zijn, was vroeger de ruimte voor de dames. Maar omdat die feitelijk altijd te klein was, of omdat dames meer ruimte nodig schijnen te hebben...'

Zijn vrouw lachte.

'Hoe dan ook, de dames-wc's zijn nu verderop in de gang.'

'Sinds wanneer?'

De rector dacht na. 'Een jaar of zeven, acht.' Hij keek naar zijn vrouw. 'Jij hebt voor dat soort dingen een beter geheugen dan ik, Janna.'

Ze knikte kalm. 'Acht jaar, want in dat jaar is Véronique getrouwd, en ik weet nog dat jij al die drukte wat te veel van het goede vond.' Ze draaide zich naar Vegter. 'Véronique is onze dochter, en zij wilde een bruiloft in stijl. Ik weet niet wat slopender was, maar ik ben bang dat de twijfel uitvalt in het voordeel van de verbouwing.'

In feite had hij het al geweten, al had hij een bevestiging nodig om zijn theorie te onderbouwen. 'Er is nog iets wat ik u wilde vragen. Het houdt geen verband met mijn eerste vraag, al lijkt dat ogenschijnlijk wel zo.'

Hier zaten twee intelligente mensen tegenover hem, en hij had overwogen de tweede vraag aan mevrouw Landman te stellen, maar had ingezien dat het geen verschil maakte; de rector had nog contact met haar, en het zou zeker ter sprake komen.

'Ik heb reden om aan te nemen dat Eva Stotijn voor ons van nut kan zijn als getuige. Voor zover het nodig is uw geheugen op te frissen: zij heeft dertien jaar geleden haar vwo-diploma gehaald.'

Ze keken hem afwachtend aan.

'Maar daarvoor moet ik eerst meer van haar achtergrond weten. Met andere woorden, wat herinnert u zich van haar?'

'Typisch dat u dat vraagt,' zei mevrouw Declèr levendig. 'Ik heb dat meisje gesproken op die reünie, en de naam bleef hangen. Later herinnerde ik mij dat er een onverkwikkelijke geschiedenis met haar vader is geweest. We hebben het er nog over gehad, Robert.'

'Fraude,' zei de rector. 'Een geruchtmakende zaak, de kranten stonden er vol van, destijds. Ellendig voor dat meisje, natuurlijk, al wordt het ene nieuws snel verdrongen door het andere.'

'Hebt u aan haar gemerkt dat zij eronder leed?'

'Ze is ziek geweest. Of liever gezegd, psychisch niet in orde. Langdurig onder behandeling wegens anorexia, ik meen al vanaf de tweede klas. Ouders gescheiden, vader gestorven. Enfin, het kind heeft het flink voor de kiezen gekregen. Maar toch haar diploma gehaald, wat geen geringe prestatie was, gezien de omstandigheden.' De rector vulde zijn glas bij.

'Herinnert u zich haar ouders?'

'Haar vader niet. Ja, foto's in de krant. Haar moeder...' Hij dacht even na. 'Geen gemakkelijke vrouw. Ontevreden, veeleisend, ook ten opzichte van haar dochter. Al weet ik niet of Eva's problemen daarmee te maken hadden. Ze was uitzonderlijk gesloten. Een goede leerling die minder presteerde dan normaal gesproken verwacht mocht worden. Ze heeft een dochtertje dat ze alleen opvoedt, en ik heb begrepen dat het nu goed met haar gaat.' Hij lachte. 'Al vond ik haar nog steeds te mager. Toentertijd was ze op zeker moment vel over been. Ze is maandenlang opgenomen geweest, en daarna leek het iets beter te gaan. In ieder geval was ze weer in staat de lessen te volgen.'

Wrang bedacht Vegter dat de rector hem bij zijn vorige bezoek had verteld dat Janson terug voor de klas wilde, omdat hij het contact met de leerlingen miste. Hij dronk zijn glas leeg en stond op. 'Het spijt mij dat ik u geen mededelingen kan doen over de vorderingen in het onderzoek. Het is een gecompliceerde zaak, al leek aanvankelijk het tegendeel het geval.'

Ze knikten dat ze het begrepen, en hij drukte Janna Declèrs hand opnieuw zo voorzichtig als hij kon. Ze keek hem met heldere ogen aan. 'U hebt een zwaar beroep, inspecteur. Ik benijd u niet.'

Terwijl hij achter de rector aan naar de vestibule liep, overwoog hij dat het jammer was dat een handkus uit de tijd was. Dit was een vrouw bij wie het gepast zou hebben.

Thuis schonk hij direct een borrel in om de zoete smaak van de port weg te spoelen. In de kamer lag Johan al op zijn slaapplaats op de bank, zonder aanstalten te maken om om eten te gaan bedelen.

'Je hebt gelijk,' zei Vegter tegen hem. 'Dit is weer om vroeg naar bed te gaan.'

Felle regenvlagen sloegen tegen de ruit, en de wind was nog aangewakkerd. Vegter besloot dat Russische hartstocht paste bij zijn stemming en zette Rachmaninov op, zijn vierde pianoconcert, waarin hij ten slotte het evenwicht had gevonden tussen zwaarmoedigheid en levensdrift.

Hij vulde zijn glas bij en ging voor het raam staan. Aan de overkant straalden de verlichte rechthoeken van de ramen als op een reusachtige adventskaart.

De rector en zijn vrouw hadden David Bomers dood niet ter sprake gebracht, maar het was mogelijk dat ze daar niet van op de hoogte waren. Er had niet meer dan een tienregelig berichtje in de krant gestaan. Een ongeval, zoals er zoveel waren. Voor zo'n groot ego was het een magere necrologie. Merkwaardig dat iemand met zoveel mogelijkheden zo weinig van zichzelf had verwezenlijkt en zo betekenisloos was gestorven.

Hij schudde de existentialistische gedachten van zich af en ging op de bank zitten. Aaide Johan, die zijn kop op zijn knie legde met een vermoeidheid alsof ook hij twijfelde aan de zin van het bestaan.

29

Hij gokte erop dat Manon Rwesi thuis zou zijn, en toen de deur opensprong nadat hij had aangebeld, werd hij begroet door kindergehuil, wat hem, terwijl hij de trappen beklom, het gevoel gaf dat hij een gesprek ging voortzetten dat alleen maar onderbroken was geweest. Hij had het rapport van Renée opnieuw gelezen, waarin ze alleen de feiten had vermeld. Het schonk hem een vage voldoening dat zij, als vrouw, het over het hoofd had gezien. Maar hij zou met zijn ingeving de plank volledig mis kunnen slaan, al geloofde hij van niet.

Manon stond in de deuropening met de baby op haar arm. Een halfjaar geleden was hij een zuigeling, nu al bijna een peuter, met bolle wangen en een dichte krans van kroezende haren. De ogen waren hetzelfde gebleven, het oogwit van het doorschijnend lichtblauw van heel jonge kinderen.

Ze zette hem rechtop op de bank, waar hij zich onmiddellijk liet omrollen en een poging tot kruipen ondernam. Ze ging naast hem zitten om hem voor een val te behoeden en keek Vegter aan met dezelfde half angstige blik als destijds. Haar haren waren nu kort en stonden in stijve piekjes rond haar gezicht. Het maakte haar jonger en zorgelijker tegelijk.

'Ik zal het kort houden,' zei hij. 'Tijdens ons vorige gesprek vertelde u dat u tijdens een sportdag uw voet had bezeerd en dat meneer Janson u had verzorgd.'

'Mijn enkel,' zei ze. 'Ik had mijn enkel verstuikt, en hij heeft hem verbonden.'

Hij knikte. 'U vertelde ook dat hij had aangeboden u naar huis te brengen, maar dat u dat had geweigerd. Ik zou graag willen weten waarom.'

Ze herhaalde wat ze toen ook had gezegd. 'Ik wilde liever op school blijven.'

'Maar u kon niet meer meesporten.'

'Nee, maar...' Ze hees het kind overeind en sloeg haar arm om hem heen.

'Hoe bent u later naar huis gegaan? Na afloop van de sportdag?'

'Op de fiets.'

'Kon u wel fietsen met die enkel?'

'Niet zo heel goed,' zei ze verlegen. 'Maar lopen ging helemaal niet.'

'Zou het dan niet veel prettiger zijn geweest als meneer Janson u even met de auto had thuisgebracht?'

Ze laste een van de langdurige stiltes in die hij zich nog herinnerde. Hij leunde achterover in zijn stoel en wachtte geduldig.

'Misschien wel,' zei ze eindelijk.

'Waarom deed u het dan toch niet?'

Ze haalde haar hand door de kroeshaartjes, trok de krullen omhoog en liet ze tussen haar vingers door glijden. 'Hij is dood. Ik bedoel, het hoort niet om van iemand die dood is...' Ze zweeg.

Vegter nam zijn toevlucht tot iets wat hij zelden deed: hij stelde een suggestieve vraag.

'Kan het zo zijn dat u bang was dat meneer Janson zich niet behoorlijk zou gedragen? Was hij misschien al handtastelijk geweest toen hij uw enkel verbond?'

Ze knikte ongelukkig.

'Wat deed hij?'

'Ik had een kort broekje aan. Een sportbroekje,' voegde ze er trouwhartig aan toe. Ze zweeg weer even, maar scheen toen een besluit te nemen. 'Hij droeg me naar binnen, en toen deed hij nog niks, maar toen hij me op een stoel zette deed hij zó.' Ze liet haar hand vanaf haar kruis naar beneden over de binnenkant van haar been glijden. 'En toen hij klaar was met mijn enkel, hielp hij me overeind en toen sloeg hij zijn arm om me heen, en...' Ze zocht naar woorden. 'Toen raakte hij me overal aan.'

'En dat gaf u het idee dat het niet veilig zou zijn om bij hem in de auto te stappen?' Vegter hield zijn stem neutraal.

Ze knikte weer. 'In de klas deed hij het ook. Dan kwam hij over je heen hangen, of hij ging heel dicht naast je zitten om iets uit te leggen. Dat soort dingen.'

'Deed hij dat alleen bij u?'

Ze schudde haar hoofd. 'Bij de meeste meisjes.' Opeens had ze een lachje. 'Alleen niet bij de lelijke.'

Vegter glimlachte. 'Hebt u ooit gehoord dat meneer Janson door dit soort dingen in moeilijkheden kwam?'

Ze schudde haar hoofd. 'Maar alle meisjes wisten het.' Ze lachte weer. 'We vraten niks uit bij hem, want niemand wilde bij hem nablijven.'

Het kon hem nog steeds verbazen; de vanzelfsprekendheid waarmee vrouwen dit soort dingen accepteerden als iets onvermijdelijks, omdat je nu eenmaal een vrouw was. Natuurlijk waren er inmiddels gedragscodes en was de wet aangescherpt, maar talloze vrouwen en meisjes hadden niet de moed om openlijk in verzet te komen. Ze troffen maatregelen om zichzelf te beschermen en leefden rustig verder. Al was dat, dacht hij met plotselinge moedeloosheid, waarschijnlijk niet opgegaan voor Eva Stotijn.

Hij stond op en stak zijn hand uit. 'Ik hoef u verder niet meer lastig te vallen. U hebt me geweldig geholpen.'

Manon wilde ook opstaan, maar hij wuifde haar terug. 'Ik kom er wel uit.'

Hij had zijn telefonisch verzoek met de grootste omzichtigheid gedaan, maar niettemin ontving de ex-vrouw van Janson hem met hernieuwd wantrouwen in haar ogen. Vegter voelde wrevel opkomen. Ze had gedacht haar dochters te beschermen, en in zeker opzicht had ze dat gedaan, maar intussen had ze Janson daarmee de kans gegeven zijn praktijken voort te zetten. Naar de hel met tact en begrip. Wat hij ook zou zeggen, ze zou het opvatten als een schending van de privacy die ze met hand en tand had verdedigd.

Hij liep achter haar aan de kamer binnen en bedacht met dezelfde weerspannigheid dat hij het verdomde weer op die wurgende bank te gaan zitten. Hij pakte een rechte stoel, zette die ertegenover en wachtte tot ze zat.

'Feitelijk wil ik maar één ding van u weten.'

Ze knikte en greep naar haar sigaretten. Hij zag dat de asbak al overvol was en bedacht dat ze de uren tot zijn komst kettingrokend moest hebben doorgebracht.

'Bent u van Eric Janson gescheiden omdat hij incest pleegde met uw dochters, of met een van hen?'

Het duurde een halve sigaret voor ze antwoord gaf. 'Ja.'

'Mag ik vragen waarom u daarvan nooit aangifte hebt gedaan?'

Ze rookte met snelle halen. 'Ik dacht dat u maar één vraag zou stellen.'

Hij bleef zwijgen, en ten slotte zei ze: 'U zou die vraag zelf kunnen beantwoorden, maar kennelijk wilt u het van mij horen. Ik wilde mijn dochters niet blootstellen aan politie, rechters en advocaten, laat staan aan de sensatiepers. Ik heb hem het huis uit getrapt, en daarna heb ik geprobeerd de scherven bij elkaar te rapen door hen in therapie te laten gaan.' Ze schudde de steile grijze haren naar achteren. 'U mag daarvan denken wat u wilt. Wat ik heb getracht is hun een gevoel van veiligheid terug te geven, nog iets van hun jeugd te redden, voor zover dat mogelijk was. Of ik daarin geslaagd ben is een tweede.' Er kroop een cynisch lachje rond haar mond. 'Maar ik had mijn verwachtingen niet te hoog gesteld. In ieder geval heb ik ervoor gezorgd dat ze nooit meer met hem in aanraking hoefden te komen, hem zelfs nooit meer hoefden te zien. En zover ik weet is dat ook niet gebeurd, of ik moet me sterk vergissen.'

Hij nam haar een ogenblik peinzend op, overwegend dat al deze vrouwen twee dingen gemeen hadden: de stalen kern onder het kinderlijk weerloze van hun uiterlijk. De dochters, Eva Stotijn, en ook Etta Aalberg, die van dit alles wist en die voldoening had gehaald uit het financieel uitmelken van Janson, zich troostte door zich met schoonheid te omringen. Op Talsma's vraag of Janson verliefd op haar was, had ze geantwoord: 'Hooguit op mijn jeugd.'

'Hoe is het contact tussen u en uw dochters?'

Ze stak een nieuwe sigaret op. 'Ze hebben mij jarenlang kwalijk genomen dat ik het niet eerder had gemerkt. Dus nee, aanvankelijk was ons contact niet optimaal.'

'En nu?'

'We zien elkaar met enige regelmaat, en zolang ik me niet met hun leven bemoei, gaat het goed.'

'Hebt u nooit gewild dat hij gestraft zou worden?'

'O jawel.' Het lachje kwam terug. 'Maar dat is nu gebeurd.'

Hij keek de kale kamer rond, waarin alleen levensvreugde sprak uit de groene chaos voor de ramen, dacht aan de twee meisjes die een schaduwbestaan leidden in hun kabouterhuisje, en had zijn twijfels over de juistheid van haar beslissing.

Hij wilde niet naar het bureau, waar hij efficiënt zou moeten zijn, niet zou kunnen denken, maar naar huis wilde hij ook niet. Doelloos reed hij rond tot hij zichzelf terugvond in het dorpje waar de dochters woonden. Reed langs de kerk, langs de Spar, waar een paar mannen over het stuur van hun fiets geleund met elkaar stonden te praten.

Het huisje was winters kaal, de geraniums verdwenen, de moestuin leeg en omgespit. De hond lag op de oprit, de kop waakzaam geheven toen hij langzaam voorbijreed.

Hij keerde aan het eind van het weggetje en reed terug. Een kip stak ongehaast over, pikkend tot vlak voor zijn wielen, en hij bedacht dat hij contact zou kunnen opnemen met de makelaar.

Er kwam hem een fietser tegemoet en hij week uit om zoveel mogelijk ruimte te geven. Pas toen ze hem passeerde zag hij dat het een van de dochters was. Gwen. En toen herinnerde hij zich eindelijk waar en wanneer hij het zinnetje dat Eva Stotijn had uitgesproken eerder had gehoord. 'Dus het is voorbij.'

Geen rechter zou het als bewijs accepteren, maar nooit eerder had hij zo zeker geweten dat hij het bij het rechte eind had.

Het was veel te vroeg voor jenever, het was überhaupt te vroeg voor alcohol, maar hij schonk een glas tot de rand toe vol en nam het mee naar de kamer.

Hij telde de ramen tot hij keek naar die van Eva Stotijn, waarachter niets te zien viel omdat ze aan het werk was. Ze had de draad van haar leven weer opgepakt. Eva Stotijn, die zo geschokt was geweest door de dood van David Bomer, dat ze met haar linkerhand niet de aansteker had kunnen bedienen om haar sigaret aan te steken, dezelfde hand waarmee ze de kruk had opgeheven, en hij dacht aan macht en de mensen die er het slachtoffer van werden. Daarna dacht hij aan wat een teveel of tekort aan medicijnen in het lichaam kon bewerkstelligen, en vervolgens dacht hij aan gerechtigheid zoals die buiten de wet bestond.

Hij sloeg de borrel in één keer achterover en keek naar de kamerlinde, die zelf had bepaald wanneer hij groeien wilde en nu tot boven aan de boekenkast reikte, en zag dat hij water nodig had.

Hij liep naar de keuken, waar Johan naast zijn etensbakje lag, dat nog vol brokken zat. Vegter tilde hem op en zette hem op zijn poten, maar de kat ging onmiddellijk weer liggen. Hij vulde het drinkbakje met melk en hield het hem voor, maar Johan keek er alleen maar naar, de pupillen groot en zwart in de smalle kop. Vegter schoof zijn handen onder het warme lijf, nam hem mee naar de kamer en legde hem op de bank. Daarna zocht hij in de boekenkast tot hij het telefoonboek had gevonden.

30

'Een prachtige meid,' zei de verloskundige. 'Wilt u alvast even kennismaken?'

Ze legde het glibberige kind op Mariëlles buik. Geen winterkind, maar een herfstkind.

Mariëlle keek naar het paarsgerimpelde gezichtje met de boze frons, naar de gebalde vuistjes. Wie van hen tweeën had het moeilijker gehad?

Ze boog haar hoofd en rook voorzichtig aan de plakkerige haartjes, zag de snelle hartslag boven op de schedel.

De ogen gingen open. Het kind keek haar aan met een ernstige, onderzoekende blik. In het verleden had de man die dezelfde ogen bezat dikwijls naar haar gekeken, maar nooit met deze intense aandacht.

Ze liet zich wegzinken, verdrinken in die blik, en sloot een verbond met haar dochter.

'Hoe zal ze heten, mevrouw?' De verloskundige hield een schaar in haar gehandschoende hand, klaar om de navelstreng door te knippen.

De ogen gingen dicht, het lijfje ontspande. Mariëlle legde haar hand rond het hoofdje.

'Felicia,' zei ze. 'Ze heet Felicia.'

31

Vegter had op goed geluk een dierenarts gekozen, en Johan bleek er onbekend. De assistente sloeg zijn naam en adres op in de computer. Intussen bekeek de arts de kat, die ineengedoken op de behandeltafel zat.

'Hoe oud is hij, meneer?'

Vegter probeerde het zich te herinneren. Hij wist nog hoe hij Johan als pluizig katje van zes weken mee naar huis had genomen. Een collega had een nestje gehad en ermee geleurd op het bureau. Stef was dadelijk enthousiast geweest, Ingrid verrukt. Hoe oud was Ingrid toen, tien, elf? In ieder geval nog een kind, een en al armen en benen. Kort daarvoor had ze een hamster gehad, een irritant mormel waarvan de enige activiteit had bestaan uit het trillen van zijn neus, maar waar Ingrid ontroostbaar om had gehuild toen hij op een ochtend dood in zijn kooitje lag. De kat was een aangename verandering; een intelligent beest dat met koele afstandelijkheid de gedragingen van zijn huisgenoten gadesloeg.

'Zeventien,' zei hij. 'Misschien achttien.'

De arts trok een huidplooi omhoog, liet weer los. 'Ik zal wat tests doen. Drinkt hij veel, eet hij meer dan vroeger?'

Vegter knikte. 'Allebei.'

Johan werd op een weegschaal gezet. 'En toch veel te mager. Ook al gezien zijn leeftijd denk ik aan diabetes.'

De arts begon dingen klaar te zetten, terwijl Vegter zich verbijsterd afvroeg hoe katten suikerpatiënt konden worden. Johan mauwde klaaglijk, en hij stak zijn hand uit en kriebelde hem achter zijn oren.

De dierenarts kneep en prikte. De assistente keek bezorgd. Ze trokken zich terug in een hoek van de spreekkamer. Vegter wachtte.

De arts kwam terug met een tabelletje. 'Zeer hoge waarden,' zei hij. 'Ik was er al bang voor. En bij zo'n oude kat...' Hij glimlachte om zijn woorden te verzachten.

'Wat kan er gedaan worden?'

'Tweemaal daags een insuline-injectie. Maar eerst moet hij worden ingesteld, en dat kan een paar weken duren.'

'Wat wilt u me vertellen?'

'Dat hij voortaan op vaste tijden moet worden gespoten. In de praktijk is dat voor veel mensen te lastig in verband met werk of vakanties. Maar diabetes luistert nauw, er mag niet van de routine worden afgeweken.'

'Dat is me bekend.' Vegter trachtte de ironie uit zijn stem te weren.

'Hebt u iemand die het voor u kan doen?'

Hij schudde zijn hoofd.

'Tja.' De arts keek naar Johan, die snel ademend op zijn zij lag. 'Om eerlijk te zijn, meneer, hij is er beroerd aan toe.'

Vegter keek naar zijn schoenen, die gepoetst moesten worden.

'Aan de andere kant,' zei de arts, 'soms knappen ze nog aardig op. Hij zou nog een jaartje, misschien iets langer...' Hij zweeg toen hij Vegters blik zag.

De flat rook bedompt. In de gang rolden plukken kattenhaar als *tumble-weed* voor hem uit over het laminaat.

Hij zette de lege reismand op de keukenvloer. Het raam klemde, en hij sloeg er met zijn vlakke hand op tot het losschoot. Een golf koude lucht stroomde naar binnen.

Hij trok een vuilniszak van de rol en leegde de kattenbak erin, bedacht dat hij dat niet had hoeven doen en stopte de bak in een nieuwe zak. Hij spoelde het etensbakje schoon onder de warme kraan, gooide de melk weg en boende de kalkrand uit het drinkbakje.

Op het balkon sloeg hij het dekentje van de reismand uit en vouwde het netjes op. Hij keek de donkere haren na, die langzaam wegdreven op de wind. Toen ging hij naar binnen en sloot de deur.